Bibliografische Information Der Deutschen Bibliothek
Die Deutsche Bibliothek verzeichnet diese Publikation in der Deutschen Nationalbibliografie; detaillierte bibliografische Daten sind im Internet über http://dnb.ddb.de abrufbar
ISBN 978-3-936084-89-4

Umschlaggestaltung: Carolin Ina Schröter
Herstellung: DigitalPrint Group, Nürnberg
Erste Auflage, 2010

Turmhut-Verlag Sylvie Kohl, Stockheim 2010
Nachdruck – auch in Auszügen – nur mit schriftlicher Genehmigung des Verlags.

Kontakt: Turmhut-Verlag
Sylvie Kohl
Eichenweg 8, 97640 Stockheim
Tel.: 09776/6935
Tel.: 09776/6935
www.turmhut.de

Printed in Germany

www.Turmhut.de

Klippenblume
Kerstin Brunner

Inhaltsverzeichnis

Kapitel I
Burg Dover Castle im Frühjahr 1539 — Seite 01

Kapitel II
Hampton Court Palace, London, Juli 1540 — Seite 40

Kapitel III
Burg Dover Castle, Oktober 1540 — Seite 80

Kapitel IV
Hampton Court Palace, London, Winter 1540 — Seite 104

Kapitel V
Burg Dover Castle im Frühjahr 1541 — Seite 136

Kapitel VI
Ankunft in Frankreich, im Sommer 1541 — Seite 152

Kapitel VII
Hampton Court Palace im Winter 1541 — Seite 203

Kapitel VIII
Montreuil, ‚Mon meilleur‘, vier Tage später — Seite 208

Kapitel IX
Somerset/Wellington, im Januar 1542 — Seite 223

Kapitel X
Montreuil im Frühjahr 1542 — Seite 227

Kapitel XI
England im Frühjahr 1542 — Seite 246

Kapitel I

Burg Dover Castle im Frühjahr 1539

Sie starrte aus dem Fenster, ohne wirklich wahrzunehmen, was dort draußen geschah. Ihr Blick bohrte sich durch die saftig grünen Eiben hindurch, durchdrang die weitläufigen Wiesen und Felder, die dahinter lagen, und ignorierte das geschäftige Treiben, das sich unter ihr im Innenhof der Burg abspielte.

„Cilia!" Der Klang ihres Namens holte sie unsanft in die Realität zurück. „Cilia, wo bist du denn?"

Schnell griff sie nach dem Oberkleid, das achtlos über das breite Bett geworfen worden war, und lief zur Türe: „Hier, My Lady! Hier bin ich."

Ihre Herrin kam schnellen Schrittes den langen Gang entlang gelaufen. Cilia bemerkte ihre vor Aufregung glühenden Wangen und die strahlenden Augen. Sie fasste ihre Kammerfrau an den Schultern und drehte sich übermütig mit ihr im Kreis. „Er kommt, Cilia!" Die beiden Grübchen in ihren Mundwinkeln schienen vor Freude mitzutanzen: „Ich kann es kaum glauben, aber Lady Salsburry hat es heute beim Gang zum Morgengebet beiläufig erwähnt. Ist das nicht wunderbar?"

Cilia nickte: „Gewiss, My Lady, das ist wahrlich eine gute Nachricht."

Etwas verlegen löste sie sich aus der Umklammerung der jungen Dame und hob das heruntergefallene Kleid erneut auf. Sie wusste genau, wessen baldiges Erscheinen auf Burg Dover Castle ihre Gebieterin dermaßen in Aufregung versetzte, und der Gedanke daran bereitete ihr unerklärlicherweise ein leichtes Unbehagen.

Doch sie hatte keine Gelegenheit, über diesen Umstand nachzudenken, denn die ungestüme Lady Elisabeth zog sie am Arm hinter sich her, in ihr Ankleidegemach hinein: „Denkst du, er erinnert sich noch an mich? Wie er wohl aussieht, nach all den Jahren?"
Cilia schmunzelte: „Gewiss wird er Euch im Gedächtnis behalten haben. Und sein Antlitz wird sich in den letzten beiden Jahren ebenfalls nicht wesentlich verändert haben."
„Ja sicher – du hast Recht. Komm und hilf mir, das passende Gewand für morgen herauszusuchen. Ich muss einfach unglaublich aussehen, so dass er seine Augen nicht mehr von mir abwenden kann."
„Nun", Cilia räusperte sich, „erstens seht Ihr immer unglaublich aus, egal was Ihr tragt, und zweitens wäre es für den jungen Lord nicht von Vorteil, wenn er während des Turniers seine Augen nur bei Euch hätte."
Elisabeth lief suchend vor ihren aufgereihten Kleidern auf und ab. „Was meinst du, Cilia? Das Taubenblaue mit den kleinen Perlen oder das Cremefarbene mit der silbernen Bordüre?" Die Zofe schüttelte den Kopf. „Das Dekolletee ist bei beiden zu freizügig. Ihr würdet Euch erkälten und Lord Waterford würde seinen Kopf verlieren."
Elisabeths herzhaftes Lachen schallte im Gemäuer der Burg: „Na gut, zu welchem würdest du mir raten?"
Cilia ließ ihren Blick suchend über die üppige Garderobe der Lady wandern. Sie wusste genau, welches Kleid für den

morgigen Anlass passend sein würde. Es war ihr persönliches Lieblingsstück, das sie selbst so sehr an ihrer Herrin mochte. Mit sicherem Griff zog sie ein honigfarbenes Leinenkleid hervor, das am Saum mit feiner Spitze besetzt war, und Elisabeth schlüpfte gehorsam hinein.

Der Stoff fiel schwer über ihre jugendlichen Hüften und wippte zart bei jedem ihrer Schritte, während der kleine, steife Stehkragen ihr unschuldiges Gesicht dezent umrahmte. Zufrieden betrachtete sie ihr Spiegelbild und nickte. „Perfekt! Nein – fast perfekt, der Schmuck fehlt noch."

Sofort eilte Cilia hinüber zu den zahlreichen Schmuckschatullen der jungen Lady, um nach den passenden Stücken zu suchen.

Elisabeth hielt die Hand auf ihre Körpermitte gepresst: „Ich glaube, das Korsett ist zu eng geschnürt, Cilia. Oder habe ich etwa ihm dieses flaue Gefühl in der Magengegend zu verdanken?"

Das Mädchen nickte: „Das ist sicher die Freude auf den morgigen Tag und Euer Wiedersehen. Wenn Ihr ihm aber erst wahrhaftig gegenübersteht, verschwindet dieses Gefühl bestimmt wieder."

Elisabeth lächelte erwartungsvoll. „Ich hoffe sehr, dass mir Lord Waterford noch weitaus intensivere Gefühle bescheren wird."

Als Cilia am nächsten Morgen die schweren Damastvorhänge in Elisabeths Schlafgemach aufschob, war die Luft bereits von den mannigfachen Geräuschen des Burglebens erfüllt. Die Ankunft des Königs wurde für den heutigen Tag erwartet und so wimmelte und wuselte es in den Innenhöfen der Burg wie in einem Ameisenhaufen. Schließlich sollte für den Monarchen nicht nur die Burg selbst im schönsten Licht erstrahlen, es galt auch ein köstliches Festmahl vorzubereiten.

Der High Sheriff of Kent höchstpersönlich überwachte die letzten Vorbereitungen und gab Anweisungen an die Dienerschaft.

Cilia betrachtete ihn, wie er breitbeinig dastand, absolute Autorität und Macht ausstrahlend. In seinem Antlitz spiegelten sich die Gesichtszüge seiner Tochter wider. Elisabeth hatte sein kräftiges, schwarzes Haar und die geheimnisvollen Augen geerbt.

Seine dunkle Stimme hallte über den Burghof hinweg und riss Cilia aus ihren Gedanken. Auch sie hatte heute keine Zeit zu verlieren, denn König Heinrich VIII. war für seine Launenhaftigkeit und Unberechenbarkeit bekannt, und sie wollte nicht schuld daran sein, sollte seinem gestrengen Auge irgendetwas missfallen.

Sie ging hinüber zum Bett, wo Elisabeth noch immer friedlich schlummerte. Selbst das bevorstehende Zusammentreffen mit Lord Waterford schien keinen Einfluss auf ihre Schlafgewohnheiten zu haben.

Vorsichtig berührte sie Elisabeth an der Schulter: „My Lady, wacht auf." Keine Reaktion. Zärtlich betrachtete Cilia die Schlafende und eine Welle der Zuneigung durchflutete sie. Seit vor mehr als drei Jahren ihre Eltern am Schweißfieber gestorben waren und sie deshalb in die Dienste des High Sheriffs trat, war Elisabeth die einzige Person, die ihr Zuneigung und Aufmerksamkeit schenkte. Sanft strich sie mit dem Zeigefinger über Elisabeths Schläfen.

Die schlug, geweckt von der Berührung, die Augen auf und lächelte in der nächsten Sekunde: „Guten Morgen, Cilia! Was für ein Tag – ein wirklich guter Tag!"

„Guten Morgen, My Lady. Ich habe Euch ein Bad eingelassen."
Elisabeth schlug die Laken zurück. Ihr Nachtkleid war nach oben gerutscht und entblößte die makellosen langen Beine. Cilia errötete und wandte den Blick ab. Doch Elisabeth schien ihre Verlegenheit nicht zu bemerken. Sie stand auf und lief hinüber in den anderen Raum, wo ein großer Zuber mit dampfendem Wasser bereitstand. „Komm und hilf mir." Sie reckte die Arme nach oben und Cilia eilte hinterher, um ihr das Nachtkleid über den Kopf zu streifen.

Sie konnte einen raschen Blick auf die samtig weichen Hüften Elisabeths werfen, ehe diese grazil in den Badetrog eintauchte. Elisabeth lehnte sich genüsslich zurück und schloss die Augen.

Cilia spürte, wie sich ihre Hände verkrampften, als sich Elisabeths milchig weiße Brüste aus dem Wasser erhoben. Ihre dunklen nassen Knospen ragten empor und glänzten, während kleine Wasserperlen die Wölbung entlang rannen.

Cilia konnte ihre Erregung kaum verbergen und beeilte sich, hinter den Wassertrog zu treten, um Elisabeths Schultern sanft zu massieren, so wie diese es gerne hatte. Sie versuchte, sich auf die Griffe zu konzentrieren und zwang sich gleichzeitig, den Blick nicht mehr auf die lustvoll bebenden Brüste Elisabeths zu richten.

Die gleichmäßigen kreisenden Bewegungen beruhigten ihr Gemüt mit der Zeit und sie entspannte sich wieder. Sie nahm einen Krug und ließ das klare Nass behutsam über Elisabeths üppige Haarpracht laufen. Nachdem sie der Lady die Haare gewaschen hatte, schlug sie das angewärmte große Badetuch, das schon bereit lag, auf und hielt es ihr hin, während diese behände dem Zuber entstieg.

Während Cilia die weiche Haut Elisabeths trockentupfte, hatte die nur den heutigen Nachmittag im Sinn: „Bald ist es soweit, ich kann es kaum noch erwarten! Er kommt im Gefolge des Königs. Man erzählt, er stünde schon sehr hoch in dessen Gunst."

„Gewiss, My Lady. Jeder Herrscher kann sich glücklich schätzen, von solch loyalen Gefolgsleuten umgeben zu sein."

Cilia folgte ihr ins Ankleidezimmer und hüllte sie in das so sorgsam gewählte Gewand. Elisabeth legte sich die Schmuckstücke an und beobachtete in dem großen ovalen Spiegel, wie Cilia ihr die Haare hochsteckte und anschließend das Häubchen darauf befestigte.

Sie griff zur Puderquaste, doch Cilias Blick ließ sie im nächsten Moment innehalten: „Nicht?"

„Doch, My Lady, aber wenn Ihr mir die Bemerkung gestattet, Euer Antlitz strahlt so viel natürliche Schönheit aus, dass diese nur dezent hervorgehoben werden muss und nicht gänzlich übermalt werden sollte. Bitte, lasst mich das machen."

Elisabeth nickte und Cilia puderte vorsichtig Nase und Stirn, trug nur einen Hauch Rouge auf die Wangen auf und tupfte die Lippenfarbe aus Alabaster, Gips und Farbpartikeln gekonnt auf ihre vollen süßen Lippen.

Dann erhob sich Elisabeth und drehte sich kokett im Kreis: „Na, was meinst du?"

„Er wird Euch zu Füßen liegen, My Lady. Da bin ich ganz sicher."

Elisabeths bezauberndes Lachen erhellte den Raum und sie

hakte sich bei ihrer Kammerfrau unter: „Hoffen wir, dass du Recht behältst, Cilia."
Dann drehte sie sich zu ihr hinüber, so dass sie ihr Gesicht sehen konnte: „Ich danke dir, Cilia."
„Wofür denn, My Lady?"
„Dafür, dass du immer für mich da bist, wenn ich dich brauche. Für deine guten Ratschläge und deine Hilfe in so vielen Dingen."
Cilia senkte beschämt den Kopf: „Ihr braucht mir nicht zu danken. Das ist meine Aufgabe! Und ich bin diejenige, die dankbar sein muss – für diese wunderbare Stellung in diesem Hause, die ich innehaben darf."
„Du weißt wohl, dass du mehr für mich bist, als nur eine gewöhnliche Bedienstete? Du bist inzwischen zu meiner Vertrauten geworden. Es gibt so viele Dinge, die ich mit niemandem sonst besprechen könnte. Und ich wünsche mir sehr, dass es immer so bleibt zwischen uns, hörst du?"
Cilia nickte: „Natürlich, My Lady. Ihr könnt Euch stets und in allen Belangen auf mich verlassen."
„Jetzt komm, ich will noch ein bisschen spazieren gehen und Turnierluft schnuppern, ehe der König eintrifft."

Sie schlenderten gemütlich durch den Innenhof und beobachteten das Treiben der Händler, Waffenschmiede und Gaukler, die inzwischen in großer Zahl eingetroffen waren.
Cilia war es zwischen den Buden und Marktständen zu hektisch und zu laut, doch sie ließ sich nichts anmerken, denn offensichtlich hatte Elisabeth ihre Freude an dem Trubel, der überall herrschte. So manch zwielichtige Gestalt hatte sich mit den Kaufleuten eingeschlichen und Cilia fühlte sich nicht

sonderlich wohl in ihrer Haut.

Endlich durchschritten sie das riesige Burgtor und ließen das geschäftige Volk hinter dem mächtigen Burgwall zurück, um ein wenig in den grünen Weiten der Grafschaft herumzuspazieren.

Cilia genoss die plötzliche Stille und die friedvolle Aura, die die unberührte Natur ausstrahlte, denn schon in wenigen Stunden würde der zweite Innenhof der Burg vom Lärm brechender Lanzen und berstender Schilde erfüllt sein. Cilia schauderte bei dem Gedanken daran.

Jede Form von Gewalt – und sei sie auch nur zur Unterhaltung des Adels gedacht, erfüllte sie mit Abscheu. Nicht selten kam es vor, dass auch ein Ritterturnier seinen Tribut forderte und manch übereifriger junger Adelsmann sein Leben lassen musste.

Eine ganze Weile spazierten sie schweigend durch die weitläufigen Wiesen Dovers, jede in ihre eigenen Gedanken versunken. Cilia seufzte und hielt Elisabeth am Arm fest: „Wir sollten langsam zurückkehren, My Lady."

„Schon? Oh mein Gott", Elisabeths Augen funkelten, „jetzt ist es bald soweit."

Die Vorfreude trieb sie schnell wieder zur Burg zurück, wo sie schon von Sir William Haut of Bourne Place erwartet wurden, der ihnen die Treppen herab entgegen geeilt kam: „Elisabeth, wo bleibst du nur? Der König kann jeden Moment hier eintreffen!"

„Vater!" Ihr entwaffnendes Lächeln ließ den Groll in seiner Miene sofort wieder verschwinden. „Ich bin doch hier!" Sie fiel ihm um den Hals und drückte einen Kuss auf seine stachligen Wangen.

„Na na!" Er versuchte seiner Stimme einen strengen Klang

zu geben, was ihm nicht gelang: „Nicht hier, mein Liebes."
Man brauchte wahrlich kein Hellseher zu sein, um sofort zu erkennen, dass der High Sheriff seine Tochter vergötterte und die beiden eine innige Zuneigung verband.

In diesem Moment trat einer seiner Diener an den High Sheriff heran: „Der König hat eben das Burgtor passiert, My Lord."

Er nickte und bot seiner Tochter galant den Arm. Sie lächelte und zwinkerte Cilia heimlich zu, als sie sich umwandten, um den König in Empfang zu nehmen.

Cilia folgte ihnen in gebührendem Abstand.

Als sie den Burghof erreicht hatten, stieg der König gerade vom Pferd. Er schritt in Begleitung seines Gefolges auf Sir Haut of Bourne zu, der augenblicklich das Haupt senkte, während seine Tochter ehrfurchtsvoll in die Knie ging.

Cilia tat es ihr ebenso wie die gesamte anwesende Dienerschaft gleich.

Heinrich blieb dicht vor ihnen stehen und bot Elisabeth galant seine Hand, um ihr wieder empor zu helfen, während er an den High Sheriff das Wort richtete: „Sir Haut of Bourne, wie ich sehe, befindet sich Dover Castle in ausgezeichnetem Zustand. Ich bin sehr zufrieden."

„Ich danke Euch, Majestät. Es ist mein einziges Bestreben, stets in Eurem Sinne zu handeln." Der Blick des Königs fiel auf Elisabeth, die in ihrer jugendlichen Unbekümmertheit dabeistand und ihn unverhohlen begutachtete.

„Mein liebes Kind." Er fuhr ihr sacht über die Wange: „Ihr seid zu einer wahren Rose erblüht. Wie lange ist es her, dass ich das letzte Mal in diesen Mauern weilte?"

„Ich denke, es werden an die zwei Jahre sein, Majestät." Ungläubig betrachtete er ihre durchaus vorhandenen weiblichen Formen: „ Vom ungestümen Fohlen zur jungen Stute, die gezähmt werden will. William, man kann Euch zu Eurer schönen Tochter nur beglückwünschen."
Der räusperte sich verlegen. „Oh ja, Majestät, sie wird ihrer Mutter von Tag zu Tag ähnlicher. Ich wünschte, sie würde noch unter uns weilen, um sich genau wie ich an ihrer Schönheit zu erfreuen."
Dann besann er sich seiner Rolle als Gastgeber wieder und beeilte sich hinzuzufügen: „Bitte tretet ein, Majestät, und stärkt Euch, ehe das Turnier beginnt."

Cilia stand immer noch unbeweglich da, als der König mit seinem Gefolge an ihr vorbei den Torbogen durchschritt. Sie war etwas verwirrt, denn in ihrer Vorstellung war der König nicht nur mächtig, sondern auch jung, stark und gutaussehend gewesen. Schließlich wurden ihm unzählige Liebschaften und Affären nachgesagt.
Das Original ähnelte diesem Phantasiebild nun in keiner Weise. Der Körper war weder wohlgeformt, geschweige denn muskelgestählt. Im Gegenteil, die Leibesfülle des Königs war ganz beträchtlich, und das Fett quoll unschön über die prächtige Gürtelschnalle, so dass diese nur noch halb zu sehen war.
Die Augen waren ursprünglich gewiss fesselnd und strahlend gewesen, doch inzwischen wurden sie von den fleischigen Wangen zu kleinen Schlitzen gedrückt, so dass sich ihre eigentliche Leuchtkraft nur noch erahnen ließ. Über der Oberlippe prangte ein säuberlich zurecht gestutztes schwarzes

Bärtchen, das seinem Gesicht etwas Männlichkeit verleihen sollte, was ihm jedoch nicht wirklich gelang. Doch trotz dieses wenig angenehmen Äußeren strahlte der Monarch Macht und Stärke aus und war eine imposante Erscheinung.

Während Elisabeth zur Linken ihres Vaters an der langen, festlich gedeckten Tafel des Palas Platz nahm, hatte sie endlich Gelegenheit, sich unter dem Gefolge des Königs umzusehen.
In dessen Begleitung befanden sich dieses Mal nur die engsten und treuesten Berater seiner Majestät, und natürlich war wie immer seine persönliche Leibgarde anwesend.
Ungefähr fünfzehn bis zwanzig Männer zählte diese Gruppe und Elisabeth entdeckte endlich auch Lord Waterford in ihren Reihen.
Sie war mehr als erstaunt, als sie ihn erblickte, denn aus dem schlaksigen, dürren Burschen von einst war ein kräftiger junger Mann geworden. Sein Brustkorb und auch die Oberarme waren breiter, die Muskeln größer und sein Blick noch fesselnder als bei ihrer letzten Begegnung vor nunmehr fast zwei Jahren. Die milden, ja fast anmutigen Gesichtszüge des Jungen von damals waren verschwunden und den markanten Linien gewichen, die sein Gesicht nun zeichneten.
Elisabeth war auf die körperliche Veränderung des Lords nicht vorbereitet und diese Tatsache erfüllte sie mit Unbehagen. Das Gefühl der Vertrautheit, das sie in ihren Gedanken stets für ihn empfunden hatte, war schlagartig verschwunden, und stattdessen war es ihr, als säße dort ein gänzlich Fremder. Er schien ihre Blicke zu spüren und wandte den Kopf zu ihr hinüber. Er nickte ihr kurz zu und ein flüchtiges Lächeln

umspielte seine Lippen.

Verlegen senkte sie den Kopf, um seinem Blick zu entgehen.

Nachdem sie das Mahl beendet hatten, erhob sich die Gesellschaft, um sich langsam zum Turnierplatz zu begeben. Während sich die Lords sputen mussten, um noch rechtzeitig ihre Rüstung anzulegen, nutzte Elisabeth die Gelegenheit, sich noch einmal frisch zu machen. Cilia setzte das Häubchen wieder zurecht und legte noch einmal etwas Lippenfarbe auf. Von Elisabeths überschwänglicher Freude auf diesen Tag war nichts mehr zu spüren. Still und nachdenklich saß sie da und starrte ihr Spiegelbild an.

„Was ist geschehen, My Lady?"

Elisabeth schreckte auf und sah Cilia erstaunt an: „Du hast ihn doch auch gesehen, nicht wahr? Ist dir etwa nicht aufgefallen, wie sehr er sich verändert hat?"

„Doch, natürlich. Aber das ist doch nur äußerlich. Im Wesen ist er sicher noch der alte." Elisabeth wiegte bedenklich den Kopf: „Ich weiß nicht. Es macht mir Angst, ihn so anders zu sehen, so – männlich. Was er wohl von mir erwartet?"

„Ich bin mir sicher, er freut sich einfach nur, Euch zu sehen. Genauso, wie Ihr dieser Begegnung entgegengefiebert habt."

Elisabeth erhob sich abrupt und schritt entschlossen zur Türe.

„Nun komm, wir werden sehen, was der Tag noch bringt."

Sie spazierten gemütlich hinaus in den Innenhof und warteten dort, bis der König ebenfalls eingetroffen war. Dann begaben sie sich alle gemeinsam zur Ehrenloge, und nachdem der König Platz genommen hatte, ließen sie sich ebenfalls auf die weichen

Polster sinken.

Cilia jedoch stand dicht hinter ihrer Herrin, so wie es ihr geziemte.

Die Herolde brachten die Wappenrollen der Ritter zur Einsicht und verkündeten anschließend den zahlreich erschienenen Bewohnern Dovers die Heldentaten ihrer Herren.

In der Luft lag eine Mischung aus dem Gestank von Pferdeäpfeln, Schweiß und dem metallischen Geruch von erhitztem Eisen.

Das Volk bejubelte jeden der teilnehmenden Ritter, je nachdem, wie gut sein Herold seine Heldengeschichten verkauft hatte, mal mehr und mal weniger enthusiastisch.

Zu Beginn des Turniers stand der Buhurt auf dem Programm und die Ritter wurden in zwei Mannschaften eingeteilt.

Als wenig später das Signal zum Kampf gegeben wurde, stürzten beide Einheiten aufeinander zu, um sich gegenseitig mit Hilfe der hölzernen Waffen aus dem Sattel zu heben. Höchstes reiterliches Geschick war vonnöten, um im Gedränge nicht abgeworfen zu werden.

Die geladenen Damen ließen sich ihre Aufregung nicht anmerken und fächelten sich elegant Luft zu, während sie interessiert das Geschehen beobachteten.

Auch Elisabeth starrte gebannt auf den Trubel und das Durcheinander, das vor ihnen auf dem Turnierplatz herrschte. Es war jedoch unmöglich, einem einzelnen Reiter bei seinen Aktionen zu folgen.

Erst als sich die Reihen allmählich lichteten, gelang es ihr, Lord Waterford ausfindig zu machen. Er saß noch immer hoch zu Ross und wich geschickt allen Angriffen aus, während er selbst

ein ums andere Mal seine Gegner zu Boden schickte.
Cilia hingegen beobachtete Elisabeth und entdeckte sowohl Bewunderung als auch Unsicherheit in deren Gesicht.
Als schließlich nur noch eine Hand voll Reiter im Sattel saß, wurde der Buhurt beendet und die siegreichen Ritter ließen sich vom Volk feiern. Sie ritten gemeinsam vor die Tribüne des Königs und machten ihm ihre Aufwartung.
Cilia bemerkte, obwohl seine Augen nur durch einen schmalen Schlitz des Helmes zu erkennen waren, wie Lord Waterfords Blick auf Elisabeth ruhte, und dieser Umstand versetzte ihr einen Stich in der Magengrube. Schnell wandte sie sich ab und versuchte, ihre Gedanken wieder zu ordnen.

Nachdem die Ritter den Turnierplatz, der nun für das Tjosten vorbereitet werden musste, verlassen hatten, erhob sich der König und verließ die Tribüne.
Elisabeth nutzte die Gelegenheit, um sich zwischen den Zelten und Buden der Händler nach Waterford umzusehen. Sie hatte nicht vor, diese Begegnung noch länger hinauszuzögern, denn es dünkte ihr, als würde ihre Unruhe mit jedem Moment, den sie untätig verstreichen ließ, noch größer.
Es dauerte eine Weile, ehe sie ihn vor dem Stand eines Waffenschmieds entdeckte, wo er eben dabei war, eine Beule aus seinem Brustpanzer entfernen zu lassen.
Als er sie kommen sah, strich er sich nervös die langen Haare nach hinten und beugte dann sein Haupt.
Formvollendet reichte sie ihm die Hand zum Gruß, als sie ihn erreicht hatte.
Cilia stand in gebührendem Abstand hinter ihnen und

beobachtete, wie er nach ihrer zarten Hand griff, sie behutsam umschloss und einen samtigen Kuss auf den Handrücken hauchte. Einem Ritter, der eben noch mitten im Kampfgetümmel gestanden und seine Gegner reihenweise zu Boden geschickt hatte, hätte sie so viel Feingefühl gar nicht zugetraut. Elisabeths kleine Hand in seiner Pranke versetzte ihr erneut einen Stich.

Seine warme Stimme drang bis zu ihr hinüber, als er Elisabeth begrüßte: „My Lady, Ihr seid noch schöner, als ich Euch in Erinnerung hatte. Ihr könnt Euch nicht vorstellen, wie sehr ich diesen Tag herbeigesehnt habe."

Sie entzog ihm verlegen ihre Hand, die er immer noch umschlossen hielt: „Lord Waterford – Thomas – Ihr seid so verändert. Ich erkenne Euch kaum wieder."

Er lächelte: „In der Tat, es ist wahrlich zu viel Zeit vergangen seit unserer letzten Begegnung. Wir wollen gemeinsam dafür Sorge tragen, dass dies nicht noch einmal geschieht."

Sie nickte schüchtern und wollte sich wieder zurückziehen, doch er griff noch einmal nach ihrer Hand und hielt sie fest: „Werdet Ihr heute Abend bei dem Bankett zugegen sein?"

Sie nickte: „Gewiss. Es ist meine Pflicht als Tochter des Hausherrn, diesem gesellschaftlichen Ereignis beizuwohnen."

Sein tiefes Lachen jagte ihr einen Schauer über den Rücken: „Ich hoffe sehr, dass es mehr sein wird, als nur eine Pflicht."

„Ich muss nun zurück, Lord Waterford. Wir sehen uns dann später."

„Halt, Elisabeth!" Er hatte sichtlich Mühe, sich von ihrem Anblick loszureißen: „Ich bitte Euch um ein Zeichen Eurer Gunst für das bevorstehende Tjosten. Es wäre mir eine Ehre, für Euch in das Turnier zu gehen."

Sie zögerte einen kurzen Moment, dann löste sie ihr honigfarbenes Armband vom Handgelenk und reichte es ihm.

Er presste den Stoff an seine Lippen: „Ich danke Euch!"

Sie wandte sich um und lief, für eine Dame ihres Standes etwas zu hastig, davon. Als die Bude des Schmiedes aus ihrem Blickfeld verschwunden war, blieb sie stehen und rang nach Luft. Cilia griff ihr stützend unter den Arm: „Was fehlt Euch, My Lady?"

Elisabeth zuckte mit den Schultern: „Ich weiß nicht, ich kann nicht atmen in seiner Gegenwart. Es ist, als würde mich seine Anwesenheit erdrücken."

„Aber er war doch sehr behutsam und zuvorkommend."

„Ich kann es mir ja selbst nicht erklären. Wir waren uns damals so nahe, es war alles so selbstverständlich. Doch nun ist er mir so fremd. Selbst seine Stimme ist nicht mehr die, an die ich mich erinnere. Ich fühle mich nicht mehr wohl in seiner Gesellschaft."

„Das wird sich geben, wenn Ihr mehr Zeit mit ihm verbringen werdet", versuchte Cilia zu trösten. Doch innerlich frohlockte sie.

Sie gingen gemächlich zurück zum Turnierplatz, um das Tjosten, den eigentlichen Höhepunkt des Turniers verfolgen zu können.

Obwohl Cilia wusste, dass die Lanzen der Ritter stumpf waren, erschrak sie jedes Mal bis ins Mark wenn einer der Ritter von der Waffe des Konkurrenten aus dem Sattel gehoben wurde. Schon allein das Geräusch der berstenden Lanzen auf den Schilden verursachte ihr gewöhnlich eine Gänsehaut am ganzen Körper.

Die Turnierteilnehmer ritten gerade als sie die Tribüne erreicht hatten unter dem tosenden Applaus der Menge auf den Turnierplatz ein. Die besten zwanzig Ritter aus dem Buhurt hatten nun die Ehre, ihr Können beim Lanzenstechen unter Beweis zu stellen.

Elisabeth erkannte Lord of Waterford sofort, denn am Ende seiner Lanze war ihr Armband festgebunden, das im Wind hin und her flatterte.

Die Ritter salutierten vor der Loge des Königs, um anschließend den Turnierplatz wieder zu verlassen. Selbst die Pferde schnaubten und tänzelten nervös. Die Atmosphäre war angespannt und ein Prickeln lag in der Luft. Obwohl dieses Turnier lediglich der Zurschaustellung und Unterhaltung des Adels diente, war der Ehrgeiz unter den Rittern groß, denn keiner wollte sich vor dem König die Blöße einer Niederlage geben. Im Gegenteil, eine gute Vorstellung beim Turnier konnte einem so manche Türe öffnen.

Die Regeln beim Tjosten waren denkbar einfach:

Die zwanzig Ritter traten im Duell gegeneinander an, ebenso die daraus resultierenden zehn Sieger. Die verbleibenden fünf Ritter traten dann jeder gegen jeden zum Zweikampf an.

Der Ritter, der letztendlich die meisten Duelle für sich entscheiden konnte, hatte das Turnier gewonnen. Punkte gab es dabei nicht nur für den Abwurf des Gegners, sondern auch für Treffer an Helm und Schild.

Elisabeth wurde die manchmal fragwürdige Ehre zuteil, dem Sieger seine Trophäe – dieses Mal eine Reiterstatue – zu überreichen, natürlich inklusive des obligatorischen Kusses.

Während vor ihnen die ersten Gegner ihre Kräfte maßen, lauschte Elisabeth der Unterhaltung des Königs mit ihrem Vater: „Was denkt Ihr ‚William, wer wird siegen?"

„Na ja, es gibt mehrere gute Männer, denen ich den Sieg zutraue. Rinsome, Willbury, aber auch der junge Waterford sind sicher die aussichtsreichsten Kandidaten. Aber wenn ich mir die Bemerkung erlauben darf, Euer Gnaden, so ist es mein persönlicher Wunsch, dass Sir Rinsome gewinnen möge."

Der König lachte: „Das denke ich mir, dass Ihr Euch einen Sieger aus Euren eigenen Reihen wünscht. Nun, wir werden sehen. Möge der Beste gewinnen."

Der High Sheriff nickte ergeben. Elisabeth verfolgte das Duell zwischen Rinsome und einem der anderen Ritter. Sie mochte Rinsome, war er doch in der Vergangenheit so etwas wie ihr Ersatzvater geworden, wenn ihr eigener Vater wieder in Staatsangelegenheiten unterwegs gewesen war. Sir Rinsome war die rechte Hand ihres Vaters, und seit sie denken konnte, übernahm er die Geschäfte auf Burg Dover Castle während der Abwesenheit des Vaters.

Dank seines Alters und der damit verbundenen langjährigen Erfahrung bereitete es ihm keine Probleme, den Gegner zu Fall zu bringen, und er hatte damit die Runde der letzten Fünf erreicht.

Der König nickte anerkennend zu dem High Sheriff hinüber: „Eure Vorhersage ist tatsächlich eingetroffen. Alle drei sind unter den letzten fünf Reitern. Nicht schlecht, William."

Schon kurze Zeit später kristallisierte sich heraus, wer den Sieg unter sich ausmachen würde: Sowohl Waterford als auch Rinsome hatten bislang alle Zweikämpfe für sich entscheiden können, so dass das letzte Duell des Turniers nun auch den Sieger hervorbringen würde.

Die Luft war zum Bersten gespannt und es lag eine ehrfürchtige Stille über dem Platz, als die beiden Ritter ihre Lanzen zum letzten Mal ergriffen.
„Jetzt haben wir unsere Wunschpaarung, William." Der König lachte: „Euer Mann gegen meinen – Alt gegen Jung. Wir werden sehen, ob Euer Wunsch nun in Erfüllung geht. Aber macht Euch keine allzu großen Hoffnungen, denn Waterford ist ein exzellenter Tjoster. Ich glaube nicht, dass Erfahrung Talent besiegen kann."
Sir Haut of Bourne Place kam nicht mehr dazu, zu antworten, denn im nächsten Moment senkten die Ritter die Lanzen und gaben den Rössern die Sporen.
Unaufhaltsam galoppierten sie aufeinander zu und Elisabeths Gedanken wirbelten wild durcheinander. Sie war hin und her gerissen, wusste nicht, wem sie den Sieg mehr wünschen sollte, dem väterlichen Freund oder dem jungen Verehrer. Rinsome zu küssen, würde nicht spektakulär, aber auch nicht beängstigend sein, während ein Kuss von Waterford alles sein konnte …
Der Abstand zwischen den Rittern verringerte sich zusehends und die Menge hielt den Atem an. Nur noch das verhaltene Schnauben und die trommelnden Hufe der Pferde waren zu hören. In der nächsten Sekunde donnerten die Lanzen auf die Schilde. Durch die Wucht des Aufpralles zerbarst die Waffe Waterfords und er warf sie von sich, während er sich umwandte, um nach Rinsome zu sehen.
Die Menge applaudierte, während Rinsome sich benommen

schüttelte, aber sich dennoch im Sattel halten konnte.

Waterford griff nach einer neuen Lanze und wendete sein Pferd, während er den Gegner fixierte. Der nervöse Hengst, dessen samtigbraunes Fell nass glänzte, tänzelte unruhig hin und her. Nur mit Mühe konnte er ihn im Zaum halten.

Rinsome hatte ihm noch immer den Rücken zugewandt und sprach mit einem der Herolde. Der senkte daraufhin die Flagge mit dem Wappen des Ritters und das Turnier war damit beendet.

Rinsome nickte zu Waterford hinüber, der die Lanze fallen ließ und in die Mitte des Feldes galoppierte, wo ihn die Menge feierte. Rinsome brauchte währenddessen Hilfe, um aus dem Sattel zu gleiten. Er schien sich durch den massiven Aufprall der Lanze doch verletzt zu haben.

Elisabeth stand auf und atmete tief durch, ehe sie nach der schweren Statue griff. Sie musste sie mit beiden Händen festhalten, während sie langsam die Stufen nach unten stieg.

Waterford lenkte sein Pferd zu der Tribüne hinüber und verbeugte sich vor dem König.

„Gut gemacht, Thomas!" Der König applaudierte kurz und deutete dann auf Elisabeth, die eben den Platz betrat: „Und hier seht Ihr den Lohn Eurer Mühen. Ihr habt Euch diesen Preis redlich verdient."

Unter den Jubelrufen und dem donnernden Applaus des Volkes trat Elisabeth zögernd an das Pferd heran, um Waterford die Trophäe hinauf zu reichen.

Er tätschelte seinem Braunen beruhigend den Hals und raunte ihr zu: „Keine Angst, er ist nur noch berauscht vom Kampf –

genau wie ich. Unser Blut ist noch in Wallung." Dann beugte er sich zu ihr hinab, um den Siegerkuss in Empfang zu nehmen. Elisabeth trat noch einen Schritt näher an das Pferd heran und bot ihm ihre Lippen dar. Beherzt drückte er die seinen darauf. Sie schmeckten salzig, und während ihr sein Geruch nach Staub, Schweiß und Schmutz in die Nase stieg, fühlte sie einen heftigen Würgereiz in sich aufsteigen, den sie kaum unterdrücken konnte.

Gerade noch rechtzeitig löste er seine Lippen wieder von den ihren und reckte seinen Preis in die Höhe. Er ritt damit noch einige Male vor der tobenden Menge auf und ab und ließ sich feiern, während Elisabeth den Platz verließ.

Cilia kam ihr entgegen gelaufen und blickte besorgt in das blasse Gesicht: „Ist Euch nicht wohl, My Lady?"

Sie schüttelte angewidert den Kopf: „Es war so ekelhaft, Cilia! Ich muss mir dringend den Mund ausspülen …"

Als sie wenig später in Elisabeths Gemächern angekommen waren, ließ diese sich erschöpft auf ihr Bett sinken: „Wenn er mich später auf dem Bankett noch einmal versucht zu küssen, werde ich in Ohnmacht fallen müssen."

Cilia konnte ein leises Kichern nicht unterdrücken: „War es wirklich so schlimm?"

„Hast du schon einmal einen Mann geküsst, Cilia?"

Sie schüttelte den Kopf. „Nein, My Lady. Bislang noch nicht. Ich hatte aber auch noch nie das Verlangen danach."

„Siehst du! Du hast ja keine Ahnung, wie das ist."

„Aber ich dachte, Ihr mögt Lord Waterford?"

Elisabeth seufzte: „Das dachte ich bisher auch. Aber irgendwie ist jetzt alles anders. Ich habe keine Ahnung, wie ich diesen Abend überstehen soll."

„Der junge Lord wird sicherlich ein Bad nehmen und sich für Euch frisch machen. Und schon wird er wieder der begehrenswerte junge Mann sein, als den Ihr ihn in Erinnerung habt." Elisabeth zog die Augenbrauen hoch: „Nichts wird je wieder so sein, befürchte ich. Ich muss ihm irgendwie begreiflich machen, dass aus uns beiden nichts werden kann, ohne seine Ehre dabei zu verletzen. Das wird nicht einfach sein."
Sie seufzte zum wiederholten Male: „Bring mir mein Ballkleid, Cilia. Ich muss mich fertig machen."

Cilia streifte ihr das staubige Kleid ab, tauchte den weichen Schwamm in die Schale mit warmem Wasser und fuhr damit in sanft kreisenden Bewegungen über den Körper Elisabeths.
Die schloss genüsslich die Augen: „Ah, das tut gut …"
Sie drehte Cilia den Rücken zu und umschloss mit der Hand das lange Haar, um es hoch zu heben, damit sie ihr auch den Nacken abwaschen konnte.
Cilia sog den rosigen Duft ihrer frischen unberührten Haut ein, und eine Welle des Verlangens durchströmte sie und raubte ihr die Sinne.
Sie war auf eine solche Intensität ihrer Gefühle nicht vorbereitet und schaffte es nicht, sie unter Kontrolle zu bringen. Ohne nachzudenken, gab sie der Versuchung nach und hauchte einen flüchtigen Kuss in Elisabeths Halsbeuge.
Elisabeth erschauerte: „Was machst du da?"
Cilia zuckte erschrocken zurück: „Verzeihung My Lady. Es wird nie wieder vorkommen!" Beschämt ließ sie den Schwamm in

die Schale zurück gleiten und griff nach dem Badetuch, um es ihrer Herrin zu reichen.

Elisabeth warf ihr einen strengen Blick zu: „Tu das nie wieder, hörst du?"

Als Elisabeth später den langen Gang zum Ballsaal entlang hastete, hatte sie den Vorfall schon wieder vergessen. Zwei Diener öffneten die beiden großen, prächtig verzierten Flügeltüren und sie schritt hoch erhobenen Hauptes hindurch.

Trotz ihres jugendlichen Alters war sie sich sowohl ihrer Erscheinung als auch ihres Standes wohl bewusst. Ihren innerlichen Aufruhr ließ sie sich nicht anmerken.

Die Gesellschaft war schon vollständig versammelt und die Blicke der Umstehenden folgten ihr, als sie zu ihrem Vater hinüber ging. Sie trug ein speziell für diesen besonderen Anlass entworfenes Ballkleid aus bernsteinfarbenem Satin, bestickt mit kleinen Perlen an Dekolletee und Ärmelsaum. Ihre runden vollen Brüste lugten einladend über den Rand des Ausschnitts hinaus und wippten leicht bei jedem ihrer Schritte. Ihren Hals zierte ein Collier aus großen Bernsteinen, das einst ihrer Mutter gehört hatte, und auch das hochgesteckte Haar war mit diesen Edelsteinen geschmückt. Sie hoben sich funkelnd vom Schwarz ihres Haares ab.

Ihr Vater nahm sie beim Arm und raunte ihr ins Ohr: „Du hast wirklich Glück, denn du siehst heute Abend so bezaubernd aus, dass ich dir für deine Verspätung beim besten Willen nicht böse sein kann."

Sie schenkte ihm ihr umwerfendes Lächeln und knickste vor König Heinrich: „Euer Gnaden, ich bitte für mein spätes

Erscheinen untertänigst um Vergebung."
Der König griff an ihr Kinn, um ihren Kopf wieder zu sich empor zu heben: „Mein liebes Kind, wer mir alleine durch seine bloße Anwesenheit so viel Freude bereitet wie Ihr, dem will ich gerne verzeihen."
Sie lächelte ihn kokett an und ging erneut leicht in die Knie.
Der König wandte sich wieder seinen Gesprächspartnern zu.

Elisabeth lief hinüber zu Rinsome, den sie eben entdeckt hatte, und streckte die Hand nach ihm aus: „Mein liebster Rinsome, wie geht es Euch?" Sie reckte sich und drückte ihm einen schnellen Kuss auf die bärtige Wange.
Rinsome lachte: „Das war wohl die Variante für den Verlierer, was?"
Sie schüttelte den Kopf. „Ihr werdet niemals ein Verlierer sein, Rinsome. Ihr habt Euch ganz phantastisch geschlagen."
Er blickte sie liebevoll an: „Vielen Dank, Elisabeth. Aber ich muss langsam der Wahrheit ins Auge sehen. Der junge Waterford hat mir doch ganz schön zugesetzt."
Er fasste sich an die Hüfte und setzte eine leidvolle Miene auf: „Ihr könnt stolz auf ihn sein. Er wird es einmal weit bringen."
Elisabeth senkte verlegen den Blick, doch Rinsome fuhr unbeirrt fort: „Aber wenn ich Euch einen freundschaftlichen Rat geben darf, My Lady?"
Sie nickte.
„Haltet Euch beim König zurück, Elisabeth. Es ist kein Geheimnis, dass er eine Schwäche für schöne Frauen hat. Außerdem ist er nach dem Tod seiner geliebten Königin immer noch auf der Suche nach einer Gemahlin. Und wir wollen

doch nicht, dass Ihr schon in naher Zukunft nach London übersiedeln werdet, oder?"

Elisabeth schüttelte entsetzt den Kopf: „Du liebe Zeit, das würde mir gerade noch fehlen."

Rinsome lachte: „Eben. Aber ich sah das Funkeln in seinen Augen, als Ihr den Raum betreten habt. Deshalb seid auf der Hut."

„Weiß man denn schon, wie lange der König bleiben wird?"

„Nein, Genaues ist mir nicht bekannt. In den nächsten Tagen wird der König aber die Baufortschritte am Burgwall und dem unterirdischen Tunnel inspizieren wollen. Wir werden sehen, wie er damit zufrieden ist."

Inzwischen war es Waterford gelungen, sich der illustren Damenwelt, die sich um ihn geschart hatte, zu entziehen. Als Gewinner des Turniers – noch dazu als ausgesprochen gutaussehender Gewinner konnte er sich über mangelnde Aufmerksamkeit nicht beklagen.

Lächelnd kam er auf Elisabeth zugelaufen: „Da seid Ihr ja endlich."

Er wandte sich mit einer angedeuteten Verbeugung an Rinsome: „Ich würde Lady Elisabeth gerne für einen Tanz entführen, wenn Ihr gestattet?"

Rinsome lächelte gutmütig: „Ihr habt sie gewonnen, Waterford. Heute ist sie ganz die Eure." Gemeinsam schritten sie zum Parkett hinüber, begleitet vom intriganten Getuschel der Damen und beobachtet von zahlreichen neiderfüllten Augenpaaren der Herren.

Er fasste sie an der Taille und drehte sich gekonnt mit ihr zum

Takt der Musik.

„Oh", sie sah ihn erstaunt an: „Ich wusste gar nicht, dass so ein hervorragender Ritter wie Ihr auch ein begnadeter Tänzer sein kann."

Er schmunzelte: „Nun, My Lady, das eine schließt das andere doch nicht zwangsläufig aus." Erstaunlicherweise fühlte sie sich wohl in seinen Armen und genoss die beschwingte leichte Art, sich zur ‚La Volta' zu bewegen.

Er bemerkte wie sie sich entspannte und lächelte. Ihr seltsames Verhalten heute Nachmittag hatte ihn beunruhigt, doch offensichtlich war sie nun wieder bei bester Laune.

Er zog sie ein bisschen näher an sich heran und sie ließ es geschehen.

Als die Musik verstummte, fasste er sie an der Hand: „Wollen wir ein bisschen an die frische Luft gehen?"

Sie nickte und gemeinsam verließen sie den Ballsaal. Ihr Vater sah den beiden hinterher, doch er ließ sie gewähren.

Der König grinste: „Wie mir scheint, werdet Ihr Eure hübsche Tochter nicht mehr all zu lange für Euch alleine haben. Ich muss schon sagen, Waterford hat einen vortrefflichen Geschmack. Schade eigentlich – wenn er mir nicht zuvor gekommen wäre, hätte ich mich vielleicht auch für sie erwärmen können. Wie Ihr sicher wisst, bin ich selbst auch gerade auf der Suche nach einer passenden Gemahlin."

Der High Sheriff nickte: „Und, Majestät, habt Ihr schon eine Wahl getroffen?"

Heinrich runzelte die Stirn und seufzte: „Ach, Sir William, wenn das nur so einfach wäre, aber dies ist ein recht unerfreuliches Thema. Keine kann meiner geliebten Jane das Wasser reichen.

Aber es muss ja sein. Mein Berater, Sir Cromwell, hat mir die Herzogin von Mailand ans Herz gelegt. Eine wahre Augenweide, wie man sagt, und blutjung noch dazu. Ich werde sie mir wohl einmal ansehen."

Waterford und Elisabeth standen am inneren Burgwall und blickten hinunter auf die Wiesen Dovers, die im Dämmerlicht wie schwarze Schatten vor ihnen lagen.

Sie legte den Kopf zurück und genoss die leichte Brise, die vom Meer zu ihnen herüber wehte. Der Wind blies in ihr Haar, so dass sich einzelne Strähnen lösten und sich über ihrem Gesicht kringelten.

Er konnte weder den Blick von ihr lassen, noch seine überschäumenden Gefühle länger im Zaum halten. Er griff nach ihren Schultern und drehte sie zu sich her: „Elisabeth, ich konnte … äh … ich habe mich verzehrt nach Euch, jeden einzelnen Tag, an dem ich nicht bei Euch war."

Seine Augen funkelten und sie konnte sein ungestümes Verlangen darin erkennen, doch sie erwiderte nichts.

„Elisabeth, so sagt doch etwas …"

Er zog sie dicht heran und da sie es zuließ, beugte er sich zu ihr hinab und suchte ihre Lippen. Elisabeth schloss die Augen, doch der befürchtete Würgereiz blieb diesmal aus.

Seine Lippen lagen einige Sekunden auf ihren, doch sie spürte rein gar nichts, weder Erregung oder Leidenschaft, noch Ekel.

Als er sich wieder von ihr löste, war sie dennoch erleichtert. In seinem Blick lag so viel Zuneigung und Liebe, dass es ihr fast Leid tat, selbst so distanziert und abweisend zu sein.

Sie strich ihm liebevoll über die Wange und er schmiegte sein

Gesicht in ihre Hand. „Elisabeth, liebste Elisabeth, könnt Ihr Euch denn vorstellen, Euer Leben mit mir zu teilen?" Sie ließ die Hand sinken und starrte ihn an. Kein Laut kam über ihre Lippen, so dass er schnell fortfuhr: „Elisabeth, Ihr – nein, DU weißt, wie meine Gefühle für Dich aussehen. Ich habe Dich geliebt, vom ersten Moment an. Und ich habe nun eine gute Stellung inne, ich bin Vertrauter des Königs – ein Mann von Rang. Ich kann Dir ein gutes Leben bieten."

„Ich ... ich" Sie suchte nach den richtigen Worten: „Ich bin noch so jung, ich will Dover Castle noch nicht verlassen. Ich denke, ich bin noch nicht so weit ..."

Sie sah, wie sich in seine Augen die Enttäuschung über ihre Worte schlich, und schon im nächsten Augenblick tat es ihr Leid, ihn so verletzt zu haben: „Ich werde darüber nachdenken, Thomas. Das verspreche ich."

Sie ergriff seine Hand: „Ich bitte Euch nur, mir noch ein wenig Zeit zu geben. Ich kann meinen Vater noch nicht verlassen. Er hat doch nur mich."

Er strich zärtlich mit seinem Daumen über ihren Handrücken, dann führte er ihn an seine Lippen: „Das verstehe ich. Ich werde auf Dich warten. Solange Du mir einen Grund zum Hoffen lässt, kann ich warten."

Sie lächelte ihn dankbar an und gemeinsam gingen sie zurück zu dem Fest.

Als Cilia am nächsten Morgen das Schlafgemach betrat, um wie immer die Vorhänge aufzuschieben, lag Elisabeth bereits mit wachen Augen im Bett.

„Oh, guten Morgen, My Lady. Ihr seid schon munter? Wie war

das Fest?"

Elisabeth seufzte: „Ich hab heute Nacht kaum geschlafen. Zu viele Gedanken tummeln sich in meinem Kopf. Das Fest?" Sie zog die Augenbrauen hoch: „Na ja, ich denke, es haben sich alle ganz prächtig amüsiert. Ja, doch – es war ein schönes Fest."

Cilia setzte sich zu ihr an den Rand des Bettes: „Ich habe irgendwie nicht das Gefühl, Ihr hättet Euch auch amüsiert."

Elisabeth richtete sich auf und griff nach Cilias Hand: „Darf ich dich etwas fragen?"

„Natürlich, My Lady. Was immer Ihr wollt."

„Warst du schon einmal verliebt? Weißt du, wie das ist, wie es sich anfühlt?"

Cilia senkte die Augen und starrte auf das blütenweiße Laken. Dann nickte sie kaum wahrnehmbar mit dem Kopf und flüsterte: „Ja, My Lady, war ich. Und ich bin es immer noch."

Neugierig rutsche Elisabeth noch näher an sie heran: „Sag mir, wie das ist."

Cilias Blick schien das Laken durchbohren zu wollen. Sie schwieg einige Sekunden, ehe sie antwortete: „Es ist kaum zu beschreiben. Man kann nicht atmen ohne diese Person, doch wenn sie da ist, kann man es noch viel weniger. Das Herz rast, wenn man an sie denkt, doch es scheint förmlich zu galoppieren, wenn man ihr dann wirklich gegenüber steht. Jede Minute, die man nicht mit ihr verbringt, ist eine verlorene. Aber …"

Erstaunt sah sie Elisabeth an: „Ihr müsstet doch selbst wissen, wie das ist. Ich denke, Ihr liebt Lord Waterford?"

„Tja, das dachte ich bisher auch. Und ich hatte auch diese Gefühle, die du beschreibst, solange er nicht hier war. Wie habe ich mich nach seiner Gegenwart gesehnt. Doch nun, da er tatsächlich hier ist, hat sich alles verändert. Ich empfinde nichts, wenn er mir gegenüber steht – nur Mitleid. Ja, vielleicht sogar Freundschaft, aber Liebe? Liebe muss sich anders anfühlen, denke ich."

„Vermisst Ihr ihn, wenn er nicht bei Euch ist? Könnt Ihr es kaum erwarten, wieder bei ihm zu sein?"

Elisabeth schüttelte den Kopf.

„Nein, dann ist es keine Liebe."

Elisabeth seufzte: „Was soll ich nur tun, Cilia? Er hat mich gebeten, seine Frau zu werden!"

Cilia wich plötzlich alle Farbe aus dem Gesicht und entsetzt starrte sie ihre Herrin an: „Jetzt schon? Er ist doch gerade erst einen Tag hier. Ich dachte nicht, dass es ihm so ernst ist."

„Aber was soll ich ihm nur sagen?"

„Wenn Ihr ihn nicht liebt, könnt Ihr auch nicht seine Gemahlin werden. Das wäre ihm gegenüber nicht fair."

Elisabeth stützte den Kopf in die Hände: „Aber er ist der einzige Mann, für den ich überhaupt Gefühle habe. Von Vater natürlich abgesehen. Ich kann mir nicht vorstellen, einen anderen jemals an mich heranzulassen. Und ich kann auch nicht als alte Jungfer enden, das wäre entsetzlich. Ich denke, ich werde seinen Antrag annehmen."

„Aber Ihr seid noch so jung, My Lady. Ihr müsst doch nichts überstürzen. Wer weiß, eines Tages kommt vielleicht doch der Richtige."

Elisabeth lachte: „Ich denke, die Wahrscheinlichkeit, dass eines Tages einer kommt, der mir noch viel unangenehmer wäre, ist um einiges größer. Aber du hast Recht. Ich werde meine

Entscheidung so lange wie nur irgend möglich hinausschieben. Je länger ich auf Dover Castle bleiben kann, desto besser."

Erleichtert atmete Cilia auf. Sie wollte aufstehen, doch Elisabeth hielt sie zurück: „Eines verstehe ich nicht. Wenn du verliebt bist, Cilia, wieso hast du dann noch nie geküsst? Ist es eine unglückliche Liebe?"
Als sie den traurigen Glanz in Cilias Augen bemerkte, tat es ihr plötzlich Leid, diese Frage gestellt zu haben.
Cilia nickte: „Ja, Lady Elisabeth, ich fürchte, es ist eine unglückliche Liebe."
„Kann ich dir irgendwie helfen? Soll ich vermitteln? Weiß derjenige von deinen Gefühlen?"
„Nein, niemand weiß etwas. Und das muss auch so bleiben. Für diese Liebe gibt es keine Zukunft. Ich muss einfach lernen, mit dieser unerfüllten Liebe zu leben."
Cilia erhob sich, um Elisabeths Kleider zu holen, doch die lief ihr nach und hielt sie am Arm: „Nein, Cilia, das darf nicht sein. Wenigstens eine von uns beiden muss glücklich werden. Eine muss wissen, wie es ist, leidenschaftlich zu lieben und geliebt zu werden. Mit Leib und Seele!"
Cilia lächelte sie wehmütig an und versuchte, sich aus ihrem Griff zu befreien: „Bitte, Lady Elisabeth, bringt mich nicht in Versuchung. Ihr macht es nur noch schlimmer."
Elisabeth ließ die Hand sinken und stand fassungslos da: „Du gibst einfach so auf?"
Cilias Blick wanderte an ihrem Körper entlang, angefangen von den nackten Füßen, weiter empor zu den schlanken Hüften, bis hin zu den Rundungen ihrer Brüste, die sich unter dem

durchscheinenden Nachthemd abzeichneten.

Sie hob die Hand und strich ihr behutsam eine Haarsträhne aus dem Gesicht: „Bitte Elisabeth, quält mich nicht länger…"

Elisabeth stand regungslos da. Ihre dunklen geheimnisvollen Augen verfolgten erstaunt jede Bewegung Cilias. Die trat einen Schritt weiter auf sie zu. Sie strich zärtlich über Elisabeths Wangen und ließ die Hand weiter die Halsbeuge entlang gleiten. Elisabeth erschauerte und schloss die Augen. Cilias Hand wanderte weiter die Schulter entlang, hin zu der warmen Achselhöhle und von dort aus hinüber zu der zarten Wölbung ihrer Brust. „Ihr seid so wunderwunderschön!", flüsterte sie erregt. Mit der anderen Hand zog sie am Band des Nachtkleides. Elisabeth stöhnte: „Was tust du mit mir?"

Cilia antwortete nicht. Sie senkte den Kopf, um zärtlich Elisabeths Halsbeuge mit Küssen zu bedecken. Ihre Hand schob sich vorsichtig unter das Gewand und umschloss behutsam Elisabeths festen runden Busen. Sanft wanderte ihr Daumen dabei über die Brustwarze, die sich sofort aufrichtete und unter der Liebkosung hart wurde.

Elisabeths Körper drängte sich ihr förmlich entgegen und Cilia bedeckte ihre Knospe mit den Lippen. Zärtlich umspielte sie sie mit der Zunge, während Elisabeth lustvoll seufzte. Vorsichtig zog sie mit der anderen Hand das Nachtkleid nach oben und fuhr die Außenseite ihrer weichen samtigen Schenkel entlang, während ihre Zunge nach wie vor die Brustwarze Elisabeths streichelte.

Bisher ungekannte Gefühle durchströmten sie dabei, deren Intensität sie nie für möglich gehalten hatte. Die Leidenschaft loderte in heißen Flammen in ihr hoch. Ihre Lippen wurden fordernder, ihre Hände drängender.

Doch plötzlich wurde sie heftig zurück gestoßen. Elisabeth, deren Atem stoßweise ging, wich vor ihr zurück, ihre Augen funkelten wütend: „Geh, hörst du? Geh sofort – ich benötige deine Dienste heute nicht mehr!"

Cilia stand für eine Sekunde wie angewurzelt da, dann machte sie auf dem Absatz kehrt und rannte aus dem Zimmer.

Elisabeth taumelte zurück zum Bett und ließ sich hineinfallen. Ihr Brustkorb bebte und ihre Gedanken wirbelten durcheinander.

Als Elisabeth Stunden später alleine den Burgwall entlang lief, glaubte sie immer noch, Cilias forschende Hände auf ihrem Körper zu spüren. Ihre Gedanken kreisten fortwährend um dieses Ereignis, diese körperliche Erfahrung, die sie so sehr aus dem Gleichgewicht gebracht hatte. Wie konnte ihr Cilia so etwas nur antun? Wie konnte sie ihre Gutmütigkeit, ihr blindes Vertrauen, nur derartig ausnutzen? Sie fühlte sich verraten, aber zugleich verspürte sie ein seltsames Verlangen nach Cilias Nähe, wollte sich wieder im Glanz derer flackernden leidenschaftlichen Augen spiegeln.

Elisabeth war auf dem Weg zu den Ställen, da sie hoffte, bei einem Ausritt einen klaren Kopf zu bekommen. Glücklicherweise waren ihr Vater und der König gemeinsam mit seinem Beraterstab heute damit beschäftigt, die Bauarbeiten am äußeren Burgwall zu begutachten. Der König befürchtete einen Angriff der Franzosen und war deshalb darum bemüht, Dover Castle so sicher wie nur möglich zu machen. Seit jeher war die Burg mit ihrem gigantischen Burgfried ein Zufluchtsort bei Belagerungen gewesen. Dover, mit seinem Hafen war ein wichtiger Angel- und Knotenpunkt für den Handel Englands und daher stets Ziel der feindlichen Angriffe. Dieser Umstand machte es notwenig, die Burg so gut wie nur möglich zu befestigen.

Elisabeth gab dem Marshall Anweisung, ihr Pferd satteln zu lassen, und ritt kurze Zeit später auf ihrer Schimmelstute durch das Burgtor hindurch, hinein in die saftigen grünen Hügel der Dover Landschaft. Die Frühjahrssonne hatte die Luft erwärmt und die Vögel zum Singen animiert.

Doch Elisabeth merkte davon nichts. Es gelang ihr nicht, die Geschehnisse des Vormittages aus ihren Gedanken zu verbannen. Immer wieder wallte die Erregung in ihr hoch, wenn sie an Cilias Lippen dachte, wie sie ihren Körper liebkost hatten.

Noch nie hatte sie ein derartiges körperliches Verlangen verspürt, und diese Gewissheit machte ihr Angst.

Schließlich stieg sie irgendwann einmal aus dem Sattel, um die Stute ein wenig grasen zu lassen. Burg Dover Castle lag nun in weiter Ferne und wirkte wie ein Spielzeugschloss. Elisabeth stand da und spürte, wie die Einsamkeit sie überwältigte. Sie kroch ihr in die Zehenspitzen, schlängelte sich langsam an den Beinen hoch und umschloss letztendlich ihren ganzen Körper. Ihre Augen füllten sich mit Tränen. Einsamkeit – unendliche, erbarmungslose Einsamkeit. Laute Schluchzer ließen ihren zarten Körper erbeben, während sie das Gesicht in den Händen barg. Sie hatte keine Ahnung, was heute mir ihr geschehen war, doch sie fühlte, dass es ihr ganzes Leben verändern würde.

Als sie, Stunden später, wieder die Auffahrt zur Burg hinauf ritt, hatte die Sonne bereits an Strahlkraft verloren und die leichte Meeresbrise bescherte ihr ein Frösteln auf den nackten Armen. Als sie das Burgtor erreicht hatte, traf sie auf König Heinrich und ihren Vater, die wohl gerade von ihrer Besichtigungsrunde zurückkamen.

Der König nickte ihr wohlwollend zu und lenkte sein Pferd neben das ihre: „Seid Ihr etwa alleine ausgeritten, mein Kind? Ist das nicht zu gefährlich? Wo ist Eure Hofdame?"

„Ich habe ihr frei gegeben. Ich wollte alleine mit meinen Gedanken sein, Majestät."

„Nun denn, Ihr habt mich auf den Geschmack gebracht, Elisabeth. Was haltet Ihr von dem Gedanken, Morgen gemeinsam einen Ausflug zu machen? Vielleicht sogar verbunden mit einem Picknick?"

„Oh gerne, Euer Gnaden! Das ist wirklich eine wundervolle Idee. Ich werde gleich persönlich die nötigen Vorbereitungen treffen."

Elisabeth war froh, eine Aufgabe zu haben, um so nicht ständig grübeln zu müssen.

Als sie ihre Stute zurück zu den Ställen gebracht hatte und auf dem Weg durch die Torhalle war, gesellte sich Waterford zu ihr: „Elisabeth, wie geht es Euch heute?"

Er sah sie so durchdringend an, dass sie befürchtete, er könne etwas von ihrem inneren Aufruhr bemerkt haben.

„Hattet Ihr einen schönen Tag? Es tut mir Leid, dass ich nicht eher bei Euch sein konnte, doch der König hat mich den ganzen Tag in Beschlag genommen."

Elisabeth hatte vorgehabt, ihm aus dem Weg zu gehen, doch

jetzt, da er plötzlich vor ihr stand, war sie froh darüber. Es fühlte sich so normal an, so gesund.

Sie lächelte und hakte sich bei ihm ein: „Nun, des Königs Bedürfnisse haben natürlich Vorrang. Aber der Abend gehört mir, versprochen?"

Verwundert sah Waterford sie an: „Selbstverständlich, Elisabeth. Dieser und der morgige und wenn Ihr wollt, jeder andere auch."

Als sie später am Abend mit ihrem Vater in der Kemenate saß, hatte sich auch Cilia wieder zu ihnen gesellt. Sie wagte es nicht, das Wort an ihre Herrin zu richten oder ihr ins Gesicht zu blicken. Still saß sie in Elisabeths Schatten, über ihre Stickerei gebeugt.

Elisabeth strafte sie mit Nichtachtung. Obwohl ihr Pulsschlag bei Cilias Anblick augenblicklich in schwindelerregende Höhen katapultiert wurde, ließ sie sich äußerlich nichts anmerken. Seelenruhig saß sie mit ihrem Vater über eine Partie Schach gebeugt.

Die Ereignisse des heutigen Tages hatten sie dazu bewogen, einen Entschluss zu fassen. Sie würde Waterfords Weib werden. Je eher, desto besser. Er konnte ihr den sicheren Hafen bieten, den sie jetzt so dringend brauchte. Und Morgen würde sie ihm ihre Antwort mitteilen.

Sie schob ihren Turm vor und lächelte gelöst: „Schachmatt, Vater!"

Am späten Vormittag des darauffolgenden Tages versammelten sich alle in der Vorburg bei den Ställen, wo der Marshall ihnen die Pferde zuteilte.

Elisabeth war schon seit dem frühen Morgen auf den Beinen und hatte alle Vorarbeiten für das Picknick getroffen. Die ausgewählte Dienerschaft war schon längst mit den großen und kleinen Köstlichkeiten unterwegs, um an Ort und Stelle für den König ein standesgemäßes Essen im Freien vorzubereiten. Cilia hatte sie kurzerhand mitgeschickt, um den Aufbau zu überwachen.

Sie lächelte Waterford freundlich an, als er ihr in den Sattel half, und gemeinsam ritten sie durch das Burgtor hindurch und die Zugbrücke entlang, wo sie von der wunderbaren englischen Landschaft in Empfang genommen wurden.

Es war ein herrlicher Frühlingstag und Elisabeth genoss den Ritt.

Nachdem sie eine Entscheidung getroffen hatte, war sie mit sich wieder im Reinen. Alles lief wieder in den richtigen Bahnen und war wie es sein sollte.

Der König führte die Truppe an und ritt im leichten Galopp über die Felder.

Waterford musste immer wieder seinen Kopf nach Elisabeth drehen, die entspannt neben ihm her ritt. Aus dem geflochtenen Zopf hatten sich einzelne Strähnen gelöst, die nun munter ihr Gesicht umflatterten. In ihren Augen lag ein zufriedener Glanz, und er fühlte sich ihr zum ersten Mal so nahe, wie es bei ihren früheren Begegnungen der Fall gewesen war.

Sie durchquerten ein kleines Wäldchen und erreichten dann die Lichtung, auf der unter einem großen weißen Zelt die Speisen bereit standen.

Nachdem der König sich reichlich bedient hatte, griff auch Elisabeth nach einem Teller. Sie entschied sich für einen

Salbeifladen und ein Stückchen Lachs im Teigmantel. Die frische Luft hatte sie hungrig gemacht und so freute sie sich mit gesundem Appetit über die Leckereien.

Sie hatte noch immer keine Gelegenheit gehabt, Sir Waterford ihre Entscheidung mitzuteilen, doch für gewöhnlich bildeten sich nach der Mahlzeit gerne kleine Grüppchen zu einem kurzen Verdauungsspaziergang. Dabei würde sich sicher eine Möglichkeit ergeben, ungestört mit ihm sprechen zu können. Sie griff nach dem Becher mit süßem Honigwein und nahm einen großen Schluck.

Nachdem die Teller größtenteils geleert und auch der König sein Mahl beendet hatte, beugte sie sich zu ihrem Vater hinüber, der zu ihrer Rechten saß: „Vater, wenn Ihr nichts dagegen habt, würde ich mir gerne die Füße vertreten und ein bisschen spazieren gehen."

Er nickte: „Natürlich, mein Liebes, aber du solltest nicht alleine gehen. Bitte warte noch einen Moment, dann werde ich dich begleiten."

Sie legte ihm die Hand auf die Schultern: „Nicht doch, Vater, ich will den König auf keinen Fall Eurer Gesellschaft berauben. Aber vielleicht hat ja Lord Waterford Lust, mit mir ein Stück zu laufen?"

Sie blickte auffordernd zu ihm hinüber, und während er hastig den letzten Brocken hinunter schluckte, beeilte er sich zu versichern: „Natürlich, Lady Elisabeth, es wäre mir ein Vergnügen."

„Nun gut, dann geht." Ihr Vater nickte und wandte sich wieder dem König zu.

Waterford sprang auf und lief um die Tafel herum, um Elisabeths

Stuhl beiseite zu rücken. Dann bot er ihr galant seinen Arm.
Sie schlenderten gemütlich in Richtung des kleinen Wäldchens, aus dem sie gekommen waren, und führten dabei eine leichte Konversation über das Wetter und andere belanglose Dinge. Als sie die ersten Bäume erreicht hatten und hinter deren Ästen vor neugierigen Blicken geschützt waren, blieb Elisabeth stehen.
Waterford sah sie erstaunt an: „Wollt Ihr umkehren, Elisabeth?"
Sie schüttelte den Kopf und strich sich verlegen eine Haarsträhne aus der Stirn: „Nein, Thomas, ich habe eine Antwort für Euch."
„Eine Antwort?" Verständnislos zuckte er mit den Schultern, doch dann traf ihn die Erkenntnis wie ein Blitz: „Eine Antwort auf DIE Frage?"
Sie nickte: „Ja, eine Antwort auf diese Frage."
Sein Blick schien sie zu durchdringen und er fasste sie etwas zu fest am Arm.
Sie konnte seine plötzliche Anspannung fühlen und genoss es, ihn noch eine Sekunde länger im Ungewissen zu lassen.
„Nun sprecht schon, Elisabeth, und erlöst mich. Wie lautet Eure Antwort?"
Sie stellte sich auf die Zehenspitzen und hauchte ihm ins Ohr: „Die Antwort lautet ja, Thomas."
Seine Augen versanken in ihren, als er die Arme um sie schlang: „Ihr macht mich zum glücklichsten Mann der Welt, Elisabeth!"
Sie senkte erwartungsvoll die Lider, als seine Lippen die ihren berührten, doch nichts geschah …

Kapitel II

Hampton Court Palace, London, Juli 1540

Elisabeth schritt gemächlich durch den Pond Garden des Schlosses. Er war vom König selbst mit entworfen und neu angelegt worden, und sie liebte es, so viel Zeit wie möglich dort zu verbringen.

Die sanft plätschernden Wasserfontänen und die vielen verspielten Figuren der Springbrunnen beruhigten ihr Gemüt. Außerdem konnte sie so der drückenden Atmosphäre des Palastes entgehen.

Obwohl Hampton Court ungleich prächtiger und üppiger ausgestattet war, als Dover Castle, fühlte sie sich dort noch immer nicht richtig wohl. Zu viel Leid und Tod hatten diese Gemäuer schon mit ansehen müssen. Doch zur Zeit war man im Palast hauptsächlich damit beschäftigt, die bevorstehende Hochzeit des Königs vorzubereiten, und für trübe Gedanken war kein Platz. Zumindest nicht nach außen hin.

Elisabeth setzte sich vorsichtig auf eine der zahlreichen Holzbänke und starrte auf die farbenprächtige Blütenpracht vor sich, ohne sie wirklich wahrzunehmen.

Ihre Gedanken wanderten zur flandrischen Königin, die erst vor wenigen Tagen abgereist war. Als Hofdame Ihrer Majestät hatte sie während der kurzen Dauer ihrer Ehe viel Zeit mit ihr verbracht und sie schätzen gelernt.

Des Königs Enttäuschung über das Aussehen seiner deutschen Gemahlin konnte Elisabeth nicht nachvollziehen. Die Königin, die sicherlich keine klassische Schönheit im eigentlichen Sinne darstellte, verfügte trotz oder vielleicht gerade wegen ihres entschlossenen und resoluten Antlitzes über eine angenehme Ausstrahlung. Auch die zurückhaltende Art der Königin war Elisabeth angenehm aufgefallen.

Dem König jedoch schien dieses unterkühlte Auftreten nicht behagt zu haben. Vielmehr war er dem oberflächlichen, leicht zu durchschauenden Charme dieser Catherine Howard erlegen.

Elisabeth zog die Augenbrauen unwillkürlich hoch bei dem Gedanken, in Kürze auch der neuen Königin von England als Hofdame dienen zu müssen.

Von der Ehe des Königs wanderten ihre Gedanken zu der eigenen hin und sie seufzte. Obwohl Thomas ein hingebungsvoller und zuvorkommender Ehemann war, spürte sie nach wie vor eine große Leere in sich.

Ihr Leben plätscherte belanglos, ja bedeutungslos, dahin, und so sehr er sich auch bemühte, darin einen festen Platz zu finden, es schien ihm nicht zu gelingen.

Elisabeth war stets sehr darauf bedacht, ihm die glückliche, zufriedene Gemahlin vorzuspielen, doch sie wusste sehr wohl, dass ihr dies nicht immer glückte.

Sie beugte sich hinab zum Boden und riss einen Grashalm ab, den sie anschließend in Gedanken versunken in kleine Stücke zerpflückte.

Auch wenn sie unaufhörlich versuchte, Cilia aus ihrem Kopf zu vertreiben, sie war immer präsent. Tagsüber, wenn sie beschäftigt war, tauchte ihr Bild nur hin und wieder vor ihr auf, doch nachts lag sie wach neben Thomas und spürte Cilias verlangende Hände auf ihrem Körper. Doch sie vermisste nicht nur dieses körperliche Empfinden, das Cilia ihr verschafft hatte.

Sie vermisste ihre Vertraute, ihre Kameradin und Ratgeberin, die Gefährtin ihrer unbeschwerten, fröhlichen Jugendtage.

Plötzlich sah sie ihren Tränen verhangenen Blick vor sich: als Cilia dastand und der Kutsche hinterher winkte, die Dover Castle verließ.

„Ich kann dich nicht mitnehmen!", hatte sie geschrien, als Cilia sie auf Knien darum gebeten hatte, sie begleiten zu dürfen, „Vater braucht dich hier, verstehst du? Ich hätte keine ruhige Minute in London, wenn wir ihn hier alleine zurück ließen."

Und dabei war ihr selbst zumute gewesen, als würde ihr Herz in tausend Stücke zerspringen.

Elisabeth stand auf und schüttelte sich, als könne sie so all die quälenden Gedanken abwerfen. Behutsam legte sie die Hände über ihren leicht gewölbten Bauch. „Du brauchst eine glückliche Mutter, mein Kleines. Keine, die Trübsal bläst", flüsterte sie zärtlich.

„Elisabeth? Seid Ihr hier?" Sie blickte sich um und sah ein junges hübsches Mädchen mit wehenden Röcken durch die verschlungenen Wege des Parks eilen.

„Hier, Cathy! Hier drüben bin ich." Sie hob die Hand und winkte.

Lächelnd sah sie der wenig damenhaft heranspringenden Gemahlin des Duke of Suffolk entgegen. Die Freundschaft zu Catherine Willoughby de Eresby war eine der wenigen positiven Entwicklungen, seit sie hier lebte. Sie mochte Catherines fröhliche jugendliche Unbekümmertheit, der es immer wieder gelang, ihre eigenen düsteren Gedanken zu vertreiben.

„Was habt Ihr auf dem Herzen, das Euch so außer Atem geraten lässt?"

Catherine strahlte: „Eine Nachricht, die Euch fröhlich stimmen wird, Elisabeth! Thomas und Charles sind eben damit zurückgekehrt."

„Nun sprecht schon, Cathy. Spannt mich nicht länger auf die Folter …"

„Euer Vater und Cilia sind nur noch eine Tagesreise entfernt! Schon morgen Abend könnten sie in London eintreffen, wenn alles gut läuft."

Elisabeth ließ sich zurück auf die Bank sinken und atmete schwer.

„Elisabeth? Ist Euch nicht wohl?" Catherine fächelte ihr mit einem Tuch frische Luft zu.

„Nein nein, es geht schon wieder." Langsam kehrte die Farbe in ihr Gesicht zurück.

„Entschuldigt bitte, ich hätte Euch mit dieser Nachricht nicht so überfallen dürfen. Nicht in Eurem Zustand. Was bin ich nur für ein leichtsinniges Ding!"

Elisabeth legte ihr beschwichtigend den Arm um die Schultern, während sich Catherine neben ihr niederließ: „Nein, das seid Ihr nicht. Es ist wirklich eine wunderbare Nachricht, die mich sehr glücklich macht. Es ist einfach zu viel Zeit vergangen, seit ich meinen Vater das letzte Mal gesehen habe."

Catherine strahlte: „Nun wird die Hochzeit des Königs ein rundum gelungenes Fest werden. Alle sind vereint, um sich mit ihm zu freuen, wie wunderbar."

Elisabeth nickte verhalten: „Ja, das ist wirklich wunderbar."

Der kommende Tag schien ihr wie eine Ewigkeit. Die Sekunden schlichen zäh dahin und weigerten sich, die Minuten rasch zu füllen, genauso wie diese sich dagegen sträubten, zu Stunden zusammengepfercht zu werden.

Elisabeth inspizierte zum wiederholten Male die Räume, die für ihren Vater und Cilia vorbereitet waren. Sie strich über die massive Kommode aus dunklem, englischem Holz und zupfte imaginäre Falten aus dem Spitzendeckchen.

Blumen, schoss es ihr durch den Kopf, *natürlich, es fehlt Grün!* Sie eilte hinaus in einen der Innenhöfe, um selbst ein paar der prächtigen Blüten zu schneiden, die zu dieser Jahreszeit zahlreich und in den verschiedensten Farben wuchsen.

Thomas fand sie, über einen Rosenstrauch gebückt: „Da bist du ja, Liz. Ich habe dich gesucht. Was machst du denn hier?"

„Vaters Zimmer wirkt noch so kühl und ich möchte doch, dass er sich wohlfühlt auf Hampton Court."

Thomas nahm ihr lächelnd das Messer aus der Hand: „Gib das bitte mir, ich will nicht, dass du dich damit verletzt."

Sie setzte eine gespielt beleidigte Miene auf: „Lord Thomas Waterford, Ihr sollt mich nicht ständig behandeln, als sei ich noch ein kleines Kind. Schließlich werde ich bald Mutter sein." Er zog sie nahe an sich heran, um den Duft ihres Haares einzusaugen: „Ich weiß, Liz. Ich denke an nichts anderes mehr. Und deshalb werde ich dich die nächsten Monate nicht aus den Augen lassen."

Zärtlich legte er die Hand auf ihren Bauch: „Na, mein Sohn, wie fühlst du dich heute? Heute ist ein ganz besonderer Tag, denn dein Großvater wird bald hier eintreffen."

Sie lachte und schmiegte sich in seine Halsbeuge. Es berührte sie, wenn er so liebevoll mit seinem Kind, sprach und durch jeden dieser innigen Momente schöpfte sie neue Hoffnung, irgendwann doch einmal ein glückliches, erfülltes Eheleben führen zu können.

Momentan glich ihre Beziehung eher der, die Bruder und Schwester zueinander haben sollten. Thomas war ausgesprochen rücksichtsvoll und seit ihr Bauch leichte Rundungen zeigte, hatte er sie nicht mehr angerührt.

Elisabeth war ihm dankbar dafür. Ihr Verlangen nach körperlicher Zuwendung schien wie ausgelöscht und das nicht erst, seit sie in anderen Umständen war.

Sie standen eine ganze Weile eng umschlungen inmitten der blühenden Pracht, ein glückliches Paar für jeden, der sie sah.

Als endlich, spät abends, die Kutsche des High Sheriff of Kent in den Palast einfuhr, waren Elisabeth über ihrer Stickerei bereits die Augen zugefallen.

Thomas legte die Arbeit beiseite und strich seiner Gemahlin sanft über die Wangen: „Elisabeth! Liz, sie sind da."

Obwohl er nur geflüstert hatte, schreckte sie zusammen: „Was sagst du? Sie sind hier? Oh mein Gott, wie lange habe ich geschlafen?" Benommen sah sie sich im Zimmer um.

Er half ihr hoch und sie schritt an seiner Seite hinaus in die Dunkelheit, um ihren Vater und Cilia zu begrüßen. Ihr Herz schlug ihr bis zum Hals, als sie die Kutsche sah, die durch die Fackeln der herbeigeeilten Dienerschaft erleuchtet wurde.

Sie hatte diesen Moment herbeigesehnt und ihn gleichzeitig verflucht. Und nun, da er Realität wurde, ließen sich ihre überschäumenden Gefühle nicht länger zurückhalten.

„Vater!" Mit einem Aufschrei stürzte sie sich in seine ausgebreiteten Arme. „Oh Vater, ich habe Euch so vermisst!"
Der High Sheriff presste sie an sich, um sie im nächsten Moment wieder ein Stück von sich abzurücken: „Mein Kind, lass dich ansehen. Du siehst blass aus, geht es dir gut?"
Lächelnd wischte sie sich eine Träne aus dem Augenwinkel: „Es ist alles in Ordnung. Das ist nur die Freude, Euch endlich wieder zu sehen."
Sein Blick fiel wohlwollend auf ihr rundes Bäuchlein: „Ich wollte es zuerst nicht glauben, aber nun, da ich es mit eigenen Augen sehe, kann ich es kaum noch abwarten, meinen Enkel in den Armen zu halten."
Während Thomas seinen Schwiegervater begrüßte, fiel Elisabeths Blick auf Cilia, die inzwischen der Kutsche entstiegen war und unsicher da stand.
Als Elisabeth sie sah, ihr liebes, unschuldiges Gesicht mit der Stupsnase und den tiefblauen Augen, konnte sie nicht länger an sich halten: „Cilia, oh meine Cilia …"
Sie schloss das Mädchen in die Arme und drückte ihr einen Kuss auf die Wange: „Es tut so gut, dich wiederzusehen."
„My Lady." Cilia senkte den Blick und knickste.
Elisabeth wich zurück und räusperte sich. Dann hakte sie sich bei Thomas und ihrem Vater ein: „Kommt mit, ich zeige Euch Eure Zimmer."

Als sie schließlich erschöpft aber glücklich mitten in der Nacht neben Thomas unter die Laken schlüpfte, spürte sie seit langer Zeit zum ersten Mal wieder so etwas wie Erregung in sich aufsteigen.

Es begann mit einem Kribbeln im Bauch und setzte sich fort als warmes, feuchtes Gefühl in ihrem Schoß. Unruhig wälzte sie sich von einer Seite zur anderen, ohne in den Schlaf zu finden. Sie war viel zu aufgekratzt, und sobald sie die Augen schloss, sah sie Cilias geliebtes Antlitz vor sich.

Sie blickte zu Thomas hinüber, der schon längst friedlich neben ihr schlief. Behutsam strich sie ihm über die Stirn und hauchte ihm einen Kuss auf sein Ohrläppchen: „Thomas?"

Verschlafen blinzelte er sie an: „Liz, was ist los? Kannst du nicht schlafen? Ist alles in Ordnung?"

„Keine Sorge, mir geht es gut. Mir ist nur so, so …heiß."

Sie fuhr mit der Hand seinen Oberkörper entlang, um sich dann über ihn zu beugen und seine Brust mit Küssen zu bedecken. Ihr offenes Haar fiel auf seine Haut und kitzelte. Augenblicklich war er hellwach und sah sie verwundert an: „Bist du dir sicher, dass du das wirklich willst?"

Sie nickte und ließ sich zurück in ihre Kissen fallen, während sie ihn über sich zog. Er öffnete ihr Nachtkleid, umfasste ihre durch die Schwangerschaft noch praller gewordenen Brüste und liebkoste sie zärtlich.

Elisabeth schloss die Augen und stellte sich vor, es seien Cilias Hände, die sie berührten.

Am nächsten Morgen war Elisabeth wach, ehe die ersten Sonnenstrahlen ihren Weg durch die Lücken zwischen den zugezogenen Vorhängen gefunden hatten. Sie lag in ihrem Bett und dachte an Cilia. Cilia, wie sie ihr das Haar frisierte, Cilia, wie sie morgens ihr Schlafgemach betrat, um die Vorhänge aufzuschieben, und Cilia, wie sie ihren Körper einseifte.

Elisabeth seufzte. Wie seltsam, dass man einen Menschen immer erst dann richtig zu schätzen wusste, wenn er nicht mehr bei einem weilte.

Plötzlich fühlte eine zarte Bewegung in ihrem Bauch, so als würden Schmetterlingsflügel an seiner Innenseite entlang streifen. Sie genoss diesen magischen Moment und eine Welle der Zuneigung durchflutete sie, während sie die Hände auf die Stelle legte:

Mein kleiner Schatz, bist du auch schon wach? Geht es dir gut? Ich liebe dich, hörst du? Ich werde immer für dich da sein, egal was kommt.

Als sie später alle beim Frühstück saßen und Pläne für die nächsten Tage schmiedeten, suchten ihre Augen vergeblich nach Cilia. Gelangweilt stocherte sie in ihrem Teller herum und versuchte, ihre Enttäuschung zu verbergen. An der Unterhaltung der anderen beteiligte sie sich kaum.

„Wir haben wirklich Glück, dass unser König so mit der Hofierung seiner Herzensdame beschäftigt ist, dass er kaum noch Zeit für etwas anderes findet, nicht wahr, meine Liebe?"

„Wie bitte?" Elisabeth sah ihren Gemahl irritiert an: „Ja sicher, wir sollten Catherine Howard dankbar sein, dass sie ihn so sehr für sich in Beschlag nimmt. Wäre das nicht der Fall, würde er Vaters Gesellschaft sicher tagelang für sich beanspruchen." Sie lächelte flüchtig.

„Was hältst du davon, wenn wir Charles und seine Frau heute ebenfalls zu unserem Landausflug einladen?"

Elisabeths Miene erhellte sich: „Oh ja, Thomas, das ist eine ausgezeichnete Idee. Das sollten wir unbedingt tun."

Am frühen Nachmittag machten sich also der High Sheriff of Kent, sein Schwiegersohn, sowie der Duke of Suffolk mit seiner Gemahlin zu einer Landpartie auf.

Thomas hatte darauf bestanden, dass Elisabeth mit der Kutsche hinterher kommen sollte, da ein Ritt zu Pferde in ihrem Zustand völlig ausgeschlossen war.

Und Elisabeth wiederum hatte darauf bestanden, dass Cilia ihr Gesellschaft leisten müsse.

So saß sie dieser nun mit schweißnassen Händen in der Kutsche gegenüber, während ihr Herz in einem ganz neuen Rhythmus schlug.

Doch Cilia schwieg. Sie hatte ihren Blick starr aus dem Fenster gerichtet, ohne Elisabeth weiter zu beachten.

Deren Blut geriet immer mehr in Wallung, je länger die Fahrt andauerte und wertvolle Minuten ungenutzt verstrichen.

Schließlich hielt sie es nicht mehr aus und die Worte sprudelten aus ihr heraus: „Cilia, sieh mich an! Was ist nur mit dir? Bist du denn plötzlich aus Stein? Hast du mich denn schon völlig vergessen?"

Das Mädchen drehte den Kopf und sah sie mit einer solchen Kälte an, dass sie das Gefühl hatte, sie schleuderte ihr mit ihren klaren blauen Augen Eiszapfen mitten ins Herz: „Ihr habt mir letztes Jahr unmissverständlich zu verstehen gegeben, dass ich die vorgeschriebenen Verhaltensregeln auf keinen Fall zu überschreiten habe, My Lady. Und daran halte ich mich." Dann wandte sie sich wieder ab.

Für die Rückfahrt bat Elisabeth Cathy darum, ihr Gesellschaft zu leisten.

Die nächsten Tage verstrichen, ohne dass sich etwas an Cilias Verhalten geändert hätte. Nach wie vor verrichtete sie ihre Aufgaben korrekt und dienstbeflissen, doch darüber hinaus mied sie jeden Kontakt zu Elisabeth.

Die wiederum schwankte stets zwischen Resignation und der Versuchung, Cilia wachrütteln zu wollen. Je länger sich Cilia verweigerte, desto mächtiger wurde Elisabeths Verlangen nach ihr.

Schließlich beschloss Elisabeth, mit den Waffen einer Frau zu kämpfen, und sie zwang sich, Cilia nun ebenfalls zu ignorieren. Stattdessen verbrachte sie viel Zeit mit Cathy. Sie scherzten und lachten gemeinsam, spazierten einträchtig durch die Gartenanlagen des Schlosses, und am Abend saßen sie gemeinsam über die Taufdecke des Babys gebeugt, um sie mit Blüten zu besticken.

Auch diesen Tag hatte sie in Cathys Gesellschaft verbracht. Sie waren gemeinsam durch die Londoner Straßen geschlendert und hatten für das Baby eingekauft.

Als sie zurückkamen, wurden sie bereits von Cilia erwartet. Elisabeth drückte ihr die Einkäufe in die Hand: „Bring die bitte auf mein Zimmer. Ich komme gleich nach."

Cilia nickte und verschwand, während sich Elisabeth mit einem Kuss auf die Wangen von Catherine verabschiedete.

Als sie wenig später ihre Räume betrat, war Cilia schon dabei, die Schachteln auszupacken. Elisabeth griff nach einem Häubchen und hielt es ihr unter die Nase: „Wie findest du das, Cilia? Ist das nicht bezaubernd? Cathy hat es ausgesucht."

Cilia schwieg.

„Ich finde, sie hat einen vortrefflichen Geschmack."
Cilia schwieg noch immer und faltete die einzelnen Stücke fein säuberlich zusammen.
„Hast du ihre Taille gesehen, Cilia? Und dieses kräftige blonde Haar? Ist sie nicht anbetungswürdig?"
Cilia ließ das Leibchen fallen, welches sie eben zusammengelegt hatte und murmelte mit gesenktem Kopf: „Ich würde mich gerne zurückziehen, My Lady. Euer Vater benötigt sicher meine Dienste."
Elisabeth machte einen Schritt auf sie zu und hob mit dem Zeigefinger ihr Kinn an: „Cilia?" Das Mädchen stand unbeweglich da, während Elisabeths Daumen zärtlich über ihre sinnlichen leicht geöffneten Lippen wanderte.
Cilia stöhnte: „Nicht, My Lady! Tut mir das nicht an."
Doch Elisabeth schüttelte den Kopf, während sie zur Türe lief und den Riegel vorschob.
„Du hast diesen Stein ins Rollen gebracht. Du hast dieses schlummernde Flämmchen in mir genährt und ein mächtiges Feuer entfacht. Jetzt hast du auch die Konsequenzen zu tragen."
Sie ging zurück zu Cilia und löste das Band, das ihr Haar zusammengehalten hatte. Wallend ergoss sich die Pracht über deren Schultern.
Sie griff mit der Hand hinein und sog begierig den frischen Duft ein: „Ich habe mich so sehr nach dir verzehrt, Cilia. Nach deinen Augen, deinen Händen und deinen Lippen auf meinem Körper." Ihre Stimme brach und geriet zu einem heiseren Flüstern: „Bitte erlöse mich, Cilia …"
Cilia stand noch immer wie versteinert da, doch dann fasste sie plötzlich Elisabeth in den Nacken und zog ihr Gesicht zu

sich heran. Zuerst behutsam, dann immer drängender spielten ihre Lippen mit denen Elisabeths. Vorsichtig ließ sie ihre Zunge zwischen deren leicht geöffneten Lippen gleiten und lud sie zum zärtlichen Spiel ein.

Elisabeth stöhnte, während sich ihr Verlangen ins Unermessliche steigerte. Neue, bisher ungeahnte Empfindungen ließen ihren Körper vibrieren.

Cilias Zunge wanderte indessen an ihrem Hals hinab und bahnte sich ihren Weg nach unten, während ihre Hände das Oberkleid Elisabeths im Rücken aufknöpften. Sie streifte es ihr über die Schultern und es fiel geräuschlos zu Boden. Dann zog sie an den Bändern des Korsetts, bis auch dieses sich von Elisabeths Körper gelöst hatte.

Einige Sekunden stand sie da, um sich an Elisabeths nackter Schönheit zu weiden. Sie bemerkte, dass die Brüste durch die Schwangerschaft noch voller geworden waren und konnte nicht länger an sich halten. Sie zog Elisabeth zum Bett und streifte ihr dort das Unterkleid herunter. Ihre Augen wanderten begierig auf Elisabeths Körper auf und ab, bis sich dieser ihr förmlich entgegenbäumte.

Elisabeth warf sich wie im Rausch hin und her. Einmal entzog sie sich den Lippen Cilias, um sich ihr im nächsten Moment wieder anzubieten. Sie umklammerte Cilias Kopf und presste ihn an ihren Körper, während diese nach wie vor ihre Brüste liebkoste.

Seit Monaten fühlte sie sich zum ersten Mal wieder richtig lebendig. Sie spürte das Blut durch ihre Adern rauschen und ihr Herz in schnellem Takt schlagen. Es tat so unsagbar gut, in Cilias vertrautes geliebtes Gesicht zu blicken, ihre wohltuende

Nähe zu spüren und gleichzeitig mit ihr in ungeahnte Gefilde der Wollust zu entschweben. Sie schloss die Augen und ließ sich vom Strom der Leidenschaft treiben.

Da der Bann nun endgültig gebrochen war, nutzen Elisabeth und Cilia jede Gelegenheit, um sich zu lieben. Elisabeth war es gleichgültig, ob jemand etwas bemerkte.
In den weitläufigen Parkanlagen des Schlosses gab es zahlreiche Nischen und Verstecke sowie lauschige Plätzchen, an denen so gut wie nie jemand vorbei kam. Elisabeth war wie im Rausch. Sie schien süchtig nach Cilias Nähe zu sein. Nicht nur, weil sie ihr eine körperliche Befriedigung schenkte, deren Intensität sie niemals für möglich gehalten hatte. Es war noch viel mehr als das. Erst in Cilias Gegenwart schien sie selbst vollkommen zu sein.
Thomas verbrachte viel Zeit mit den Vorbereitungen für die Hochzeit des Königs, die unmittelbar bevorstand und so geheim wie nur möglich stattfinden sollte, so dass sie oft in der Gesellschaft ihres Vaters war – und in Cilias.

Am Morgen des 28. Juli befanden sich nur die engsten Vertrauten und Berater des Königs gemeinsam mit ihm und seiner Braut auf dem Weg nach Surrey, wo die Hochzeit stattfinden sollte.
Als sie dort angekommen waren, machten sich Elisabeth und Cilia sofort daran, die Kapelle von Oatlands Palace mit Blumen zu schmücken.
Sie standen im Eingang der Kapelle und betrachteten ehrfürchtig das schlichte, aber dennoch majestätisch wirkende Kirchenschiff.

Cilia räusperte sich und das Geräusch durchdrang die erhabene Stille, die über ihnen lag und widerhallte in den Wölbungen der Decke, so dass sie unwillkürlich zusammenzuckte: „Du liebe Zeit", sie lächelte zaghaft: „Hier bleibt mir förmlich die Luft weg. Komm, lass uns nach draußen gehen."
Doch Elisabeth hielt sie zurück, als sie sich umdrehen wollte: „Nein, Cilia, hier ist es so wunderbar friedlich und ruhig. Mir gefällt das. Schon in wenigen Stunden wird die Kapelle gefüllt sein mit Neid, Habgier, Machtgelüsten und intriganten Machenschaften. Ganz zu schweigen von dem Getratsche und dem niederträchtigen Getuschel der Damen der hohen Gesellschaft."
Sie seufzte: „Du glaubst gar nicht, wie gefährlich das Leben am Hofe des Königs sein kann. Jedes Wort, das man ausspricht, muss mannigfach überlegt sein, da es einem im Handumdrehen zum eigenen Strick werden kann. So viele loyale Diener des Königs mussten das am eigenen Leib erfahren."
Ihre Gedanken wanderten zum Lordsiegelbewahrer des Königs, der am heutigen Tage hingerichtet werden sollte und es wurde ihr ganz flau im Magen. Eine Welle des Mitleids für diesen loyalen Königsgetreuen, der wie viele andere vor ihm einer Intrige zum Opfer gefallen war, überrollte sie.
Cilia fasste Elisabeths Hand, um sie zu trösten. Vorsichtig beugte sie sich vor, um ihr einen zärtlichen Kuss auf die Lippen zu hauchen.
Im nächsten Moment ließ ein leiser Aufschrei ihren Kopf wieder herumwirbeln und sie sah im Augenwinkel, wie ein Stück himmelblauen Stoffes hinter den großen Torflügeln der Kapelle verschwand.

Auch Elisabeth schrak hoch: „Wer war das?" Sie raffte ihr Kleid zusammen und eilte zur Türe, doch es war dort niemand mehr zu sehen.

Cilia zuckte mit den Schultern: „Ich habe keine Ahnung. Aber es ist doch nichts passiert. Es war eben nur ein freundschaftlicher Kuss auf die Wange."

Elisabeths zorniger Blick ließ sie verstummen: „Nur ein freundschaftlicher Kuss? Oh mein Gott, Cilia, du hast wirklich keine Ahnung. Wenn im Palast bekannt wird, dass ich mich von meiner Zofe küssen lasse, wird bald noch weitaus Schlimmeres getratscht werden und im Nu sind die Stellung sowie der Ruf meines Mannes gefährdet. Der König würde so einen Skandal am Hofe niemals dulden."

Sie holte tief Luft und ihre Stimme klang entschlossen: „Wir müssen in Zukunft vorsichtiger sein, Cilia. Das bin ich meinem Gemahl schuldig. Und auch dem Baby ..." fügte sie nach kurzer Pause hinzu.

Als Elisabeth Stunden später am frühen Nachmittag abermals die Kapelle betrat, tat sie das an der Seite ihres Gemahls. Sie nahmen in der Kirchenbank Platz und Elisabeth nickte Catherine und Charles freundlich zu, als sie sich setzten. Charles lächelte zurück, doch Catherine senkte den Blick und saß starr da, als sich ihre Augen trafen.

Elisabeth hatte keine Zeit mehr, sich darüber Gedanken zu machen, denn in diesem Augenblick betrat der König mit seiner Braut die Kapelle und die Orgel begann zu spielen. Die Gesellschaft erhob sich, während das Brautpaar vor den Altar trat, doch Elisabeth stand nur wenige Sekunden, ehe sie wieder auf die Bank niedersank.

Thomas sah besorgt in ihr blasses Gesicht: „Geht es dir nicht gut, Liebes?"

Sie versuchte ihn zu beruhigen: „Es geht schon wieder. Es ist nur dieser seltsame Geruch. Er verursacht mir immer noch Übelkeit."

Sie hielt schützend die Hände über den Bauch gepresst.

Thomas fasste sie am Arm: „Ich begleite dich nach draußen. Du brauchst frische Luft."

Charles mischte sich nun ein: „Bleib, Tom", flüsterte er, „Catherine wird mitgehen."

Er bedeutete seiner Frau, die Schwangere nach draußen zu begleiten.

Zögernd stand diese auf und bot Elisabeth ihren Arm. So unauffällig wie möglich verließen die beiden Frauen die Kapelle und traten an die frische Luft. Sofort spürte Elisabeth, wie der Sauerstoff ihre Lungen füllte und das flaue Gefühl im Magen vertrieb. Sie lächelte ihre Helferin an: „Ich danke Euch, Cathy. Es ist sehr nett von Euch, mich zu begleiten."

Doch Catherines Miene blieb abweisend: „Es ist eine Selbstverständlichkeit, einer Dame, die in anderen Umständen ist, behilflich zu sein. Aber wenn Ihr gestattet, werde ich Euch jetzt den geschickten Händen Eurer Zofe anvertrauen. Sie wird sicher wissen, was Euch gut tut."

Elisabeth runzelte die Stirn, als sie den ironischen Unterton in Catherines Stimme wahrnahm, doch sie wusste nicht, was er zu bedeuten hatte.

Nachdenklich betrachtete sie die normalerweise so fröhliche und liebenswerte Vertraute und ihr entging nicht, wie diese nervös am Saum ihres himmelblauen Ärmels zupfte.

Als Elisabeth bereits zwei Tage später ihren Vater zum Abschied in die Arme nahm, war es ihr, als würde mit ihm und Cilia auch alles Lebens- und Liebenswerte Hampton Court verlassen.

Er nahm behutsam ihr Gesicht in beide Hände und blickte in die glasigen Augen seiner Tochter: „Mach es mir doch nicht so schwer, mein Kind. Du weißt, ich muss zurück nach Dover. Ich muss in Kent meinen Staatsgeschäften wieder nachgehen. Rinsome braucht mich."

Elisabeth nickte, und nur mit äußerster Anstrengung gelang es ihr, ihre Stimme unter Kontrolle zu halten: „Ja, Vater, ich weiß. Ich werde Euch nur so schrecklich vermissen …" Ihre Stimme brach und sie barg ihren Kopf an seinen Schultern.

Zärtlich drückte er seine Tochter an sich: „Wenn du möchtest, lasse ich dir Cilia da. Ich komme auch ohne sie zurecht. Besonders in den kommenden Wochen wirst du jemanden brauchen, der sich um dich kümmert."

Cilia, die in kurzem Abstand hinter dem High Sheriff stand, um sich ebenfalls zu verabschieden, hielt den Atem an. Ihr Herz schlug plötzlich vor Aufregung Purzelbäume und ihre Wangen begannen zu glühen.

Doch Elisabeth reagierte nicht wie erhofft: „Nein Vater, ich danke Euch von Herzen, aber Cilia sollte mit Euch nach Dover zurückkehren. Dover ist ihre Heimat und ich will nicht, dass sie meinetwegen unglücklich in Hampton Court festsitzt."

Aus dem Augenwinkel sah sie die funkelnden Augen Cilias, die sie am liebsten mit ihren Blicken erdolcht hätte, doch sie blieb dabei: „Wenn das Baby geboren ist, werden wir uns ja wieder sehen. Da mich der König von meinen Aufgaben als Hofdame

der Königin bis zur Niederkunft entbunden hat, werde ich mich schonen können und Thomas liest mir sowieso jeden Wunsch von den Augen ab. Macht Euch also bitte keine Sorgen, Vater!"
Der High Sheriff verabschiedete sich nun mit festem Händedruck von seinem Schwiegersohn: „Lebt wohl, Thomas. Und achtet gut auf meine Tochter, hört Ihr!"
Cilia war inzwischen zu Elisabeth hinüber gelaufen und knickste: „Lebt wohl, My Lady." Elisabeth nickte stumm, während ihr nun doch die Tränen über die Wangen liefen. Sie widerstand der Versuchung, Cilia in die Arme zu schließen, um ihr zu sagen, dass ihr Herz zu zerspringen drohte, und suchte stattdessen die starken Schultern ihres Mannes als Halt.
Als die Kutsche wenige Minuten später Hampton Court verließ und Elisabeth ihr nachwinkte, noch lange, nachdem sie bereits aus ihrem Blickfeld verschwunden war, wanderten ihre Gedanken zurück zu den letzten gemeinsamen Minuten, die sie alleine mit Cilia verbracht hatte.
Sie waren in der Abenddämmerung des gestrigen Tages durch den Pond Garden geschlendert – schweigend – eine jede in ihre eigenen Gedanken versunken, ohne die Schönheit der Umgebung wahrzunehmen. Die Vögel hatten ihr Abendlied geträllert, während sich die letzten Sonnenstrahlen zärtlich von den Blüten der Rosen- und Azaleensträucher verabschiedeten und durch ihr Verschwinden den beiden Mädchen eine leichte Gänsehaut auf die nackten Arme gezaubert hatten.
Endlich hatte Cilia sich ein Herz gefasst: „Kann ich nicht hier bei dir bleiben? Ich bitte dich, Liz! Schick mich nicht nach Dover zurück!"
Elisabeth war stehengeblieben. Ihr Blick hatte eine Amsel

verfolgt, die elegant und zugleich schwungvoll ihre Kreise am Himmel gezogen hatte und dabei immer höher gestiegen war. Erst als sie verschwunden war, hatte sich Elisabeth zu einer Antwort durchringen können. Leise, ja schon beinahe entschuldigend hatte sie Cilia ihre Entscheidung mitgeteilt.

Elisabeth sah Cilias fassungsloses und maßlos enttäuschtes Gesicht mit den tränenschweren Augen in allen Einzelheiten vor sich.

Es hatte sich tief in ihr Herz gegraben, genauso wie deren impulsive Reaktion: „Dir ist also die Stellung deines Mannes und dein Ansehen am Hofe wichtiger als meine Gesellschaft? Bist du denn überhaupt nicht bereit, ein kleines Risiko einzugehen für unsere Liebe?"

Sie spürte noch immer die Verachtung, die in Cilias Worten gelegen hatte, und sie bohrte sich wie kleine Nadelstiche in ihr Herz. Cilia hatte sie nicht verstanden, wie sollte sie auch – Elisabeth verstand sich ja selbst nicht. Verletzt und verbittert war sie davongestürmt, ohne ein weiteres Wort oder eine verzeihende Geste.

„Komm, Liebste." Thomas fasste sie sanft an der Schulter und drehte sie zu sich herum. „Du solltest dich jetzt etwas ausruhen." Er wischte ihr zärtlich die Tränen von den Wangen und führte sie dann zurück zum Schloss.

Die nächsten Tage und Wochen krochen zäh und schleppend dahin. Die Sekunden verrannen zwar schwerfällig, aber dennoch beharrlich – eine um die andere.

Elisabeth versuchte, diese nicht enden wollenden Tage mit

möglichst sinnvollen Unternehmungen zu füllen, doch nicht immer gelang ihr dies.

Ihre inzwischen doch beträchtliche Leibesfülle erlaubte es ihr nun nicht mehr, sich an den Vergnügungen des Hofes zu beteiligen. Die neue Königin war jung und lebensfroh und so gestaltete sich das Leben am Königshof dementsprechend unterhaltsam. Es fanden Ausflüge und Jagden statt, Bankette und jede Menge anderer Festivitäten. Einen Grund zum Feiern fand Königin Catherine stets.

Elisabeth war insgeheim froh, diesen oberflächlichen Vergnügungen nicht beiwohnen zu müssen, denn ihr stand der Sinn wahrhaftig nicht nach leichter Konversation und seichter Unterhaltung.

Mehr und mehr zog sie sich aus dem öffentlichen Leben zurück und begnügte sich damit, ihre Tage mit Sticken und Nähen zu verbringen. Entweder saß sie dabei im Ponds Garden, im Schatten der großen Laubbäume, oder sie versteckte sich in ihrer Kemenate und starrte auf das knisternde Feuer im Kamin. Je näher der Tag der Geburt rückte, desto unruhiger wurde sie. Sie konnte spüren, wie sich das Baby in ihrem Körper unaufhaltsam senkte, um sich schon in Kürze seinen Weg in die Welt zu bahnen. Eine seltsame Furcht hatte sie erfasst, die sie nicht in Worte kleiden konnte.

Lord Waterford war der Situation nicht gewachsen, und er vermochte es nicht, seiner Gemahlin den Halt zu geben, den sie so dringend brauchte.

Als er an diesem Abend ihre Gemächer betrat, lief Elisabeth unruhig im Zimmer auf und ab, die Hände in die Hüften gepresst.

Als er sie so sah, wich schlagartig die Farbe aus seinem Gesicht: „Oh mein Gott, es ist soweit? Wieso hast du nicht nach mir geschickt?"

Er wollte aus dem Zimmer eilen, doch sie hielt ihn zurück und schüttelte den Kopf: „Nicht, es ist doch nichts."

Er schloss die Türe hinter sich und sah besorgt in ihre müden Augen: „Wie kann ich dir nur helfen?"

Sie zuckte mit den Schultern: „Du kannst gar nichts tun, Tom. Oder kannst du dieses Kind für mich zur Welt bringen?"

Ihr gereizter Ton ließ ihn zurück zucken: „Glaub mir Liebes, wenn ich könnte, würde ich dir die Schmerzen gerne ersparen."

Sie lachte verächtlich: „Nur leeres Geschwätz! Was wisst ihr Männer denn schon von Geburtsschmerzen, von tagelangen Wehen oder Kindbettfieber? Du wirst dein Leben nicht aufs Spiel setzen müssen, damit dieses Kind das Licht der Welt erblicken kann. Also hör auf, mich mit irgendwelchen leeren Versprechungen abzuspeisen."

„Ich weiß, was du brauchst, Elisabeth."

Er nahm ihre Hand und wollte sie an die Lippen führen, doch sie entzog sie ihm wieder: „Was weißt du schon von mir?"

Waterford ließ sich von ihrem abweisenden Verhalten nicht beirren: „Du brauchst jemanden hier, der dir nahe steht und dem du vertraust. Du brauchst Cilia."

Elisabeth ließ sich auf einen Stuhl sinken und starrte ihn an: „Wie kommst du darauf?"

„Ich kenne dich besser, als du denkst. Ich werde heute noch einen Boten aussenden, der sie so schnell wie möglich nach London bringen wird."

Sie nahm das Wasserglas vom Tisch, um einen Schluck zu

trinken, doch ihre Hand zitterte plötzlich so sehr, dass das Wasser überschwappte und sich auf ihr Kleid ergoss.

Er kniete vor ihr nieder und nahm ihr das Glas behutsam aus der Hand. Dann strich er mit dem Daumen zärtlich über ihre Handfläche und senkte den Kopf, um einen Kuss hinein zu hauchen.

Elisabeth strich ihm mit der anderen Hand liebevoll über das Haar: „Es tut mir Leid, Tom!" Ihre Stimme zitterte: „Du bist so gut zu mir. Du hast wahrlich etwas Besseres verdient. Ich bin deiner gar nicht würdig."

Die Nacht verlief für Elisabeth erstaunlicherweise recht ruhig. Nachdem sie nun wusste, dass Cilia schon bald bei ihr sein würde, fiel die Anspannung der letzten Tage von ihr ab und der müde Körper fand endlich Erholung im Schlaf.

Als sie die Augen wieder aufschlug, war es heller Tag und die Kammerfrau hatte ihr bereits das morgendliche Bad eingelassen. Es war ihr in den letzten Wochen zur Gewohnheit geworden, den Tag mit einem Bad zu beginnen, da es nicht nur ihre Muskeln entspannte, sondern ihr zugleich das Gefühl gab, wieder leicht wie eine Feder zu sein.

Als sie sich aufsetzte, um aus dem Bett zu steigen, spürte sie ein leichtes Ziehen im Unterleib. Sie ignorierte es und stieg dennoch in den Badezuber. Ihre Kammerfrau stützte sie dabei. Elisabeth lächelte gequält, als sie nach dem dargebotenen Arm fasste und umständlich in den Zuber glitt: „Die Eleganz eines Nilpferdes…", spottete sie über sich selbst: „Es tut mir Leid, dass ich dir diesen Anblick zumuten muss."

Die Kammerfrau wusste darauf nichts zu antworten und blickte betreten zu Boden.

Elisabeth schloss die Augen und versuchte, sich zu entspannen. Gerade als ihr das halbwegs zu gelingen schien, wurde die Türe aufgerissen und der Lord of Waterford stürmte in den Raum: „Wie geht es dir, mein Liebes?"

„Oh, mir geht es wieder viel besser, danke." Sie lächelte ihn zaghaft an: „Bitte verzeih mir mein aufbrausendes Verhalten von gestern. Ich weiß auch nicht, was da in mich gefahren ist. Es sind wohl die Launen, die eine Schwangerschaft so mit sich bringt."

Er ging zu ihr und kniete sich an den Rand des Zubers, um ihre Hand zu küssen: „Ich habe nichts zu verzeihen. In deinem Zustand ist dir jegliche Art von Gefühlsausbrüchen erlaubt."

Er lächelte sie verschmitzt an: „Ich kann das ertragen, Elisabeth. Keine Sorge. Und mein Versprechen habe ich übrigens gehalten. Noch gestern Abend hat sich ein Bote auf den Weg nach Dover gemacht, und wenn alles klappt, wird Cilia schon morgen hier ankommen."

„Ich danke dir, Tom!" Sie beugte sich vor, um ihn zu küssen. Es war ein zaghafter, scheuer Kuss.

„Ich muss wieder gehen. Seitdem der König mich in den Kronrat berufen hat, legt er Wert auf meine ständige Anwesenheit." Er seufzte: „Mehr Bezüge vom Hof bedeuten eben auch mehr Pflichten."

„Nun, schließlich hast du ja in Kürze eine Familie zu ernähren. Da kommt diese Beförderung doch mehr als gelegen. Auch wenn sie bedeutet, dass ich noch länger auf dich verzichten muss."

Er erhob sich, um zu gehen, doch auf halbem Weg kam er noch einmal zurück. Er hielt ihr seine Hand hin, in der eine Münze lag: „Ach ja, das wollte ich dir zeigen."

Sie griff nach der Münze, um sie näher zu betrachten. Das Bild zeigte das Antlitz der neuen Königin.

Elisabeth gluckste: „Rose ohne Dornen", las sie die Inschrift: „Na ja, immer noch besser als diese Idee mit den verschlungenen Initialen bei seiner Vermählung mit Anne Boleyn. Kannst du dich erinnern? H und A ineinander verflochten: Ha ha – das gesamte Königreich hat darüber gespottet."

„Oh ja, das war wirklich nicht Heinrichs beste Idee. Aber wenn er verliebt ist, scheint sein sonst so zuverlässiger Denkapparat nicht mehr richtig zu funktionieren."

Elisabeth stichelte übermütig: „Ich glaube, er denkt dann größtenteils mit einem anderen Körperteil."

„Liebes!" Thomas hielt ihr die Hand vor den Mund und warf einen Blick hinüber zu der Kammerfrau, die teilnahmslos an der Seite stand: „Sei bitte vorsichtig mit deinen Äußerungen! Selbst wenn sie richtig sind", fügte er augenzwinkernd hinzu. Dann ging er erneut Richtung Türe. „Und gib mir bitte sofort Bescheid, wenn es los geht, hörst du?", rief er noch in den Raum hinein, ehe die Türe ins Schloss fiel.

Elisabeth verbrachte den restlichen Tag in Cathys Gesellschaft. Diese war zum Glück in den letzten Wochen wieder ganz die alte geworden und schaffte es mit ihrer jugendlichen Unbekümmertheit auch heute, sie aufzuheitern und von dem immer wieder auftretenden Ziehen in ihrem Unterleib abzulenken.

Erst gegen Abend nahmen die Schmerzen zu, so dass Elisabeth sich bereits hin und wieder unter den Wehen krümmte und schwer atmete.

„Ich denke, jetzt ist es an der Zeit, die Hebamme zu holen", meinte Cathy mit einem besorgten Blick auf die stöhnende Kameradin.

Doch Elisabeth schüttelte den Kopf: „Noch nicht, Cathy. Es ist noch nicht soweit. Das Kind kann jetzt noch nicht kommen."

Cathy sah sie verständnislos an: „Was meint Ihr? Wieso kann das Kind jetzt nicht kommen? Ich glaube kaum, dass es Euch um Erlaubnis fragen wird …"

Elisabeth fasste sie am Arm und geleitete Cathy zur Türe: „Ich danke Euch vielmals für Eure Gesellschaft und Eure Geduld, liebste Catherine. Aber ich wäre jetzt gerne ein bisschen alleine. Außerdem befürchte ich, dass Charles in letzter Zeit etwas unter meinem Zustand zu leiden hatte. Zu viel Aufmerksamkeit habt Ihr mir zuteil werden lassen. Ich will seine Geduld nicht überstrapazieren."

Doch Catherine ließ sich nicht so leicht abschütteln: „Charles hat vollstes Verständnis. Außerdem ist er, genau wie Thomas, in den letzten Wochen ständig in Diensten des Königs unterwegs. Ich werde jetzt gehen und die Hebamme bitten, später noch bei Euch vorbei zu schauen."

Elisabeth nickte ergeben. Ehe Catherine die Türe hinter sich schloss, gab sie der Kammerfrau noch Anweisungen: „Du wirst heute Nacht hier bleiben und sie nicht aus den Augen lassen, verstanden? Und wenn die Wehen regelmäßig kommen, rufst du mich."

Die Kammerfrau nickte und Catherine verließ endlich den

Raum.

Elisabeth lief unruhig im Zimmer auf und ab. Sie fühlte, dass das Baby nicht mehr allzu lange warten würde. Angst und Zweifel überfielen sie und ließen ihren Körper beben. Sie begann zu ahnen, dass die Naturgewalt der bevorstehenden Geburt sie an den Rand ihrer Kräfte bringen würde, und diese Ahnung ließ Panik in ihr hochkommen.

Die Kammerfrau beobachtete nervös, wie Elisabeth versuchte, der Situation Herr zu werden und gerade als sie den Entschluss gefasst hatte Hilfe zu holen, klopfte es an der Türe.

Sie öffnete und ließ die Hebamme eintreten.

Elisabeth erschrak, als sie die Frau sah, doch gleichzeitig war sie auch erleichtert.

Die Hebamme wies Elisabeth an, sich ins Bett zu legen, dann begann sie mit ihrer Untersuchung. Als sie ihre Hand wieder zurückzog, schüttelte sie den Kopf: „Das wird noch etwas dauern, befürchte ich. Ihr müsst Euch unbedingt entspannen, My Lady. Wenn Ihr so verkrampft seid, können die Wehen ihre Aufgabe nicht erfüllen und Ihr vergrößert damit nur unnötig den Schmerz. Außerdem wird die Geburt so zusätzlich in die Länge gezogen."

Elisabeths Augen flackerten nervös: „Ich bin noch nicht soweit. Das Baby kann noch nicht kommen."

Die Hebamme zog grimmig die Augenbrauen zusammen und trat nahe an Elisabeths Bett heran: „Jetzt hört mir einmal gut zu, mein liebes Kind, dieses Baby wird kommen, ob Ihr wollt oder nicht. Aber wenn Ihr gut mitarbeitet und Euch an meine Anweisungen haltet, werdet sowohl Ihr, als auch das Baby es einfacher haben. Habt Ihr das verstanden?"

Elisabeth nickte mit zusammengekniffenen Lippen.

Die Hebamme erhob sich wieder: „Ich werde jede Stunde einmal nach Euch sehen. Und sollte sich ihr Zustand ändern, möchte ich umgehend informiert werden!", wandte sie sich an die Kammerfrau.

In diesem Moment öffnete sich die Türe erneut und Thomas stürmte herein: „Ich bin eben Catherine begegnet! Wie geht es dir, Liebes?"

Er wollte zu ihr ans Bett treten, doch die Hebamme schob ihn in ihrer resoluten Art wieder aus dem Zimmer hinaus: „Wir kommen hier ganz gut ohne Euch zurecht, My Lord. Ihr solltet Euch für diese Nacht ein anderes Schlafgemach suchen. Es kann noch dauern, bis das Kind kommt." Ihr Ton ließ keinen Widerspruch zu und gehorsam verließ Thomas mit ihr gemeinsam den Raum.

Der Wehenschmerz hatte Elisabeth kurze Zeit später schon wieder aus dem Bett getrieben und ließ sie wie ein gefangenes Tier auf und ab laufen.

Die Kammerfrau sah ihr hilflos dabei zu: „Soll ich Euch ein Bad einlassen, My Lady? Es würde helfen, Euch zu entspannen."

Elisabeth fuhr sie unwirsch an und ihre Augen funkelten wütend: „Ich will mich aber nicht entspannen, hörst du? Ich will, dass dieses verdammte Kind noch in meinem Bauch bleibt. Ich bin noch nicht soweit…"

Wie versprochen kam die Hebamme jede Stunde, um nach Elisabeth zu sehen. Als sie bereits zum vierten Male das Zimmer betrat und die blasse, schweißnasse Schwangere sah, wie sie verzweifelt versuchte, die Wehen zu unterdrücken, verdüsterte sich ihre Miene und ihre Stimme wurde laut: „Jetzt habe ich aber genug, My Lady. Wenn Ihr Euch weiterhin meinen Anweisungen widersetzt, bringt Ihr nicht nur Euch selbst, sondern auch das Leben Eures Kindes in Gefahr. Ich kann weiter nichts für Euch tun, als an Eure Vernunft zu appellieren. Ihr müsst mitarbeiten, My Lady. Und zwar augenblicklich!"

Doch Elisabeth schüttelte wie in Trance den Kopf: „Ich kann das nicht. Ich kann das nicht ohne Cilia …"

Resigniert ließ die Hebamme ihre Schultern hängen: „Ich warne Euch. Bald schon werden Euch die Kräfte verlassen und Ihr seid dann nicht mehr in der Lage, dieses Kind zu gebären. Ihr könnt Euch nicht länger gegen die Natur stellen."

Dann nahm sie die Kammerfrau beiseite: „Schafft mir um Himmels willen diese Cilia her! Beeilt Euch!"

Die Kammerfrau lief aus dem Zimmer, während die Hebamme sich daran machte, Vorbereitungen für die Geburt zu treffen.

Elisabeths Körper wurde nun in regelmäßigen Abständen von den Wehen erfasst und geschüttelt. Jedes Mal schrie sie vor Schmerz auf und krümmte sich zusammen.

Die Hebamme nahm sie und brachte sie zu ihrem Lager: „Ihr müsst nun liegen, My Lady." Als Elisabeth erneut vor Schmerzen aufschrie, öffnete sich die Türe und eine junge Frau stand im Türrahmen.

Die Hebamme wandte sich erleichtert um: „Na endlich!" Doch dann spiegelte sich das Erstaunen in ihren strengen Augen wider: „Ach Ihr seid es, Lady Brandon. Ich dachte, es sei diese Cilia."

Cathy schüttelte verblüfft den Kopf: „Cilia? Wie kommt Ihr denn darauf?"

„Nun, Lady Elisabeth weigert sich, dieses Kind zur Welt zu bringen, ehe diese ominöse Cilia nicht hier ist. Sie will einfach nicht auf mich hören."

Catherine erwiderte nichts darauf, sondern nahm das nasse Tuch aus der Schüssel, wrang es aus und betupfte die schweißnasse Stirn Elisabeths.

Die nickte ihr dankbar zu: „Gut, dass du da bist, Cathy …"

Catherine reichte Elisabeth ihre Hand als die nächste Wehe über deren Körper hinwegrollte. Elisabeth schrie auf und presste Catherines Hand, bis sich deren Fingerspitzen weiß verfärbten. Als die Schmerzen verebbt waren, drehte Catherine Elisabeths Kopf zu sich hinüber, bis sie ihr in die Augen sehen konnte: „Jetzt hör mir mal gut zu: du wirst jetzt dieses Kind gebären, mit allen Kräften die du aufbringen kannst, hast du verstanden?"

Elisabeth nickte, während sie bemüht war, ihren Atem zu kontrollieren: „Ich versuche es …"

Die Hebamme sah zu Catherine hoch: „Bei der nächsten Wehe soll sie sich aufrichten und pressen."

Cathy nickte. Als Elisabeths bebender Körper die herannahende Wehe ankündigte, zog Cathy Elisabeth hoch und stopfte ihr das Kissen fest in den Rücken: „Du musst jetzt pressen, hörst du?"

Elisabeth schloss die Augen und quetschte erneut Cathys Hand, während ihr Schrei gellend durch den Raum hallte. Sekunden später ließ sie sich entkräftet in die Kissen zurücksinken: „Ich kann nicht mehr. Ich schaff das nicht, Cathy!"

Die Hebamme sah besorgt zu der Gebärenden hinüber: „Ihr müsst Euch zusammennehmen, My Lady. Das Baby muss nun wirklich bald heraus. Ich fürchte, es ist ebenso am Ende seiner Kräfte wie Ihr!"

Catherine legte ihr noch einmal das feuchte Tuch auf die Stirn: „Du kannst das, Elisabeth. Ich weiß, dass du das schaffst."
Doch ihre Worte drangen nicht zu Elisabeth durch.
Cathy strich ihr eine feuchte Haarsträhne aus der Stirn und half ihr hoch, als die nächste Presswehe sich ankündigte. Im gleichen Moment, als Elisabeth ihren durchdringenden Schmerzensschrei hinaus stieß, wurde die Türe aufgerissen und ein junges Mädchen stürzte ins Zimmer. Es ließ sich neben das Bett sinken und griff nach der Hand Elisabeths: „Ich bin hier, Liz! Alles wird gut, hörst du?"
Catherine sah zu Cilia hinüber und nickte: „Gut, dass Ihr da seid. Sie braucht Euch. Es wird höchste Zeit, denn das Baby wird schwach!"
Cilia sah Elisabeth fest in die Augen: „Du wirst dich jetzt zusammenreißen, Liz, hast du verstanden? Ich will, dass du dich noch einmal zusammen nimmst und presst, so fest es nur geht!"
Elisabeth nickte. Die bloße Anwesenheit Cilias schien ihre Kräfte neu zu entfachen, und bei der nächsten Wehe presste sie nach Leibeskräften, während sie abermals ihre Ohnmacht hinausschrie.
Ihr Körper wurde von der Naturgewalt der Geburt erfasst und geschüttelt, doch sie fühlte sich nun stark genug, dieser Gewalt stand zu halten und wehrte sich nicht mehr dagegen.
Die Hebamme nickte zufrieden: „Sehr gut! Ich kann das Köpfchen bereits sehen. Nun ist es bald geschafft."
Cilia trat kurz an das Ende des Bettes und warf einen Blick unter das Laken, das über Elisabeths Knien ausgebreitet war. Dann wandte sie sich wieder Elisabeth zu: „Es stimmt. Ich kann

das Köpfchen sehen. Du hast es gleich geschafft!"
Elisabeth lächelte schwach und flüsterte kaum hörbar: „Was siehst du?"
Cilia lächelte: „Ich sehe dichtes, schwarzes Haar ..."
Die nächste Presswehe trieb der Hebamme nun ebenfalls die Farbe ins Gesicht, als diese mit geschickten Händen das Köpfchen des Kleinen stützte, während es in die Welt hinaus geschoben wurde. „Das Köpfchen ist da!", rief sie erleichtert. „Noch eine Wehe, dann ist es geschafft!"
Cilia kniff Elisabeth, der die Sinne zu schwinden drohten, in die Wangen: „Noch eine Wehe, Liz! Nur noch einmal, Liebste! Ich bitte dich, halte durch!"
Cathy sah entsetzt, wie Elisabeth die Augen verdrehte. Schnell spritzte sie ihr einige Tropfen Wasser ins Gesicht, dann wurde ihr Körper erneut von einer Wehe erfasst. Mit einem letzten, schier unmenschlichen Aufbäumen schob sie das Baby aus ihrem Körper hinaus, und begleitet vom Aufschrei seiner Mutter glitt dieses in die Hände der Hebamme.
Völlig erschöpft sank Elisabeth in die Kissen zurück und atmete schwer.

Cilia streichelte ihr liebevoll über die Wange: „Gut gemacht, Liebes! Sehr gut. Ich bin stolz auf dich!"
Cathy sah irritiert von einer zur anderen und wusste nicht, wie sie sich verhalten sollte. Plötzlich riss Elisabeth die Augen auf und fuhr hoch: „Das Baby! Ich höre es nicht ..."
Cathy sprang auf und lief hinüber zur Hebamme, die sich um das Neugeborene kümmerte: „Was ist mit dem Kind?"
Sie bemerkte die Sorgenfalte auf der Stirn der Hebamme, als

sie sich ihr zuwandte: „Er ist sehr schwach. Es hätte nicht mehr länger dauern dürfen! Wir können jetzt nur hoffen und beten, dass er bald stark genug ist, um zu trinken."
Sie wickelte den Kleinen in ein sauberes Tuch und legte ihn in Cathys Hände: „Bringt ihn der Mutter. Er braucht ihre Nähe."
Cathy ging mit ihm hinüber zum Bett und legte ihn behutsam in die Arme seiner Mutter: „Hier bringe ich Euch Euren Sohn!"
Elisabeth betrachtete das kleine Wesen, das mit geschlossenen Augen in ihren Armen lag und eine Welle der Liebe durchströmte sie. Sie starrte auf den kleinen Brustkorb, der sich kaum sichtbar hob und senkte, und mit einem Mal wurde ihr das Ausmaß ihres törichten Verhaltens bewusst: „Oh mein Gott, Cilia! Ich hätte ihn beinahe getötet!"
Tränen traten ihr in die Augen, während sie ihre Lippen auf die Stirn des Babys drückte. Dann suchten ihre Augen die Hebamme, die dabei war, ihre Utensilien wieder einzusammeln: „Was kann ich tun? Wie kann ich ihm helfen?"
Die Hebamme trat zu ihr hin und strich ihr sanft über die Stirn: „Ihr habt ihm das Leben geschenkt, My Lady! Das ist das größte und schönste Geschenk, das ihr ihm machen konntet. Er braucht nur etwas Ruhe. Auch für ihn waren die letzten Stunden sehr kräftezehrend. Sollte er aber innerhalb der nächsten Stunden nicht von sich aus trinken wollen, so müsst ihr ihn dazu ermuntern."
Elisabeth nickte. Sie schien sich erstaunlich schnell von den Anstrengungen der Geburt zu erholen und die Sorge um den Knaben verlieh ihrem Körper neue Energie.
Catherine sah zu Cilia hinüber: „Wir sollten dem Vater Bescheid sagen und auch ihn von seinen Qualen erlösen."

Cilia nickte: „Wenn Ihr das übernehmen wollt, My Lady? Dann bleibe ich hier und werde in der Zwischenzeit der stolzen Mutter zu einem vorzeigbaren Äußeren verhelfen."

Nachdem Catherine die Türe hinter sich geschlossen und auch die Hebamme den Raum verlassen hatte, beugte sich Cilia über Elisabeth und küsste sie zärtlich. Dann küsste sie auch behutsam das Baby: „Er ist wunderschön, Liz! So wunderschön wie du!"
Elisabeth lächelte schwach: „Ich bin so froh, dass du hier bist. Ich weiß nicht, was geschehen wäre, wenn du nicht rechtzeitig gekommen wärst ..."
Cilia winkte ab: „Darüber wollen wir gar nicht erst nachdenken. Es ist ja noch mal alles gut gegangen. Und der Kleine ist ein Kämpfer, wie seine Mutter. Um ihn müssen wir uns keine Sorgen machen. Er schafft das."
Sie wusch Elisabeth das Gesicht, tupfte es behutsam trocken und flocht das feuchte Haar zu einem dicken Zopf. Die Kammerfrau hatte in der Zwischenzeit die blutigen Laken entfernt und durch saubere ersetzt.

Thomas saß gemeinsam mit Charles über eine Partie Schach gebeugt in der Kemenate des Königs. Gewöhnlich konnte Charles ihm beim Schach nicht das Wasser reichen, doch verständlicherweise mangelte es ihm heute an der nötigen Konzentration, so dass er schon einiger Figuren verlustig gegangen war.
König Heinrich stand währenddessen am Fenster und starrte in Gedanken versunken in den Nachthimmel hinaus.
Schweigend vergingen so die Minuten, bis der König unvermittelt

das Wort ergriff: „Ist es nicht wahnsinnig aufregend – diese Zeit des Wartens, der Vorfreude und der Gewissheit, dass es nun nicht mehr lange dauern kann? Dieses Kribbeln im Magen bei dem Gedanken daran, nun in Kürze sein eigen Fleisch und Blut im Arm halten zu können? Ist es nicht ein überwältigendes, ja geradezu irrationales Gefühl? Mit nichts anderem vergleichbar? Wie empfindet Ihr es, Thomas?"

Lord Waterford räusperte sich: „Ihr habt Recht, Majestät. Es ist wahrlich erhebend zu wissen, dass fortan ein Teil seines Selbst weiterleben wird. Aber mich dünkt, als dauerte es nun schon Ewigkeiten, da ich hier sitze und warte. Es wollen mich immer mehr Zweifel beschleichen, ob auch tatsächlich alles seinen rechten Gang geht."

Heinrich trat zu ihm hinüber und legte beruhigend die Hand auf seine Schultern: „Habt keine Bange, Sir Thomas. Ich kann Euch aus eigener Erfahrung berichten, dass es mitunter viele Stunden dauert, ehe das Kind das Licht der Welt erblickt. Das ist durchaus nicht ungewöhnlich. Aber ich kenne auch Eure Zweifel und das Bangen im Herzen. Und ich musste selbst schon zu oft erleben, wie sie leider bittere Realität wurden …"

Thomas wusste darauf nichts zu erwidern und schwieg.

„Aber dennoch, oder gerade deshalb ist es immer wieder aufs Neue ein berauschendes Gefühl, sein Kind zu erwarten. Die Hoffnung zu spüren, dass es ein Sohn sein könnte, der zur Welt kommt – ehe diese Aussicht jäh zerstört wird und eine gähnende Leere hinterlässt …"

Der König seufzte, so dass Charles sich erhob, um nun seinerseits dem König Trost zu spenden: „Ihr seid immer noch im besten Alter, einen weiteren Sohn zu zeugen, Heinrich. Und Ihr habt eine junge, frische Gemahlin."

Thomas nickte: „Sicher wird es nicht mehr lange dauern, bis auch sie Euch ebenfalls einen Knaben gebären wird."

Heinrich sah seinen beiden Vertrauten fest in die Augen: „Ich bin sehr froh, dass ich Euch beide habe! Ich bin ansonsten nur umgeben von Heuchlern, Lügnern und Speicheleckern, die nur eines im Sinn haben, nämlich ihr eigenes Fortkommen. Ihr müsst mir versprechen, stets die zu bleiben, die ihr seid. Nämlich aufrichtige, loyale und ehrliche Berater, treue Begleiter und vor allem wahre Freunde!"

Der König hielt ihnen seine Hand hin und beide schlugen ein.

In diesem Moment flog die Türe auf und Lady Catherine stand im Türrahmen. Als sie den König gewahrte, ging sie in die Knie: „Majestät! Bitte verzeiht mein formloses Eindringen, aber ich bringe frohe Kunde für Sir Thomas!"

Waterford sprang auf, während der König Lady Catherine bedeutete, sich zu erheben: „So sprecht, My Lady!"

Sie räusperte sich, ehe sie lächelnd verkündete: „Es ist ein Knabe, Sir Thomas. Ihr habt einen Sohn!"

Waterford wich die Farbe aus dem Gesicht und seine Knie wankten, so dass Charles herbei sprang, um ihn zu stützen.

Der König lachte laut und schlug Thomas auf die Schulter: „Glückwunsch, Sir Waterford! Ich freue mich aufrichtig für Euch!" Dann wandte er sich an seinen Kammerdiener: „Bring Wein, Bursche! Wir haben Grund zu feiern."

Der Erzbischof von Canterbury, Bischof Cranmer, sprach die lateinischen Gebete, während der Kleine zufrieden in den Armen der Herzogin von Suffolk lag und mit großen Augen die segnenden Gesten des Bischofs beobachtete.

Elisabeth lächelte glücklich. Ihr Sohn war nun bereits vier Wochen alt und hatte sich gänzlich von den Strapazen der Geburt erholt.

Cilia hatte Recht behalten – er war ein Kämpfer!

Sie versuchte aus den Augenwinkeln einen Blick von Cilia zu erhaschen, die, so wie es ihrem niederen Stand geziemte, die Taufzeremonie aus dem Hintergrund beobachtete. Die tiefe Falte, die sich im Moment quer über ihre Stirn zog, kannte Elisabeth nur zu gut, und sie wusste genau, warum sie in diesem Augenblick so deutlich zu sehen war.

Elisabeth seufzte. Sie verstand Cilias Groll, denn eigentlich hätte sie es sein sollen, die den Stammhalter im Hause Waterford zum Taufbecken trug. Sie stand ihr schließlich am nächsten. Ihr war es letztendlich zu verdanken, dass ihr Sohn lebte.

Doch die Umstände waren nun eben mal so und Elisabeth konnte nichts daran ändern. So sehr sie es auch bedauerte.

Als der Erzbischof das Weihwasser über den Kopf des Babys laufen ließ, gluckste es laut und zappelte auf den Armen Catherines.

Elisabeth sah zu Thomas hinüber, der mit stolzgeschwellter Brust neben dem König stand, ein breites Grinsen auf dem Gesicht.

Zur Linken des Königs standen der High Sheriff of Kent und der Herzog of Suffolk – eine würdige und illustre Runde also.

Bischof Cranmer ließ sich von dem unruhigen Kind nicht aus der Ruhe bringen und fuhr unbeirrt mit der Taufhandlung fort:

„Et benedictio Dei omnipotentis: Patris et Filii et Spiritus Sancti descendat super vos et maneat semper. Amen."

Nachdem der Segen beendet war, schritt König Heinrich zum Taufbecken und nahm den Knaben aus den Armen der Herzogin. Er drückte seine Lippen auf das Haupt des Kindes und konnte nur mit Mühe seine Rührung verbergen.

Doch der König hatte sich rasch wieder gefangen und seine Stimme hallte souverän und selbstbewusst wie immer durch die Kapelle: „Heute ist wahrlich ein Freudentag. Für meinen lieben Freund und Wegbegleiter, Lord of Waterford, seine Frau, für den kleinen William Henry und für uns alle. Und deshalb möchte ich, der König von England, dem Knaben am heutigen Tag ein besonderes Geschenk machen. Nein, nicht nur ihm, sondern seiner gesamten Familie."

Er legte das Baby in die Arme seiner Mutter zurück und räusperte sich, ehe er fortfuhr: „Tretet vor, Lord of Waterford!"

Thomas trat vor den König und senkte den Kopf. Er hatte keine Ahnung, was nun folgen würde, während Charles` breites Grinsen ihm verriet, dass der sehr wohl in die Pläne des Königs eingeweiht war.

„Kniet nieder, Lord of Waterford, und hört, was ich Euch zu sagen habe. Hiermit ernenne ich Euch offiziell zum Earl of Waterford, in the Peerage of Ireland, und Hereditary Lord High Steward of Ireland!"

Thomas war nicht in der Lage, dem König seinen Dank entgegenzubringen. Mit zitternden Knien erhob er sich und versuchte, seine wild kreisenden Gedanken in Worte zu fassen: „Majestät, ich bin …zutiefst …äh ….ich stehe in Eurer Schuld …"

Der König lachte und umarmte den Fassungslosen: „Oh Thomas, es ist nur ein Titel – ich gebe zu, es ist ein Titel, der mit Reichtum und Macht verbunden ist, aber er wird zwischen uns nichts ändern."

Thomas nickte: „Ich danke Euch von Herzen, Majestät. Und ich werde stets bemüht sein, das Vertrauen, welches Ihr in mich setzt, niemals zu enttäuschen."

Charles trat hinzu, um seinen Freund nun ebenfalls in den Arm zu nehmen. Er deutete eine leichte Verbeugung an: „Nun, Earl of Waterford, was sagt man dazu?!"

Thomas lachte: „Du hast es doch genau gewusst, Charles!"

Der Herzog of Suffolk schlug ihm auf die Schulter: „Du hast es dir wirklich verdient, Thomas. Es wurde höchste Zeit. Ein Mann in deiner Stellung kann nicht länger als ein gewöhnlicher Lord umher laufen."

Catherine hatte sich inzwischen bei Elisabeth untergehakt und die beiden verließen gemeinsam die Kapelle: „Nun, Countess, meinen aufrichtigen Glückwunsch!"

„Oh Cathy, meine Liebste, Ihr werdet mir helfen müssen, damit ich diesen Titel auch angemessen ausfüllen kann."

Als sie sich wenig später in der Great Hall eingefunden hatten, wo bereits ein festliches Mahl bereit stand, gab Elisabeth das Baby wieder in Cilias Obhut.

Diese gratulierte ihr mit finsterer Miene: „Meinen Glückwunsch, My Lady – oh nein, verzeiht, Countess natürlich!"

Elisabeth zog Cilia etwas beiseite und zischte wütend: „Glaubst du denn, ich habe mir diesen Titel ausgesucht? Mir ist auch klar, dass ich nun noch viel mehr im Blickpunkt des öffentlichen Interesses stehe und wir noch vorsichtiger sein müssen. Aber was kann ich tun? Ich bin auch nur eine Spielfigur auf dem

Schachbrett des Königs."

Cilia zuckte nur mit den Schultern und wollte sich abwenden, doch Elisabeth hielt sie zurück: „Warte, ich habe eine Überraschung für dich – sie wird dir gefallen!"

Cilia hielt inne und hob abwartend die Augenbrauen.

„Ich werde dich und Vater nach Dover begleiten und für mehrere Wochen bei euch bleiben. Thomas hat sein Einverständnis bereits gegeben. Er weiß, wie sehr ich die Kreidefelsen und das Meer vermisse."

Cilias Augen begannen wieder zu leuchten und das Strahlen, welches Elisabeth so liebte, kehre auf ihr Antlitz zurück: „Ist das wirklich wahr? Das ist so wunderbar, ich kann es kaum glauben."

„Ja, es ist wahr. William ist inzwischen kräftig genug, die Reise gut zu überstehen, und ich will ihm unbedingt meine Heimat zeigen. Er soll von Anfang an eine Bindung zu Dover haben. Ich muss jetzt zurück zur Gesellschaft."

Sie wandte sich um, nachdem sie William noch einen Kuss auf die Stirn gedrückt hatte und sah aus den Augenwinkeln Cilias seliges Lächeln.

Kapitel III

Burg Dover Castle, Oktober 1540

Elisabeth stand am Rande der Kreidefelsen und blickte hinaus auf das Meer. Sie sog die salzige Meeresbrise ein, die zu ihr hinüber aufs Land wehte und fühlte sich so frei und unbekümmert, wie schon lange nicht mehr. Der Wind zersauste ihr das Haar und zerrte an ihrem Umhang.
Sie zog den Stoff enger um ihre Hüften und warf einen prüfenden Blick auf das Bündel, das sie unter ihrem Mantel verborgen hielt. Sie hatte sich William, genauso wie es die Bürgersfrauen taten, mit einem großen Tuch auf die Hüften gebunden. Dort lag er nun friedlich schlafend, eng an ihren Körper geschmiegt.
Cilia stand einige Meter hinter ihr und genoss den Augenblick. Sie hätte am liebsten die Zeit angehalten, um diesen Moment der Zweisamkeit für immer einzufangen, doch die Stimme der Vernunft in ihr gewann die Oberhand: „Wir sollten langsam zurück, Liz. Ich fürchte, dem Kleinen wird es sonst zu kalt."
Elisabeth kam zu ihr und gemeinsam machten sie sich auf den Heimweg. Sie hakte sich bei Cilia unter und fühlte wieder die Intimität und Vertrautheit, die nun zwischen ihnen herrschte, seitdem sie in Dover angekommen waren. Sie blickte hinüber zu der jungen Frau an ihrer Seite und ein warmes, wohliges Gefühl breitete sich in ihr aus. Je mehr Zeit sie hier in Dover mit Cilia verbrachte, desto mehr wuchs die Gewissheit in ihr, dass sie nie wieder ohne diese Frau würde existieren können. Diese Erkenntnis, so eindeutig und unumstößlich sie auch war, machte Elisabeth zu schaffen. Wusste sie doch genau, dass die

Tage, da sie so ungestört und glücklich mit Cilia zusammen sein konnte, gezählt waren. Sie seufzte: „Ich wünschte, es könnte immer so bleiben. Nur du und ich und William. Mehr brauche ich nicht zum Glücklichsein."

Cilia blieb stehen und nahm ihr Gesicht in beide Hände. Sie sah ihr fest in die Augen und ihre Stimme klang sehr ernst, als sie es zum ersten Mal überhaupt aussprach: „Ich liebe dich, Liz! Von der ersten Sekunde an habe ich dich geliebt und ich werde es immer tun, egal, was die Zeit noch bringen wird."

Elisabeth schossen die Tränen in die Augen: „Oh mein Gott, Cilia!"

Sie barg den Kopf an ihren Schultern: „Es wird nicht immer so bleiben. Schon bald werde ich wieder zurück an den Königshof müssen, wo der alte Trott auf mich wartet. Ich werde die gleichen langweiligen Gesichter sehen – jeden Tag aufs Neue und habe dabei doch nur ein einziges Antlitz vor Augen – nämlich das deine. Ich werde des Abends zu meinem Gemahl ins Bett steigen und dabei nur an dich denken. Ich weiß nicht, wie ich so leben soll ... Woher ich die Kraft dazu schöpfen soll."

„Wir wollen daran noch nicht denken. Lass uns die gemeinsame Zeit auf Dover Castle einfach nur genießen."

Cilia küsste ihr die heißen Tränen von den Wangen und führte sie zur Burg zurück.

Am Abend fand ein kleiner Empfang auf der Burg zu Ehren der Countess und ihres Sohnes statt. Alles, was in Dover Rang und Namen hatte, gab sich das Vergnügen. Viele bekannte Gesichter traf Elisabeth und sie fühlte sich um Jahre zurückversetzt, in jene Zeit, als sie noch unbeschwert mit den Kindern der Gefolgsleute des Vaters durch die Gegend gezogen war. Einer von ihnen war Baron Anthony Kingston. Er hatte seine Kindheit hier bei Verwandten verbracht, und nun, da sein Vater im letzten Monat verstarb, war er von Painswick nach Dover zurückgekehrt.

Obwohl bereits seit Kindheitstagen Baroness Rose Willbury versprochen, hatte sein Augenmerk schon immer auf Elisabeth gelegen. Die Baroness hatte sich wohl körperlich nicht so entwickelt, wie er es sich erhofft hatte. Ihre Hüften waren, genauso wie der verlängerte Rücken, etwas zu breit geraten und ihre üppige Oberweite wogte bei jedem ihrer Schritte bedenklich aus dem Dekolletee.

Doch sie hatte ein fröhliches einnehmendes Wesen und Elisabeth hatte sich gerne in ihrer Gesellschaft aufgehalten. So kam es, dass sie damals oft zu dritt unterwegs gewesen waren. Die beiden Mädchen hatten sich über den jugendlichen Draufgänger insgeheim amüsiert, während er damit beschäftig war, ihnen – und insbesondere Elisabeth zu gefallen.

Auch nun, viele Jahre später, nachdem Elisabeth schon längst in festen Händen war, konnte er sich nicht dazu durchringen, die Baroness zu ehelichen. Dieser Umstand schien dieser allmählich doch auf das Gemüt zu schlagen, denn sie verhielt sich an jenem Abend ausgesprochen ruhig und unauffällig.

Elisabeth, William stolz im Arm haltend, gesellte sich zu ihr, um ein wenig unverfängliche Konversation zu treiben. Rose zeigte sich begeistert von dem jüngsten Spross der Waterfords. Andächtig berührte sie die zarten Fingerchen des Kleinen: „Er ist einfach bezaubernd, Elisabeth. Ihr seid wahrlich zu beneiden."

„Ja, es ist wahrhaftig so, dass er mein Leben komplett verändert hat. Ich könnte nicht mehr sein ohne ihn. Das Mutterglück ist das größte Geschenk auf Erden und mit nichts anderem vergleichbar."

Elisabeth lächelte ihren Sohn liebevoll an, während die Baroness laut seufzte. Elisabeth beugte sich dicht zu ihr hinüber: „Wir kennen uns nun schon so viele Jahre, Rose. Darf ich offen zu Euch sprechen?"

Die Baroness nickte.

„Wenn ich Euch diesen einen Rat geben darf, wartet nicht länger auf Baron Kingston. Es gibt noch jede Menge andere junge Männer, die einer Dame ein standesgemäßes Leben ermöglichen können. Öffnet nur Eure Augen und Ihr werdet staunen."

Rose sah sie zuerst unsicher an, doch dann nickte sie erneut: „Womöglich habt Ihr Recht, Countess. Vielleicht habe ich wirklich schon zu lange gewartet."

„Eure Geduld sucht seinesgleichen, Rose. Vergeudet nicht noch mehr Zeit. Fangt an, das Leben zu genießen. Hier ..."

Sie legte der verblüfften Baroness das Baby in die Arme: „Dürfte ich Euch bitten, meinen Sohn einen Moment zu hüten? Ich möchte tanzen."

Mit großen Augen starrte die Baroness Elisabeth hinterher und sah, wie sie zu Cilia hinüber ging und sie am Arm fasste, um sie auf die Tanzfläche zu ziehen.

Mit offenem Mund standen die Gentlemen da und stierten zu den beiden Mädchen, die sich gemeinsam zum Takt der Musik drehten. Die Baroness kicherte, während sie William fest an sich drückte.

Als die Musik verstummte, trat Baron Kingston zu den beiden Tänzerinnen und verbeugte sich: „Darf ich mir erlauben, dieses elegante und überaus graziöse Paar zu trennen, um nun ebenfalls in den Genuss eines Tanzes zu kommen?"

Elisabeth lachte und knickste leicht vor dem Baron, doch zu ihrem Erstaunen wandte er sich Cilia zu und legte seinen Arm um deren Taille, um sich mit ihr zur Pavane aufzustellen. Nun war es an Elisabeth, mit vor Staunen offenem Mund dazustehen. Doch der Baron ließ es nicht bei diesem einen Tanz bewenden. Elisabeth musste ihm irgendwann Cilia beinahe entreißen: „Bitte entschuldigt, Anthony, aber ich muss Euch die Lady leider entführen. Ein anderer kleiner Mann benötigt im Moment ihre Dienste."

Sie übergab Cilia das schlafende Baby, während der Baron sich verbeugte.

Cilia knickste: „Ich werde mich nun zurückziehen und ihn zu Bett bringen, wenn Ihr gestattet, Countess?"

Elisabeth nickte und Cilia verließ den Saal, gefolgt von den lustvollen Blicken des Barons.

Als Elisabeth zu später Stunde ihre Gemächer betrat, lag der Kleine friedlich schlummernd in seiner Wiege. Cilia, die an seiner Seite im Schaukelstuhl saß, war ebenfalls eingenickt und ihr Kopf war auf die Schultern gesunken.

Elisabeth schloss leise die Türe, ging hinüber zu Cilia und sank vor der Schlafenden auf die Knie. Zärtlich betrachtete sie das anmutige Antlitz, während sie ihr die losgelösten Haarsträhnen aus dem Gesicht strich. Sie ließ die golden schimmernden Locken durch ihre Finger gleiten und eine Welle der Leidenschaft erfasste sie.

Vorsichtig löste sie die Bänder, die Cilias Schlafgewand zusammenhielten und streifte es ihr von den Schultern. Cilia

blinzelte schlaftrunken: „Was tust du da?"
„Nichts. Ich will dich einfach nur ansehen."
Elisabeth kniete noch immer vor dem Schaukelstuhl und betrachtete verlangend die entblößten Brüste Cilias, die sie so weich und rund lockten. Ihre Locken schlängelten sich spielerisch um die rosafarbenen Brustwarzen herum und Elisabeth konnte der Versuchung, sie zu berühren nicht länger widerstehen. Sie streckte die Hand aus und ließ sie behutsam über Cilias Knospen gleiten.
Cilia bog sich ihr entgegen und stöhnte leise. Elisabeth packte sie um die Taille und zog sie zu sich herunter auf den Boden. Sie konnte es selbst nicht begreifen, welch unbändiges Verlangen diese Frau in ihr zu entfesseln vermochte. Sie griff begierig mit beiden Händen zu und bediente sich an Cilia, ihrer eigenen, ganz persönlichen, unerschöpflichen Quelle der Lust und Leidenschaft.

In der nächsten Zeit tauchte Baron Kingston ausgesprochen häufig auf Burg Dover Castle auf. Er ging mit dem High Sheriff auf die Jagd, beriet ihn beim Ausbau der unterirdischen Tunnelanlagen oder saß des Abends mit ihm beim Kartenspiel. Gerne hielt er William auf dem Schoß und Elisabeth hatte das Gefühl, dass langsam der Wunsch nach einer eigenen Familie auch in ihm heranwuchs.
Während sie zu Anfang noch geglaubt hatte, er würde sich ihretwegen so oft auf der Burg aufhalten, so merkte sie doch bald, dass sein Interesse einer ganz anderen Person galt. Und diese Feststellung erfüllte sie mit Unbehagen.
Cilia schien von diesem Umstand jedoch nichts zu bemerken.

Niemals wäre sie auf den Gedanken gekommen, ein derart hochstehender Mann könnte Gefallen an ihr finden.

Eines Abends, als sie sich gerade wie beinahe jeden Abend leidenschaftlich geliebt hatten, konnte Elisabeth nicht mehr länger an sich halten und sprach Cilia direkt auf Kingston an: „Sag mal, was hältst du eigentlich von Anthony?"

Cilias Augenbrauen schnellten nach oben: „Meinst du Baron Kingston? Ehrlich gesagt, habe ich mir über ihn noch nicht so viele Gedanken gemacht. Wieso fragst du?"

Elisabeth zuckte mit den Schultern: „Ach, nur so. Er war früher einmal in mich verliebt."

Cilia setzte sich auf und sah Elisabeth erschrocken an: „Empfindest du etwa noch etwas für ihn?"

Elisabeth lachte laut auf, doch Cilia hielt ihr die Hand auf den Mund: „Nicht so laut, du weckst den Kleinen noch auf!"

Elisabeth zog ihre Hand weg und kicherte leise: „Nein, du liebe Zeit, er hat mich noch nie interessiert. Genauso wenig wie irgendein anderer Mann. Obwohl du zugeben musst, dass er schon zu den durchaus passabel aussehenden Männern gehört."

Cilia sah Kingston vor ihrem inneren Auge. Elisabeth hatte Recht, denn mit den markanten Gesichtszügen, dem blonden dichten Haar und den durchdringenden Augen konnte man ihn durchaus als optisch anziehend bezeichnen. Sein Körper war durchtrainiert und kräftig, und ihn umgab eine geheimnisvolle Aura, die die Frauenherzen gemeinhin höher schlagen ließ.

Die Tatsache, dass es noch keiner gelungen war, ihn langfristig zu binden, machte ihn noch zusätzlich interessant.

Elisabeth stieß sie leicht an: „Was ist jetzt? Du bist ja plötzlich ganz sprachlos."

„Ja ja, ich stimme dir zu. Er ist beeindruckend in seinem Auftreten und angenehm in seinem Äußeren. Aber wieso interessiert dich überhaupt, was ich über ihn denke?"

Elisabeth drehte ihr Gesicht zu sich herum und sah ihr tief in die Augen: „Er will dich – ich weiß es."

Cilia gluckste: „Du bist ja verrückt …"

Doch schon wenige Tage später sollte sich Elisabeths Vorahnung bestätigen. Ihr Vater nahm sie nach dem gemeinsamen Mittagsmahl beiseite: „Kann ich dich kurz sprechen, mein Liebes? Hast du Zeit für einen kleinen Spaziergang?"

Sie nickte und gemeinsam durchschritten sie die Torhalle und schlenderten durch den Burghof.

Der High Sheriff räusperte sich: „Nun, meine Liebe. Es ist etwas geschehen, was dich sicher freuen wird."

Er verstummte und Elisabeth stupste ihn spielerisch an: „Was sind das für gute Nachrichten? Nun sag schon, Vater?"

„Baron Kingston, der ja nun in letzter Zeit häufiger auf Dover Castle anzutreffen war, hat sein Interesse bekundet an … nun, an Cilia."

Elisabeth blieb abrupt stehen und starrte ihn ungläubig an. Sie war sich sicher gewesen, Anthonys Pläne würden über eine Affäre nicht hinausgehen, nur eine kurze, ungezwungene Liebschaft, wie er es schon so oft praktiziert hatte. Im Traum hätte sie nicht daran gedacht, er würde sich offiziell zu Cilia bekennen: „Was meinst du? Wie – er hat sein Interesse bekundet? Was soll das bedeuten?"

Ihr Vater nickte lächelnd: „Du hast schon richtig verstanden. Er will ihr in aller Form den Hof machen und sie ehelichen.

Natürlich ist das momentan nicht möglich, da sie von so niederem Stand ist. Deshalb hat er mich auch um Hilfe gebeten und da Cilia uns beiden so viel bedeutet, werde ich sie den beiden auch gerne gewähren."
Da Elisabeth schwieg, fuhr er weiter fort: „Ich habe vor, Cilia zu meinem Mündel zu machen und ihr als Mitgift die Ländereien im Westen Dovers zu überlassen. Sie wäre dadurch eine Lady und könnte so die Frau des Barons werden. Was sagst du dazu?"
Elisabeth hing schwer an seinem Arm. Ihr Gesicht leuchtete fahl in der Mittagssonne und ihr Atem ging schnell.
Beunruhigt sah er sie an: „Was ist, Liebes? Fühlst du dich nicht wohl?"
Sie schüttelte den Kopf: „Es ist nichts. Ich freue mich nur so sehr für Cilia!" Sie sah den zweifelnden Blick des Vaters: „Wirklich, das ist eine schöne Nachricht und Cilia wird in dieser Verbindung sehr glücklich sein", beeilte sie sich hinzuzufügen.
„Ja." Der High Sheriff nickte zufrieden: „Das ist mehr, als sie je zu träumen gewagt hat. Und sie hat es verdient. Ich werde so schnell wie möglich alles Nötige veranlassen. Sie wird ihr Glück kaum fassen können."

Obwohl Elisabeth wusste, dass es sich nicht geziemte, ihrem Vater vorzugreifen und Cilia diese Nachricht mitzuteilen, hatte sie genau dieses im Sinn, als sie zurück zur Hauptburg schritten. Ihre Gedanken wirbelten wild durcheinander und sie hatte den inständigen Wunsch und einen starken Drang, Cilia augenblicklich in die Kutsche zu stecken, um mit ihr nach Hampton Court zu flüchten.
Doch sie kam nicht mehr dazu, Cilia einzuweihen, denn

gerade als sie die Stufen des Hauptgebäudes erreicht hatten, schmetterte ihr die Wache mit lauter Stimme: „Baron Kingston ist eingetroffen, Sir William!", in den Rücken.

Sie wandte sich um und sah, wie Anthony in Begleitung seines jüngeren Halbbruders mütterlicherseits, Gregory, herangetrabt kam. Sie stiegen von den Pferden und liefen auf sie zu.

Der High Sheriff ging ihnen entgegen und Elisabeth blieb nichts anderes übrig, als ebenfalls umzukehren, um die beiden Barone zu begrüßen.

Anthony verbeugte sich vor ihnen und führte galant ihre Hand, die sie ihm zum Gruße reichte, an seine Lippen.

„Anthony, Gregory! Schön, Euch zu sehen. Was verschafft uns die Ehre Eures Besuches?" Der High Sheriff schien ehrlich erfreut zu sein.

Anthony verbeugte sich ein zweites Mal: „Sir, wenn Ihr erlaubt und es Eure Geschäfte zulassen, würden wir gerne eine Einladung überbringen. Unsere Familie hat für heute Nachmittag ein spontanes kleines Picknick organisiert. Die Familien Willbury und Palmer werden ebenfalls teilnehmen. Es wäre uns eine große Freude, wenn Ihr und Eure reizende Tochter uns die Ehre geben würdet, Sir William!"

Der High Sheriff nickte und Elisabeth lächelte gezwungen: „Wie nett, Anthony. Es ist eine großartige Idee, diesen vielleicht letzten schönen Herbsttag in diesem Jahr für ein Picknick zu nutzen. Wir werden gerne kommen."

So kam es, dass schon kurze Zeit später Elisabeth mit William in der offenen Kutsche saß und dem Rest der Gesellschaft, der zu Pferd unterwegs war, folgte.

Es war tatsächlich ein wunderbarer Herbstnachmittag und die Sonne tat ihr Möglichstes, um Herz und Gemüt von Mensch und Tier noch einmal zu erfreuen. Die Vögel zwitscherten ihr schönstes Abschiedslied, ehe sie schon in Bälde gen Süden aufbrechen würden, und das Laub der Bäume erstrahlte in den prächtigsten Farben.

Doch Elisabeth bekam von der spröden Schönheit der Dover Landschaft heute nicht viel mit. Sie starrte auf William, der von dem gleichmäßigen Schaukeln der Kutsche eingeschlummert war. Der pechschwarze Flaum, der sein Köpfchen bei der Geburt noch bedeckt hatte, wurde wohl von Tag zu Tag heller und, wie es Elisabeth dünkte, auch spärlicher. Zärtlich zupfte sie ihm sein Mützchen über die Ohren und zog die Decke fester um ihn. Immer deutlicher erkannte sie in seinem zierlichen Antlitz die Gesichtszüge seines Vaters.

Ihre Gedanken führten sie von William zu Thomas und von ihm weiter zu Kingston, der nun in Begriff war, ihrem Leben einen weiteren Dämpfer zu verpassen:

Männer... verfluchtes Pack!

Sie spürte eine Welle des Zorns in sich aufsteigen, Zorn über diese Welt mit ihren gesellschaftlichen Zwängen und Zorn über ihre eigene Ohnmacht:

Ich hasse alle Männer, ich hasse und verabscheue sie!

Doch dann fiel ihr Blick abermals auf ihren Sohn und sie lächelte zärtlich. „Ausgenommen dich natürlich, mein kleiner Liebling. Dich werde ich lieben, solange ich lebe."

Als die Kutsche die Lichtung erreicht hatte, machten sich die Ladies gemeinsam daran, die Speisen auszupacken und auf den mitgebrachten Wolldecken auszubreiten, während die Gentlemen die Zeit nutzten, um sich die Füße zu vertreten.

Elisabeth sah ihren Vater im vertrauten Gespräch mit Kingston, und sie fühlte ein plötzliches Rumoren in ihrem Magen. Es war offensichtlich, worüber die beiden sich unterhielten.

Nachdem alles vorbereitet war, ließen sich die Familien auf den Decken nieder und bedienten sich von den verschiedensten Köstlichkeiten.

Elisabeth hatte im Moment auf nichts weniger Lust als auf eine gezwungen unbeschwerte Konversation mit den Kingston-Brüdern, so dass sie nach einem Vorwand suchte, um sich zurückziehen zu können. Glücklicherweise kam ihr William dabei zu Hilfe, der nun seinerseits ebenfalls Hunger zu verspüren schien, und so zog sie sich dankbar in die Kutsche zurück, um ihm die Brust zu reichen.

Nach einer ganzen Weile kam Cilia, um nach ihr zu sehen: „Was macht ihr beiden denn so lange? William müsste doch schon längst satt sein."

„Ja sicher. Sein Bäuchlein ist wieder gefüllt, doch ich habe kein Verlangen nach zwanglosem Geplauder. Dieses ganzen überfreundlichen Anbiederns und Gefallenwollens bin ich längst überdrüssig."

„Wie mir scheint, ist dir auch deine gute Laune verlustig gegangen?"

Elisabeth seufzte: „Wenn du wüsstest, Cilia!"

„Was ist geschehen? Rede mit mir, Liz! Bitte!"

„Ich darf es dir eigentlich nicht sagen. Aber es bringt mich noch um, wenn ich länger schweige."

Cilia war nun sichtlich beunruhigt: „Nun sprich schon endlich,

Liz!"

Elisabeth sah Cilia durchdringend in die Augen: „Na gut, aber du musst mir versprechen, dich nicht allzu sehr zu echauffieren, hörst du?"

Cilia nickte und sie begann von ihrem Gespräch mit dem High Sheriff und den Plänen Kingstons zu berichten.

Cilia wurde immer blasser, und als Elisabeth geendet hatte, saß sie bleich und stumm in der Kutsche, ohne eine Reaktion zu zeigen. Schließlich fasste sie Elisabeth an der Hand: „Was denkst du Liz? Was soll ich tun?"

Elisabeth warf den Kopf nach hinten und ihre Stimme klang verbittert, als sie sich zu einer Antwort durchrang. „Was hast du denn für eine Wahl, Cilia? Was haben wir für eine Wahl? Keine! Also wirst du seinen Antrag annehmen und gute Miene dazu machen."

Sie seufzte: „Was haben wir Frauen denn für Möglichkeiten in dieser Gesellschaft? Wir sind dazu verdammt, den Männern stets zu Willen zu sein, sie zu beklatschen zu bestaunen und ihre Taten zu rühmen. Und sollte eine Frau sich erdreisten, einmal eigene Gedanken auszusprechen, so wie es Königin Anne einst tat, so ist sie einen Kopf kürzer, ehe sie sich umschauen kann."

„Du hast Recht, Liz. Ich werde mich wohl in mein Schicksal fügen müssen. Doch ich habe keine Ahnung, wie ich mich ihm gegenüber verhalten soll. Ich weiß nicht, wie ich es ertragen soll, von ihm berührt zu werden. Schon alleine der Gedanke, dass er mich in Kürze beschlafen wird, verursacht mir einen Würgereiz, und mein ganzes Inneres sträubt sich gegen diese Vorstellung. Ich bin nicht so beherrscht und abgeklärt wie du, Liz. Ich werde dieses Übel nicht einfach so hinnehmen können!"

Elisabeth strich ihr tröstend über die Wange: „Du wirst dich daran gewöhnen, Liebes. So wie man sich irgendwann auch an Hautausschlag oder einen nervösen Magen gewöhnt. Man arrangiert sich irgendwann einmal damit. Ich fürchte, wir müssen nun aber wieder zurück zur Gesellschaft gehen. Sonst wecken wir am Ende noch schlafende Hunde."

Noch am selben Abend machte Kingston Cilia einen formellen Antrag.
Er hatte selbstverständlich die Familie des High Sheriffs zurück nach Dover Castle begleitet und nach dem gemeinsamen Nachtmahl nutzte er die Gelegenheit, bei Sir William offiziell um die Erlaubnis zu bitten, Cilia den Hof machen zu dürfen.
Der High Sheriff teilte daraufhin seine Entscheidung, Cilia zu seinem Mündel zu erklären, allen mit und gab damit sein Einverständnis zur Verbindung der beiden.
Cilia saß während der ganzen Zeremonie wie versteinert auf ihrem Stuhl und starrte auf den Weinbecher, der vor ihr stand. Sie knetete nervös unter dem Tisch ihre Hände und Elisabeth bemerkte, wie sie an ihrer Unterlippe kaute.
Als der Baron schließlich vor sie trat, erhob sie sich schwankend und mit fahlem Gesicht.
Wie es sich für einen Mann seines Standes gehörte, ging er vor ihr auf die Knie und fasste ihre Hand, während er mit fester, selbstbewusster Stimme das Wort an sie richtete: „Liebste Lady Cilia, da Ihr nunmehr der Familie des Sir William Haut of Bourne Place angehört, darf ich es endlich wagen, Euch öffentlich meine tiefsten Gefühle darzulegen. Mein Herz steht in Flammen und brennt vor Liebe zu Euch!"

Elisabeth musste an sich halten, um nicht lauthals loszulachen, so belustigend empfand sie die schwulstige großspurige Rede des Barons.

Doch der war nun in seinem Element: „Vom ersten Moment, da ich Euch erblickte, wusste ich, dass Ihr die eine seid, mit der ich mein Leben teilen möchte. Darum bitte ich Euch inständig, dies hier anzunehmen."

Er griff in seine Brusttasche und zog ein funkelndes Etwas heraus.

Elisabeth reckte den Hals, um erkennen zu können, was es war, obwohl sie natürlich sofort ahnte, dass es sich nur um einen Ring handeln konnte.

Kingston kniete immer noch abwartend vor Cilia, während die Sekunden verrannen. Er räusperte sich.

Endlich schien sie sich zu besinnen und streckte ihm ihre Hand entgegen. Ihre Stimme klang dünn und zitterte leicht: „Euer Antrag ehrt mich, Sir Anthony. Und selbstverständlich werde ich ihn annehmen. Ich kann mich wahrhaft glücklich schätzen, von einem Mann Euren Standes begehrt und erwählt zu werden."

Er ergriff ihre Hand, führte sie an seine Lippen und streifte ihr dann unter dem Beifall der Anwesenden den funkelnden Ring über den Finger.

Seit diesem schicksalhaften Abend war es mit Elisabeths und Cilias trauter Zweisamkeit vorbei. Es ziemte sich für eine Lady wie Cilia es nun war natürlich nicht, weiterhin den Knaben zu hüten oder Elisabeth zu Diensten zu sein.

Sie erhielt nun eigene Räumlichkeiten sowie die dazugehörigen Kammerfrauen auf der Burg. Auch verbrachte sie die meiste

Zeit des Tages damit, die bevorstehende Hochzeit zu planen, die selbstverständlich auf Burg Dover Castle stattfinden sollte. Da die Vermählung schon für die kommende Woche gedacht war, gab es auf der Burg jede Menge zu tun.

Sir William hatte sogleich einen Boten nach London ausgesandt, um dem Earl of Waterford sowie dem König eine Einladung zu übermitteln. Es war zwar unwahrscheinlich, dass der König diese annehmen würde, doch Waterford wurde in jedem Fall auf der Burg erwartet. Erstaunlicherweise sah Elisabeth der Begegnung mit ihrem Gemahl mit Freude entgegen.

Da Cilia nun fast ausschließlich nur noch in Kingstons Gesellschaft anzutreffen war, hatte sie kein Vergnügen mehr an ihrem Aufenthalt in Dover. Im Gegenteil, sie war froh, möglichst bald wieder nach London zurückkehren zu können und die beiden nicht mehr täglich sehen zu müssen.

Vielleicht würden ihr die Lustbarkeiten der Stadt und das Leben am Königshof eine willkommene Ablenkung bieten.

Doch noch hieß es, auf Dover auszuharren und die Hochzeit Cilias zu organisieren. Also stürzte sie sich Hals über Kopf in die Vorbereitungen, nur um nicht grübeln zu müssen. Sie tüftelte mit dem Küchenmeister den Menüplan für das Festmahl aus, besprach mit dem Geistlichen die Zeremonie in der Kapelle und wählte persönlich den Blumenschmuck für die Festtafel.

Doch als Cilia sich mit der Bitte um Hilfe bei der Wahl des Stoffes für ihr Hochzeitskleid an sie wandte, war es dann doch um ihre Beherrschung geschehen.

Sie schleuderte Cilia die Stoffproben vor die Füße und schrie so laut, dass die Kammerfrauen erschrocken zusammenzuckten: „Bist du des Wahnsinns, Cilia? Weißt du denn überhaupt, was du da von mir verlangst?"

Cilia bedeutete den Kammerfrauen, den Raum zu verlassen, ehe sie sich bückte, um die Stoffe wieder aufzusammeln: „Natürlich weiß ich das, Liz."

Ihre Stimme zitterte: „Aber ich schaffe das nicht alleine. Ich brauche dich!"

Elisabeth sank zu ihr auf den Boden hinab, um ihr zu helfen. Als sie sah, dass sich Cilias Augen mit Tränen füllten, ließ sie die Stoffe erneut sinken, um Cilia in die Arme zu nehmen: „Es tut mir Leid, Liebes. Bitte entschuldige. Aber ich kann den Gedanken, dich bald in den Armen dieses Schaumschlägers zu sehen, nicht ertragen!"

„Aber ich kann es auch nicht ertragen. Tag um Tag muss ich seine Gesellschaft erdulden. Seine Augen in meinem Dekolletee, seine Hände an meinem Körper und seine Lippen auf den meinen. Ich habe keine Ahnung, wie ich das mein Leben lang ertragen soll!", schluchzte Cilia an ihrer Schulter.

Elisabeth strich ihr sanft über das Haar: „Ich weiß, mein Herz. Ich weiß es wohl. Aber wir müssen stark sein!"

Sie fasste Cilia an den Schultern und blickte ihr fest in die Augen: „Wir müssen stark sein, hörst du? Wir beide werden das gemeinsam überstehen! Wir sind Frauen und offensichtlich ist es unsere Bestimmung, leiden zu müssen, doch wir haben die Kraft, alles zu überstehen." Sie zog Cilia hoch und breitete die Stoffe auf dem Tisch aus: „Und jetzt werden wir beide einen wahrhaft noblen Stoff für dein wundervolles Hochzeitskleid aussuchen."

Pünktlich einen Tag vor der Vermählung traf der Earl auf Burg

Dover Castle ein.

Elisabeth empfing ihn mit William auf dem Arm in der Torhalle. Mit ausgebreiteten Armen kam er auf sie zugeeilt und sie verspürte eine große Erleichterung, als er seine Hände um ihre Hüften legte und sie und seinen Sohn fest umschloss. Ohne ihn an ihrer Seite hätte sie die bevorstehende Hochzeit nicht durchgestanden.

Er nahm William aus ihren Armen und betrachtete ihn lange: „Es ist kaum zu glauben, wie er in den letzten Wochen gewachsen ist!"

„Ja, wirklich. Er entwickelt sich vorbildlich. Und ich erkenne deine Gesichtszüge in den seinen wieder."

Thomas lächelte, während er seine Gemahlin zärtlich auf die Lippen küsste: „Ich möchte nie wieder so lange von euch beiden getrennt sein, hörst du? Nie wieder! Ich habe euch beide so unvorstellbar vermisst."

Cilia stand bewegungslos da und starrte ihr Spiegelbild an. Sie sah eine hübsche junge Frau im Hochzeitskleid aus edel glänzendem Satin, am Saum mit Perlen bestickt. Im hochgesteckten Haar trug sie ein goldenes Diadem, das ebenfalls mit großen Perlen besetzt war. An der rechten Hand prangte der Ring mit dem funkelnden Diamanten, der von kleinen roten Rubinen umringt war, deren Anordnung ihn wie eine Blüte erscheinen ließ. Ein wirklich außergewöhnlich schönes und wertvolles Stück. Alles in allem eine wunderschöne Braut.

Nur die traurigen Augen und die herunterhängenden Mundwinkel passten nicht zu dem Gesamtbild. Mit einem Mal begannen ihre Knie zu zittern und ihr Atem beschleunigte sich.

Die Kammerfrau kam herbei geeilt, um Cilia zu beruhigen: „Keine Bange, My Lady, das ist nur die Aufregung. Ihr müsst tief durchatmen. Ganz langsam ... So ist es gut!"

Sie führte Cilia zu einem Sessel und gab ihr einen Schluck Wasser zu trinken.

„Ich glaube, ich kann das nicht ...", murmelte Cilia.

Die resolute Kammerfrau tätschelte ihr die Wange: „Keine Sorge, mein Kindchen, kurz vor dem großen Moment bekommen es viele noch einmal mit der Angst zu tun. So mancherlei Bedenken kommen einer jungen Braut da in den Sinn. Aber Ihr habt doch überhaupt keinen Grund zur Sorge. Ihr habt das große Los gezogen! Und jetzt kommt."

Sie fasste Cilia am Arm und zog sie hoch: „Wir sollten uns allmählich auf den Weg machen."

Schon wenige Minuten später schritt Cilia am Arm ihres Vormunds durch die Kapelle hin zum Altar, wo sie bereits von ihrem zukünftigen Gemahl erwartet wurde.

Sie hing schwer am Arm des High Sheriffs und musste alle Kräfte aufbieten, um einen Fuß vor den anderen zu setzen.

Elisabeth saß neben Thomas in der ersten Reihe und hielt den Atem an, als Cilia an ihr vorbei schritt. Sie sah so unaussprechlich schön aus in ihrem Brautkleid. So rein und unschuldig wie ein neugeborenes Rehkitz.

Elisabeth konnte diesen Anblick kaum ertragen und dicke Tränen rannen ihr die Wangen herab. Thomas, der diese Tränen falsch interpretierte, nahm zärtlich ihre Hand: „Ich freue mich für Cilia und auch für dich. Nun seid ihr tatsächlich beinahe so etwas wie Schwestern."

Elisabeth schluchzte auf: *Du Narr!*, schoss es ihr durch den Kopf. Aber wie sollte der gute Thomas auch ahnen, dass seine Worte wie der blanke Hohn in ihren Ohren klangen.
Die restliche Zeremonie drang kaum noch in ihr Bewusstsein. Wie durch einen Schleier nahm sie die Segnung des Kaplans wahr – und auch den Kuss, den der frisch gebackene Ehemann seiner Braut aufdrückte. In ihrem Magen rumorte es und sie musste sich zusammen nehmen, um nicht aufzuspringen und einfach davon zu laufen.

Als sie nach der Trauung mit Thomas zu dem Brautpaar schritt, um ihm ihre Glückwünsche auszusprechen, hatte sie sich zum Glück wieder einigermaßen im Griff. Ihre Beine gehorchten ihr und die vorbereiteten Worte kamen zum richtigen Zeitpunkt über ihre Lippen. Sie wagte es jedoch nicht, Cilia dabei ins Gesicht zu sehen. Zu gewaltig war der Schmerz, zu groß die Gefahr, ihre wahren Gefühle könnten dabei entdeckt werden.
Die anschließende Feier im Palas der Burg ertrug sie nur, weil sie ihre ganze Aufmerksamkeit auf William richtete. Er gab ihr ein klein wenig Halt und Trost. Sie saß mit ihm etwas abseits der Gesellschaft und bemühte sich, das tanzende Hochzeitspaar zu ignorieren.
Doch immer wieder ertappte sie sich dabei, wie sie sehnsüchtig zu Cilia hinüberstarrte, um ihre Schönheit und Anmut sowie ihre elegante Tanzhaltung zu bewundern. Wie eine Fee schwebte sie in den Armen des Barons über das Parkett.
Baroness Willbury, die eben von einem Tanz mit Gregory zurückkehrte, wollte ihr etwas Gutes tun und ihr William abnehmen: „Gebt mir den Kleinen doch für einen Moment,

damit Ihr auch einmal auf das Tanzparkett kommt. Ich will ihn gerne hüten."

Elisabeth wollte dankend ablehnen, doch in dem Moment kam ihr Kingston dazwischen, der mit großen Schritten auf sie zueilte: „Bitte Countess, schenkt mir den nächsten Tanz. Es wäre mir eine große Ehre!"

Elisabeth sah keine Möglichkeit, sein Ansinnen höflich auszuschlagen, und so gab sie William widerstrebend an Rose ab, ehe sie Kingston ihre Hand reichte.

Der Baron war ein guter Tänzer und mit sicherem Taktgefühl ausgestattet. Elegant führte er sie über das Parkett. Während ihre Wege im Laufe des Tanzes immer wieder auseinander liefen, um kurze Zeit später wieder zusammenzuführen, begann Kingston eine Konversation: „Ich freue mich sehr, Lady Elisabeth, dass wir nun gewissermaßen in verwandtschaftlicher Beziehung zueinander stehen. Ich habe Euch stets bewundert und Euren Gatten schätze ich ebenso, wie Ihr sicher wisst."

Elisabeth schwieg, während sie sich voneinander wegdrehten, kurz den Tanzpartner wechselten und gleich darauf wieder zusammentrafen.

Der Baron fuhr fort: „Ich bewundere den Earl of Waterford für seine humanistischen Kenntnisse und seine Fähigkeit, dem König stets mit weisem Rat zur Seite zu stehen." Kingston räusperte sich: „Ich bin mir sicher, ich könnte dem König ebenso von großem Nutzen sein und würde meine bescheidene Arbeitskraft gerne in seinen Dienst stellen."

Elisabeth nickte: *Aha, da sieh mal einer an. Der gute Anthony. Hat nur sein eigenes Fortkommen im Sinn und sonst gar nichts!*

Nachdem die Musik verklungen war, führte er sie wieder zu

ihrem Sohn zurück. Dabei sah er sie herausfordernd an, bis sie sich schließlich gezwungen sah, ihm eine Antwort zu geben: „Ich bin mir sicher, Sir Anthony, dass Ihr für den König ein wahrer Gewinn sein würdet. Es wird mir keine große Mühe bereiten, meinen Gemahl davon zu überzeugen, den König auf Eure Qualitäten aufmerksam zu machen."
Kingston nickte ihr dankbar zu, während er ihre Hand an die Lippen führte.

Als Elisabeth spät nachts endlich in ihrem Bett lag, wanderten ihre Gedanken noch einmal zurück zu dem Gespräch mit Kingston. Sie hatte eigentlich nicht vor gehabt, ihr Versprechen wahr zu machen, doch wenn sie genau darüber nachdachte, bot Anthony ihr damit die Möglichkeit, Cilia ebenfalls nach London zu holen.

Zwar würde sie nicht in Hampton Court einziehen können, doch zumindest wäre sie in der gleichen Stadt. Sie war sich nur nicht so sicher, ob sie das auch wirklich wollte.

Die Frage war, was ihr mehr Pein verursachen würde: Cilia in der Nähe zu haben und sie häufig zu sehen, oder monatelang von ihr getrennt zu sein? Lange wälzte sie sich in ihrem Bett hin und her, ohne eine Antwort darauf zu finden.

Schließlich beschloss sie, den Dingen einfach ihren Lauf zu lassen. Wenn Kingston dem König gefiel, sollte es eben so sein, und wenn nicht, dann eben nicht.

Elisabeth drehte sich auf die Seite und berührte Thomas behutsam an der Schulter. Prompt öffnete der die Augen: „Was ist Liebes? Kannst du nicht schlafen?"

„Sag Tom, was hältst du eigentlich von Baron Kingston?"

Thomas brummte: „Kingston? Na ja, er scheint mir recht zielstrebig und auch fähig zu sein. Ein Mann, der weiß was er will. Wieso fragst du?"

„Nun, er hat mich gebeten, dich zu ermuntern, beim König ein gutes Wort für ihn einzulegen. Er hat wohl Ambitionen nach London zu gehen."

Thomas grinste: „Ach so, du kleiner Schelm! Du möchtest wohl auf diese Weise Cilia in deiner Nähe wissen?"

Elisabeth kam sich ertappt vor, doch der gutmütige Thomas küsste sie liebevoll auf die Stirn: „Wenn es dich glücklich macht, mein Herz, so will ich mich gerne für den Baron verwenden."

Cilia hatte zur gleichen Zeit ganz andere Nöte. Ihre Kammerfrauen hatten sie bereits entkleidet und ihr das Nachtgewand übergezogen. Die gelösten Haare fielen ihr üppig über die Schultern. Nervös stand sie da und harrte der Dinge, die gleich auf sie zukommen würden.

In Gedanken hatte sie diese Szenen schon hunderte Male durchgespielt, um vorbereitet zu sein. Sie hatte versucht, sich seinen Körper vorzustellen und seine Hände auf dem ihren. Doch nie war es ihr gelungen, dieses Gedankenspiel bis zu Ende zu spinnen. Aufgeregt wischte sie sich die feuchten Hände an ihrem Hemd ab.

Plötzlich wurde mit lautem Poltern die Türe aufgerissen und Kingston stand im Türrahmen. Er schwankte bedenklich und musste sich am Türpfosten stützen. Ihre Kammerfrauen flüchteten so schnell wie möglich aus dem Raum, während Cilia wie angewurzelt vor dem Bett stand.

Kingston kam langsam auf sie zu, und als er den Arm nach ihr ausstreckte, quoll ihr sein übel riechender Wein-Atem entgegen: „Da bist du ja, mein geliebtes Eheweib!", lallte er.

Sie stieß den Arm beiseite und wandte sich angewidert ab: „Ihr seid ja betrunken, Baron Kingston. In diesem Zustand werdet Ihr mich nicht anrühren!"

Er lachte gellend: „Du bist nicht in der Position, mir zu sagen, was ich zu tun oder zu lassen habe, meine Liebe!"

Er packte sie im Nacken und wollte sie küssen, doch Cilia versuchte sich loszureißen und krallte sich dabei in seine Arme, so dass Kingston vor Schmerz laut aufschrie.

Er riss sie an ihren Haaren und zerrte sie zum Tisch, wo er sie umdrehte, so dass ihre Kehrseite ihm zugewandt war. Mit wenigen Griffen hatte er seine Hose gelockert. Dann presste er sie mit Gewalt gegen den Tisch, während er ihr Hemd nach oben schob: „Du wirst mein williges Eheweib sein, ganz wie es deine Pflicht ist! Hast du mich verstanden?"

Ihren Oberkörper drückte er gegen die Tischplatte, während er gewaltsam und hart in sie eindrang.

Cilia schrie auf, doch Kingston war entweder zu betrunken oder zu grausam, um sich davon abhalten zu lassen.

Zwei Tage später saßen Elisabeth und Cilia gemeinsam in der Kutsche nach London. Ihre Männer begleiteten die Kutsche zu Pferd. Cilia war ungewöhnlich blass und schweigsam, doch so sehr Elisabeth sie auch bat, Cilia war nicht dazu zu bewegen, etwas von der Hochzeitsnacht zu erzählen. Sie hatte beschlossen, Elisabeth nicht unnötig damit zu belasten. Sie konnte ihr sowieso nicht helfen. Kingston hatte sich am Morgen danach bei ihr entschuldigt und sie seitdem auch nicht mehr angerührt.

Kapitel IV

Hampton Court Palace, London im Winter 1540

Der König saß gemeinsam mit seiner jungen Gemahlin in der Great Hall auf den Thronstühlen und hielt Hof.

Kingston stand in der Menge und wartete. Es war sein erstes Weihnachtsfest, das er am Königspalast erlebte, abgesehen von den seltenen Besuchen bei seinem Vater. Damals war er noch ein kleines Kind gewesen und konnte sich nur vage an die kurzen Momente erinnern, die er dem König gegenübergestanden war. In seiner Erinnerung war dieser ein stattlicher junger und gutaussehender Mann gewesen. Voll Tatendrang und Elan.

Als er nun den König vor wenigen Wochen abermals kurz aus der Ferne sah, war er nicht wenig erschrocken über die Tatsache, dass seine Vorstellung so gar nichts mit der Realität gemein hatte. Der König war über die Jahre hinweg nicht nur launisch und unberechenbar geworden, bei einem Unfall während eines Turniers vor einigen Jahren hatte er sich zudem eine nicht heilen wollende Wunde am Oberschenkel zugezogen, die seine Bewegungsfreiheit beträchtlich einschränkte. So hatte er im Laufe der Zeit auch mächtig an Leibesfülle zugelegt. Diese Tatsachte, verbunden mit dem natürlichen Alterungsprozess, hatte den König einen großen Teil seines jugendlichen Charismas gekostet.

Im krassen Gegensatz dazu stand seine jugendliche Gemahlin, die anmutig und graziös neben ihm saß. Die ausfernden Maße des Königs ließen sie noch zierlicher erscheinen als sie es ohnehin schon war.

Anthony musste sich eingestehen, dass die Königin zu den wohl schönsten Frauen zählte, denen er jemals begegnet war. Kein Wunder also, dass sie das Herz des Königs im Nu für sich gewonnen hatte. Vielleicht erhoffte er sich, etwas von ihrer Jugend und Lebhaftigkeit würde auch auf ihn übergreifen und ihm seine besten Jahre zurückbringen.

Die Königin sah in ihrer Weihnachtsrobe geradezu unwirklich aus. Auf ihrem Haupt thronte ein Kranz aus Mistelzweigen, in den Edelsteine in Beerenform eingeflochten waren. Sie mutete ihn an wie ein Wesen aus einer anderen Welt, und er konnte kaum den Blick von ihr abwenden, während sie jeden, der beim König vorsprach, freundlich anlächelte und huldvoll die dargebrachten Gaben entgegennahm.

Er warf einen Blick hinüber zu Waterford, der heute die Gelegenheit nutzen wollte, um ihn endlich dem König vorzustellen. Bislang waren seine Bemühungen vergeblich gewesen, denn der König war in letzter Zeit oft mürrisch und eigenbrötlerisch. Keine Fremden durften zu ihm vorgelassen werden. Doch das Weihnachtsfest schien den König milde gestimmt zu haben. Möglicherweise war es aber auch nur die Neugierde auf die diesjährigen Gaben, die seine treuen Untertanen ihm zu verehren gedachten.

Kingston hob noch einmal den Deckel der kleinen Truhe und warf einen Blick hinein. Er seufzte, als er die goldene Taschenuhr seines Vaters darin liegen sah. Es war ein wirklich schönes Stück, reich verziert und mit einem edlen Lapislazuli besetzt.

Er trennte sich nur ungern davon, doch große Vorhaben erforderten eben mitunter auch große Opfer. In diesem Moment winkte Waterford ihm zu und er ließ geschwind den Deckel der Schatulle zuschnappen, ehe er dem Earl zu den Majestäten folgte.

Er blieb einige Schritte hinter Thomas stehen und verbeugte sich tief.

Waterford ergriff das Wort: „Majestät, wie angekündigt bringe ich Euch hier einen Freund, der sich gerne in Eure Dienste begeben würde. Sein Name ist Baron Anthony Kingston."

Kingston verbeugte sich erneut, während der König ihn zu sich her winkte.

„Kingston? Steht Ihr denn in verwandtschaftlichen Verhältnissen zu Sir William Kingston, meinem ehemaligen Constable?"

Kingston nickte: „Jawohl, Euer Gnaden, er war mein Vater. Leider ist er vor wenigen Monaten verstorben."

Der König stutzte: „Oh, es betrübt mich, das zu hören. Ihr müsst wissen, Euer Vater hat seine Aufgabe stets mit Hingabe und großer Sorgfalt erfüllt. Er war mir damals, bei der Vernehmung meiner zweiten Ehefrau, dieser gottlosen Hure, eine große Hilfe."

Kingston trat näher zum König heran und übergab ihm die Truhe: „Ja, Eure Majestät. Mein Vater war Euch stets sehr verbunden. Deshalb möchte ich Euch auch dieses Geschenk überreichen. Es befand sich einst in seinem Besitz."

Der König öffnete die Schatulle und griff nach der Taschenuhr. Er betrachtete sie lange, ließ den Deckel auf und zu schnappen und ließ seinen Daumen über das Zifferblatt gleiten.

Dann hob er den Kopf und räusperte sich: „Ein wahrlich nobles Geschenk, Sir Kingston. Besonders, wenn man bedenkt, dass es Eurem Vater gehörte und Euch deshalb sicherlich lieb und teuer ist. Und aus diesem Grunde will ich Euch auch ein nobles Geschenk machen. Könnt Ihr mir versichern, Euch ebenso wie Euer Vater ganz in den Dienst des Königs zu stellen und ihm mit Hingabe stets treu zur Seite zu stehen?"

Kingston nickte.

„Gut, dann hört meinen Beschluss: ich ernenne Euch hiermit zum Constable of the Tower! Auf dass Ihr dieses Amt gewissenhaft und loyal ausüben werdet, wie es einst Euer Vater tat!"

Kingston ging auf die Knie, um des Königs Hand zu küssen: „Ich danke Euch von Herzen, Majestät, und wünsche Euch und Eurer treuen Gemahlin ein vom Herrn gesegnetes Weihnachtsfest!"

„Danke, Sir Kingston. Dasselbe wünsche ich Euch auch."

Dann grinste er zu Waterford hinüber: „Nun habt Ihr endlich Euren Willen, Thomas. Und es war gar nicht so schwer." Der König lachte laut auf: „Der jetzige Constable ist ein dummer Taugenichts, den ich nicht vermissen werde. Ein Kingston auf diesem Posten ist mir tausendmal lieber."

Thomas grinste zurück: „Es freut mich, Euch so zufrieden zu sehen, Majestät ..."

Schon wenige Tage später bezogen Anthony und Cilia ihr neues Quartier im Tower.

Als Cilia zum ersten Mal vor dem riesigen düsteren Gebäudekomplex stand, der von einem mächtigen Außenwall umgeben war, beschlich sie ein seltsames Gefühl. Dieser Ort mit seinen vielen verschiedenen Institutionen, die er beherbergte, war ihr unheimlich.

Es dauerte etliche Tage, bis sie sich einigermaßen darin zurecht fand.

Anthony zeigte ihr die gut bestückte Waffenkammer des Königs, die im White Tower untergebracht war, mit seinen Kampf-, Jagd- und Turnierwaffen. Sie strich über die Klingen der Schwerter, berührte die Spitzen eines Morgensterns und zupfte an den Sehnen der Doppelbögen, die sich kaum unter ihrer Hand bewegten.

Bewunderung riefen auch die vielen Ritterrüstungen hervor, die sich dort befanden. Einige von ihnen waren das Ergebnis hoher Schmiedekunst.

Sie bestaunte die Arbeiten in der Münzprägeanstalt und konnte sich schließlich sogar dazu durchringen, einen Blick in das Gefängnis zu wagen. Doch als sie das Wehklagen und Rufen der Gefangenen hörte und ihr der beißende Geruch von Urin und Unrat in die Nase stieg, flüchtete sie aus dem Verließ.

Der einzige Ort, an dem sie sich wirklich gerne aufhielt, war das Observatorium. Sie war beeindruckt von den vielen Konstruktionen und Gerätschaften, mit denen man sowohl die genaue Zeit als auch die Position der Sterne bestimmen konnte. Cilia wusste, dass Sir Thomas Morus ein großer Kenner der Himmelskörper gewesen war und daher die Forschung im Observatorium stets vorangetrieben hatte. Ihm war es wohl auch zu verdanken, dass der König selbst Gefallen an der Astronomie gefunden hatte.

Cilia hatte viel Zeit, ihr neues Heim mit Liebe zum Detail zu gestalten, und sie versuchte es so gemütlich und heimelig wie nur möglich einzurichten. Obwohl ihr sogar eine kleine Anzahl von Bediensteten zur Verfügung stand und es ihr so gut ging wie noch nie zuvor in ihrem Leben, fühlte sie sich fremd in dieser Umgebung.

Von Tag zu Tag wurde ihre Sehnsucht nach dem Meer und den Kreidefelsen größer. Tagsüber, wenn sie beschäftigt war mit der Organisation ihres Alltags, konnte sie es einigermaßen ertragen, doch nachts, wenn sie sich schlaflos in ihrem Bett wälzte und die wilden Tiere aus der Menagerie herüberbrüllen hörte, sehnte sich jede Faser ihres Körpers nach der Heimat. Sie wünschte sich, einmal wieder die Meeresbrise in der Nase zu haben und den Wind in den Haaren zu spüren.

Richtig glücklich war sie nur, wenn Elisabeth mit William zu Besuch kam oder sie gemeinsam durch die Straßen der Stadt spazierten. Leider waren diese Besuche viel zu selten. Zwar war Elisabeth aufgrund der Stellung ihres Mannes und der Geburt Williams von ihren Aufgaben als Hofdame der Königin nun entbunden, doch es war dennoch ihre Pflicht, an sämtlichen offiziellen Anlässen und Empfängen des Königshofes teilzunehmen.

Elisabeth schien sich erstaunlich gut in dieses Leben hineingefunden zu haben und Cilia hatte immer mehr die Befürchtung, dass sie ihr entglitt. Es war ihnen kaum noch möglich, sich körperlich nahe zu sein, und sie beobachtete mit Argwohn, dass indes Elisabeths Freundschaft mit der Herzogin von Suffolk immer intensiver wurde.

Ihr fehlten die körperliche Nähe zu Elisabeth und das innige Gefühl der Geborgenheit, das damit einherging. Sie vermisste ihre zärtlichen forschenden Hände auf ihrem Körper und ihren Mund auf den eigenen Lippen. Doch genauso fehlte ihr jene intensive und ganz besondere geistige Verbindung, die sie zu

Elisabeth hatte. Sie vermisste die vertrauten Gespräche und ihr fehlte dieses wortlose Einvernehmen. Ihr fehlte schlichtweg der Mensch in ihrem Leben, der sie auch ohne Worte verstand, der fühlte, was sie fühlte, sich freute, wenn sie sich freute, und genauso litt, wenn sie selbst leiden musste.

Die körperliche Vereinigung mit Anthony war ihr indes ein wahrer Gräuel geworden, den sie mehr oder weniger freiwillig über sich ergehen ließ.
Obwohl sie Anthony zu Gute halten musste, dass er sich, im Gegensatz zur Hochzeitsnacht, anfänglich sehr um sie bemüht hatte und gewillt war, auch ihr ein Lustempfinden zu verschaffen, war es ihr nicht gelungen, sich seinen Händen willig hinzugeben.
Schon der Anblick seines nackten Körpers ließ Abscheu und Ekel in ihr hochsteigen, und sie konnte sich nicht überwinden, ihn zu berühren. Es kam ihr alles so falsch vor. Es fühlte sich fremd und ungesund an. Inzwischen hatte Anthony es aufgegeben, sie zu einem leidenschaftlichen Liebesspiel animieren zu wollen. Er beschränkte sich nur noch auf den reinen Akt und sah sie dabei verächtlich und geringschätzig an.
Sie wusste, dass sie in seinen Augen dadurch an Ansehen und Achtung verloren hatte, doch sie brachte es nicht über sich, ihm etwas vorzuspielen.
Dennoch war ihr sehr wohl bewusst, dass sie ihn durch ihr Verhalten in die Arme anderer Frauen trieb. Über kurz oder lang würde er die Befriedigung seiner körperlichen Bedürfnisse bei anderen Damen suchen und sicher auch finden, doch es war ihr egal.

Sie vergrub sich immer mehr in ihren vier Wänden und ließ sich kaum noch in der feinen Gesellschaft Londons blicken.

Eines Tages, als es Anthony beliebte, das Abendessen einmal wieder gemeinsam mit ihr einzunehmen, sprach er sie direkt auf diesen Umstand an.

„Cilia, ich werde immer häufiger gefragt, warum du dich kaum noch in der Öffentlichkeit blicken lässt. Es sind bereits Gerüchte im Umlauf, du hättest mich verlassen und wohntest längst nicht mehr mit mir unter einem Dach. Und was noch schlimmer ist, selbst hier im Tower wird gemunkelt, ich hielte dich hier gegen deinen Willen gefangen. Du wirst sicher verstehen, dass solch törichtes Geschwätze meinem Ruf beim König nicht gerade zuträglich ist."

Cilia nickte schuldbewusst.

„Gut. Gut, dass du das auch so siehst. Um diesen Schwätzern Einhalt zu gebieten und die Gerüchte zu entkräften, wirst du dich also in Zukunft öfters an meiner Seite zeigen, ob dir das nun gefällt oder nicht!"

Cilia nickte erneut und senkte den Blick.

„Ich werde morgen ein Tennisspiel mit Thomas bestreiten und ich werde dich in der ersten Reihe stehen sehen, wo du mich als meine hingebungsvolle Frau gebührend beklatschen wirst, haben wir uns verstanden?"

„Ja, Sir. Wie Ihr wünscht."

„Sehr schön", fügte er versöhnlich hinzu, „und zieh dich warm an. Es wird kalt sein am Court."

Am nächsten Tag stand Cilia als gehorsame und ergebene

Ehefrau wie ihr befohlen ward direkt an der Umzäunung des Tennis-Courts und hatte den Blick an die Fersen Anthonys geheftet. Artig klatschte sie bei jedem Punktgewinn und kam sich dabei vor wie ein Zirkuspferd, dem man erfolgreich ein Kunststück beigebracht hatte.

Sie konnte die Blicke der anwesenden Damen in ihrem Rücken spüren und fühlte sich von Minute zu Minute unbehaglicher in ihrer Haut.

Gerade als sie beschlossen hatte, nun lange genug vorgeführt worden zu sein und sich umdrehen wollte, um den Platz zu verlassen, ging ein Raunen durch die Reihen. Die Herrschaften traten beiseite und verbeugten sich, um den König und seine Gemahlin passieren zu lassen.

Cilia ging ebenfalls in die Knie, konnte aber im Augenwinkel erkennen, dass sich Elisabeth im Gefolge der Königin befand und ihr Herz hüpfte vor Freude. Nun hatte sie wenigstens einen Grund, dem Tennisspiel weiter beizuwohnen.

Statt Anthony weiter zu bewundern, starrte sie wie gebannt auf Elisabeth. Sie trug ein elegantes safranfarbenes Kleid und einen warmen in Pelz eingefassten Umhang darüber. Mit einer graziösen Handbewegung zog sie sich die Kapuze weiter in das Gesicht hinein. Cilia konnte bei ihrem Anblick kaum noch atmen und das Blut rauschte in ihren Ohren. Sofort spürte sie wie Leidenschaft und Begehren in ihr aufstiegen, sie erbeben ließen und ihr zugleich die Schamesröte ins Gesicht trieben. Die Sehnsucht nach der Gesellschaft der Geliebten wurde übermächtig in ihr.

In diesem Moment hatte Elisabeth sie entdeckt und winkte zu ihr hinüber.

Cilia lächelte verlegen zurück. Elisabeth zögerte jedoch nicht lange und bahnte sich einen Weg durch die Menge zu ihr. „Wie schön, dich hier zu sehen, liebste Cilia!"
Cilia knickste vor ihr, wie es sich gegenüber einer Dame ihres Standes geziemte, doch Elisabeth schüttelte den Kopf. „Lass das doch. Erzähl mir lieber, wie es dir geht. Hätte ich gewusst, dass ich dich hier antreffen würde, wäre ich eher gekommen."
Cilia fühlte einen dicken Kloß im Hals, der es ihr unmöglich machte, zu antworten. Stattdessen stiegen ihr die Tränen in die Augen und sie schaffte es nur mühsam, sie wieder hinwegzublinzeln, ehe sie sich über den Rand ihrer Augen auf den Weg in die Freiheit machen konnten.
Elisabeth erfasste die Situation sofort. Sie warf einen Blick auf ihre beiden Männer, die ganz in ihr Spiel vertieft waren und griff Cilia am Arm. „Komm mit, wir müssen reden!"
Die beiden verließen den Court, gefolgt von den zusammengekniffenen Augen der Herzogin von Suffolk.

Elisabeth führte Cilia hinaus in die Parkanlagen des Palastes, die menschenleer und unberührt unter einer dichten Schneedecke vor ihnen lagen. Auf dem zum Teil zugefrorenen Weiher schwammen einige Schwäne gemächlich umher.
Alles war so ruhig und friedlich, strahlte trotz der eisigen Temperaturen so viel Wärme und Wohlbehagen aus, dass Cilia nicht mehr länger an sich halten konnte und hemmungslos schluchzte.
Elisabeth betrachtete sie besorgt. Erst jetzt fielen ihr die blasse Haut und die fahlen Wangen Cilias auf und sie legte tröstend den Arm um ihre Gefährtin. „Was ist denn nur los mit dir? Bitte

sprich mit mir, damit ich dir helfen kann!"

Dann blieb sie abrupt stehen und fasste Cilia an den Schultern. „Schlägt er dich etwa oder tut er dir sonst in irgendeiner Art und Weise Gewalt an?"

Cilia schüttelte den Kopf und sah Elisabeth aus tränenverhangenen Augen traurig an. „Nein, das tut er nicht. Ich muss zugeben, dass er sich anfänglich sogar sehr um mich bemüht hat. Doch ich kann ihm einfach nicht zu Willen sein. Ich empfinde absolut nichts für ihn, noch nicht einmal freundschaftliche Gefühle, so wie du sie für Thomas hegst. Es kostet mich unendliche Überwindung, nur seine bloße Anwesenheit zu ertragen. Ich weiß nicht, wie ich das noch länger aushalten soll!"

Sie schniefte in das Taschentuch, das Elisabeth ihr reichte. „In der Zwischenzeit ist seine Zuneigung zu mir auch deutlich abgekühlt. Ich beklage mich nicht darüber, da ich ja selbst schuld an dieser Entwicklung bin. Doch ich fürchte, dass er sich seine Befriedigung bald in den Armen anderer Frauen suchen wird und ich weiß nicht, was dann aus uns werden soll. Wie ich dieses Leben noch länger ertragen kann!"

Elisabeth hielt sie im Arm, bis sie sich wieder einigermaßen gefangen hatte, dann nahm sie Cilia fest bei den Schultern und sah ihr in die Augen. „Du bist so stark, Cilia, du musst damit fertig werden und dich in dein Schicksal fügen. Du hast keine andere Wahl, also finde dich mit dem Unausweichlichen ab. Dann wirst auch du deinen Seelenfrieden wiederfinden."

„Ich fürchte, du überschätzt mich, Liz. Ich bin nicht so stark wie du denkst. Und ich vermisse dich so unaussprechlich. Die Sehnsucht nach dir bereitet mir fast körperliche Schmerzen!"

Cilias Stimme brach und erneut liefen ihr die Tränen über die Wangen.

„Du solltest ein Kind bekommen, Cilia. Du brauchst dringend eine Aufgabe. Ein Kind würde dir helfen, dich in diesem Leben zurecht zu finden und es würde dir die Gefühle deines Mannes erhalten. Anthony ist im Grunde seines Herzens ein guter Mann und er würde seine Nachkommen lieben. Ich denke, er sehnt sich bereits danach."

Cilia zuckte mit den Schultern: „Was soll ich denn tun? Mein Leib scheint sich gegen seine Frucht zu wehren, denn es will sich einfach keine Schwangerschaft einstellen."

„Du solltest dich entspannen und dich mit den Dingen abfinden, so wie sie eben nun mal sind. Wenn du mit dir selbst im Reinen bist, wird sich auch dein Körper öffnen für den Samen deines Mannes. Vertrau mir, Cilia! Es ist das Beste."

Cilia nickte und hakte sich bei Elisabeth unter, während sie weiter die verschneiten Wege entlang liefen. Sie wagte es nicht, diese eine Frage zu stellen, doch die Ungewissheit trieb sie so lange um, bis sie sich schließlich doch ein Herz fasste: „Du bist immer so vernünftig, Liz. Redest so klug und so einsichtig. Wir sehen uns kaum noch. Sind deine Gefühle für mich gänzlich erloschen? Bist du wirklich glücklich mit dem Leben, das du nun führst?"

Elisabeth riss Cilia zu sich herum und fasste sie am Kinn. Ihre Augen funkelten und ihre Wangen glühten vor Aufregung: „Wie kommst du nur auf einen solchen Gedanken? Ich sehe dich ständig vor meinem inneren Auge. Deine liebevollen Augen, deine milchig weißen samtigen Brüste und deine schmalen Hüften. Ich höre deine Stimme in meinem Ohr und fühle deine

Hand in der meinen. Ich denke an die schönste Zeit meines Lebens zurück, die wir beide gemeinsam mit William in Dover verbrachten. Ich versuche, mir unsere zahlreichen Gespräche wieder ins Gedächtnis zu rufen, damit kein einziges Wort in Vergessenheit gerät. Und all das tue ich in dem ständigen Bewusstsein, dass es so nie wieder sein kann."

Dann küsste sie Cilia. Es war ein zärtlicher, warmer, aber zugleich bedauernder Kuss, den Cilia noch Stunden später auf ihren Lippen fühlen konnte.

Elisabeth war durch dieses Zusammentreffen und Cilias Gefühlsausbruch wie aufgerüttelt. Sie hatte sich von dem behäbigen Dahinplätschern des gesellschaftlichen Lebens am Königshofe einlullen lassen und sich darin beinahe selbst verloren. In der Rolle der edlen Countess und den damit verbundenen Annehmlichkeiten hatte sie sich immer mehr gefallen. Sie gehörte nun zu den höchsten gesellschaftlichen Kreisen am Hofe und genoss Ansehen und Anerkennung. Thomas war stets liebevoll und gut zu ihr und ein hingebungsvoller Vater für ihren Sohn, der sich prächtig entwickelte und ihr viel Freude bereitete. Ihr Leben verlief sozusagen in ruhigen, geregelten Bahnen und sie hatte es tatsächlich geschafft, Cilia für lange Zeit aus ihren Gedanken zu verbannen.

Doch nun war plötzlich wieder alles anders. Cilia hatte ihr Leben abermals durcheinander gewirbelt und die alten Gefühle wieder auflodern lassen. Ihr kam es vor, als habe das Verlangen noch nie heißer in ihr gebrannt und ihr Körper und Geist niemals lauter nach der Geliebten gerufen.

Die ruhige, gelassene Aura, die sie normalerweise umgab, war dahin, und stattdessen kam nun die unzufriedene, angespannte und aufgewühlte Elisabeth zum Vorschein, die mit ihrem Leben plötzlich nicht mehr einverstanden schien.

Sie zog sich wieder mehr und mehr aus dem öffentlichen Leben zurück und mied auch die Gesellschaft der Herzogin von Suffolk immer häufiger. Um Ausreden war sie dabei nie verlegen und häufig musste auch William als Entschuldigung herhalten.

Catherine Brandon blieb diese Veränderung natürlich nicht verborgen, und je mehr Elisabeth sich zurückzog, desto mehr bemühte sie sich um deren Zuneigung.

Eines Tages, als es Elisabeth nicht gelungen war, sich der Gesellschaft Catherines zu entziehen und sie gemeinsam bei einer Tasse Tee in ihrer Kemenate saßen, sprach diese sie ganz unverblümt auf deren Gesinnungswandel an: „Liebste Countess, leider muss ich feststellen, dass Ihr in letzter Zeit etwas reserviert gegenüber meiner Person seid. Sollte ich Euch in irgendeiner Art und Weise unwissentlich gekränkt haben, so tut es mir aufrichtig Leid und ich möchte mich dafür entschuldigen."

Elisabeths Wangen erröteten und sie versuchte etwas zu eifrig die Bedenken der Herzogin zu zerstreuen. „Nein, Catherine, Ihr habt mich nicht gekränkt. Niemals! Wie kommt Ihr denn auf einen solchen Gedanken?"

„Nun, offensichtlich bereitet Euch meine Gesellschaft kein Vergnügen mehr, denn ich muss zur Kenntnis nehmen, dass Ihr Euch mehr und mehr vor mir zurückzieht."

Die Augen der Herzogin bekamen einen traurigen Glanz: „Das tut mir aufrichtig Leid, dachte ich doch bisher, wir würden uns gut verstehen. Ja, ich möchte sogar soweit gehen zu behaupten, wir wären Vertraute. Immerhin habe ich Euren Sohn damals zum Taufbecken getragen."

Elisabeth hüstelte verlegen und hielt den Blick gesenkt, als sie versuchte, die Sache wieder ins Lot zu bringen: „Das sind wir, Cathy, ganz gewiss. Ihr ward mir stets eine aufrichtige und ehrliche Freundin, deren Rat ich wohl zu schätzen weiß. Leider war William während der letzten Wochen immer wieder kränklich. Der Winter mit seiner kalten Luft setzt ihm mitunter sehr zu. Ihr versteht sicher, dass seine Gesundheit an erster Stelle kommt und ich als Mutter dann gezwungen bin, Prioritäten zu setzen."

Das war noch nicht einmal gelogen, denn William wurde in letzter Zeit häufiger von Husten und Schnupfen geplagt.

Die Herzogin schien einigermaßen besänftigt zu sein. „Ja, ich hörte von Charles, dass William ab und an kränkelte."

Sie legte ihre Hand versöhnlich auf Elisabeths und lächelte: „Aber nun neigt sich der Winter dem Ende zu – Gott sei es gedankt – und William wird wieder zu alten Kräften zurück finden. Wir werden bald wieder in den blühenden Anlagen des Palastes spazieren gehen können."

Elisabeth schloss die Augen und seufzte sehnsüchtig. „Oh ja, das klingt wunderbar!"

In diesem Moment öffnete sich die Türe und Thomas und Brandon traten in den Raum. Elisabeth erkannte an ihren glänzenden roten Gesichtern, dass sie in Eile hierher gelangt waren.

Die beiden Damen sahen ihre Männer erwartungsvoll an, doch Charles musste erst tief Luft holen, ehe er in der Lage war zu sprechen: „Eben hat ein Bote den Palast erreicht mit einer Nachricht an den König."

Als er nicht sofort weitersprach, ging Lady Catherine ihren Gemahl etwas ungehalten an: „Was ist das für eine Nachricht, Charles? So rede doch endlich."

„Er kommt im Auftrag des Admirals Chabot. Der ist bereits gestern in Dover gelandet und bittet den König um Asyl."

„Der französische Botschafter?" Elisabeth schüttelte ungläubig den Kopf: „Wieso sollte er unseren König um Asyl ersuchen?"

„Nun", Thomas ergriff das Wort, „er ist ganz offensichtlich einer Intrige zum Opfer gefallen und muss nun um sein Leben fürchten."

Catherine schlug sich die Hand vor den Mund. „Das ist ja entsetzlich! Und wird der König ihm seinen Wunsch gewähren?"

Charles nickte: „Wir sollen ihn bei uns in Westhorpe Hall beherbergen, solange er es für nötig hält."

Catherine sprang auf und raffte ihre Kleider zusammen: „Oh du liebe Zeit, ich muss sofort aufbrechen, um die Ankunft des Admirals vorzubereiten!"

Elisabeth geleitete sie zur Türe: „Wenn Ihr Hilfe benötigt, so lasst es mich bitte wissen." Catherine küsste Elisabeth zum Abschied auf beide Wangen: „Ich danke Euch, Lady Elisabeth. Ich plane, einen kleinen Empfang zu Ehren des Admirals zu geben. Gerne könnt Ihr mich bei der Organisation unterstützen."

Elisabeth nickte zustimmend, während Catherine Charles Arm ergriff und mit ihm hinaus eilte. Thomas blickte ihnen schmunzelnd hinterher. „Die liebe Catherine. Nun hat sie endlich wieder eine Aufgabe."

Elisabeth saß mit Thomas in der offenen Kutsche und genoss die Sonnenstrahlen, die sich nach der langen Durststrecke endlich gegen die letzten Ausläufer des Winters behaupten konnten und ihn nun zur Gänze aus England vertrieben hatten. Ihre Augen strahlten, als sie zu Thomas hinüber sah und er lächelte zufrieden zurück.

Zärtlich legte er seinen Arm um ihre Schultern: „Wie ich sehe, freust du dich sehr auf die nächsten Tage?"

„Oh ja, das tue ich! Ich freue mich auf das Bankett, das Catherine mit Sicherheit perfekt arrangiert hat. Und ich freue mich auf Anthony und Cilia. Es gehen oftmals zu viele Tage ins Land zwischen unseren Besuchen."

Sie warf das lange Haar in den Nacken und reckte sich noch mehr der Sonne entgegen, so als würde sie deren Wärme in sich aufsaugen wollen. „Und natürlich freue ich mich am allermeisten auf meinen Vater. Es ist sehr großzügig von Charles und Catherine, ihn auch nach Westhorpe einzuladen."

„Ja, das ist es. Doch dein Vater ist auch ein guter Freund des Königs und mir kam zu Ohren, dass er sich sehr erfreut über das geplante Zusammentreffen mit dem High Sheriff geäußert hat und die Aussicht auf dieses Treffen mit den Ausschlag für des Königs Zusage gab. Also hat Charles in erster Linie auch sich selbst einen Gefallen damit getan."

Elisabeth musste lachen: „Mir ist es ehrlich gesagt einerlei, wem oder was ich es zu verdanken habe. Ich freue mich einfach nur und bin glücklich."

Sie wandte sich um und sah nach hinten, wo einige weitere Kutschen folgten. Sie konnte Cilia in einer davon erspähen und winkte. Dann ließ sie sich zufrieden auf ihren Sitz zurück fallen.

Es war vorgesehen, die Nacht auf dem ehemaligen Rittergut der Cromwells in Essex zu verbringen, um dann am nächsten Tag frisch und erholt in Westhorpe Hall anzukommen.

Als später die Sonnenstrahlen an Wirkung verloren und ein leichter Wind aufkam, ließ Thomas die Kutsche schließen.

Elisabeth war an seiner Schulter eingeschlummert und erwachte erst wieder, als sie kurz vor Einbruch der Dunkelheit auf dem Anwesen ankamen.

Thomas half ihr aus der Kutsche und sie konnte nicht umhin, heimlich ihre Glieder zu recken und zu strecken, die von der langen Fahrt steif waren.

Die Gesellschaft stand abwartend herum, da der König sich noch nicht entschließen konnte, das Gebäude zu betreten: „Ich werde mir noch kurz die Füße vertreten. Geht nur schon vor, es wird nicht lange dauern." Er wandte sich um: „Möchte mich irgend jemand begleiten, My Ladies, Sirs?"

Natürlich wagte es niemand, sich dem Wunsch des Königs zu widersetzen, nur Königin Catherine schien keinen Drang zu verspüren, ihrem Gatten Gesellschaft zu leisten. Die gemeinsame Kutschfahrt schien ihren Bedarf an Unterhaltung zur Genüge gedeckt zu haben.

Sie zog sich mit ihren Damen zurück, während der Rest gemütlich durch das Anwesen, welches nun an die Krone zurückgefallen war, schlenderte.

Thomas und der Erzbischof von Canterbury unterhielten sich mit dem König, während Elisabeth und Cilia die Gelegenheit nutzten, sich auszutauschen. Elisabeth stellte erleichtert fest, dass Cilia wieder ein paar Pfunde mehr auf den Hüften hatte und auch die Farbe im Gesicht ließ sie gesünder aussehen.

„Ich nehme an, du fühlst dich besser als bei unserer letzten Begegnung?"

„Ja, Countess, so ist es."

Cilia schien sich der Tatsache bewusst, dass Anthony nur wenige Schritte hinter ihr war.

„Der Frühling scheint meine Lebensgeister neu erweckt zu haben."

Elisabeth lächelte erleichtert: „Wie schön, das zu hören. Es freut mich aufrichtig, dich so wohlauf zu sehen." Sie zwinkerte Cilia unauffällig zu.

Erst jetzt schien Thomas bemerkt zu haben, dass Anthony ohne Gesprächspartner etwas gelangweilt hinter den Damen herlief, und er winkte ihn zu sich herüber. „Sir Anthony, kommt und leistet uns Gesellschaft."

Erleichtert eilte der in großen Schritten an den Damen vorbei und schloss sich der Männerrunde an: „Majestät!"

Er verbeugte sich vor dem König, der ihm zunickte: „Kingston, wie schön, dass Ihr ebenfalls der Einladung des Herzogs von Suffolk gefolgt seid. Wenn sich morgen nun auch noch der High Sheriff von Kent und der Herzog von Northfolk zu uns gesellen, werden wir eine wahrhaft illustre Runde sein, so dass sich Admiral Chabot in England aufs Herzlichste willkommen fühlen sollte."

Er wandte sich abermals an den Constable: „Seid Ihr alleine angereist, Kingston?"

„Nein, Eure Majestät, meine geliebte Gattin begleitet mich. Wenn Ihr erlaubt, würde ich sie Euch gerne vorstellen."

Der König nickte huldvoll und Anthony verlangsamte seine Schritte, um Cilia zu informieren. Als sie vor dem König in die Knie ging, schien dieser sichtlich von ihr angetan, denn Thomas, der Heinrich nun schon einige Jahre kannte, glaubte ein gewisses Funkeln in dessen Augen bemerkt zu haben.

Auch später, als alle an der reich gedeckten Tafel beim gemeinsamen Nachtmahl saßen, glaubte Thomas zu erkennen, wie des Königs Blick häufig zu Lady Kingston hinüber wanderte. Doch der König schenkte an jenem Abend seiner Gattin so viel Aufmerksamkeit und Zuwendung, dass Thomas diese Gedanken, die in ihm aufstiegen, schnell wieder verwarf.

Als sie am darauffolgenden Tag bereits am späten Nachmittag in Westhorpe Hall eintrafen, wurden sie dort schon sehnsüchtig von Charles erwartet.
Auch die anderen Gäste waren bereits eingetroffen, so dass die Begrüßungszeremonie vor dem Anwesen zu einem freudigen lauten und viel Zeit in Anspruch nehmenden Ereignis wurde.
Der König und seine Gemahlin wurden von Charles willkommen geheißen und in das Schloss geführt, während Elisabeth jede Etikette vergaß und dem High Sheriff ganz wie in alten Zeiten stürmisch um den Hals fiel. „Vater, geliebter Vater, wie schön Euch so wohlauf zu sehen! Ich habe Euch so sehr vermisst!"
Sir William lächelte und küsste seine Tochter auf die Wangen: „Meine Elisabeth, wie ich sehe, sorgt dein Mann sehr gut für dich, denn du siehst wie das blühende Leben aus!"
Er hielt sie etwas von sich ab, um sie besser betrachten zu können.
Sie drehte sich übermütig im Kreis: „Danke Vater, Ihr habt Recht. Ich habe keinen Grund zur Klage."

Sie trat beiseite, um Platz für Cilia zu machen, die vor dem High Sheriff knickste: „Sir William …"

„Mein liebes Kind!" Er küsste auch Cilia links und rechts auf die Wangen und fand warme Worte für sie.

Nachdem man sich endlich standesgemäß begrüßt hatte, begab sich die Gesellschaft in das Gebäude.

Als der Admiral vom König offiziell in England willkommen geheißen ward und sich auch die anwesenden Mitglieder des Kronrates kurz mit ihm ausgetauscht hatten, nahmen alle an der großen Tafel Platz.

Die Herzogin von Suffolk hatte mit ihrem „kleinen Empfang" etwas untertrieben. Sie hatte die erlesensten Köstlichkeiten aus der Umgebung anliefern lassen und sich bei der Zusammenstellung des Mahles selbst übertroffen. Sie genoss die Anerkennung und den Beifall ihrer Gäste sichtlich, als die Speisen nun hereingetragen wurden.

Auch der König war von der Vielfalt und Exklusivität der Gerichte angetan und seine Augen leuchteten, als die verschiedensten Pasteten und Backwerke, dekoriert mit ausgestopftem Geflügel, an ihm vorbeigetragen wurden.

Charles saß mit stolzgeschwellter Brust neben seiner Gemahlin und schwelgte in seiner Rolle als Gastgeber. Schließlich kam es nicht alle Tage vor, dass man einen Monarchen in seinem Hause bewirten durfte.

Elisabeth griff beherzt zu und ließ es sich schmecken. Sie fühlte sich heute so glücklich und gelöst wie schon lange nicht mehr. All ihre Liebsten – ausgenommen William natürlich, den sie in der Obhut seiner Amme zurückgelassen hatte – waren um sie versammelt, und es gab nichts, was diesen Tag vollkommener gemacht hätte.

Immer wieder wanderten ihre Blicke zu Cilia hinüber, die mit Anthony leider ganz am Rande der Tafel saß, so dass eine Konversation im Moment nicht möglich war. Sie konnte das Gesicht Cilias nicht erkennen, doch als sie sich leicht vorbeugte, bemerkte sie, wie sich Cilias schlanke, zarte Finger ineinander verknotet hatten. Sie kannte die Geliebte inzwischen so gut, dass sie genau wusste, was dies zu bedeuten hatte: irgendetwas schien Cilia zu beunruhigen. Offensichtlich fühlte sie sich im Kreise des Hochadels immer noch etwas unbehaglich.

Nachdem das üppige Mahl beendet und die Speisen abgetragen waren, spielte das Streichquartett zum Tanz auf. Elisabeth beobachtete den Admiral, der sehnsüchtig den vorbeitanzenden Paaren nachstarrte, und beugte sich zu ihrem Gemahl hinüber: „Denkst du, es wäre unschicklich, den Admiral um einen Tanz zu bitten? Ich habe das Gefühl, er würde sich darüber freuen."
Thomas lachte: „Nur zu, mein Herz. Ich denke, dieses Zusammentreffen hier ist nicht von der hochoffiziellen Art und ich finde, dass sich ein jeder Mann, der das Vergnügen hat, mit dir zu tanzen, glücklich schätzen darf."
Sie hauchte ihm einen Kuss auf die Wange, ehe sie sich erhob, um zum Admiral hinüber zu gehen „Admiral Chabot!"
Der Kopf des Admirals fuhr herum, während sein erstaunter Blick dabei in Elisabeths Dekolletee hängen blieb: „Madame, womit kann ich Ihnen dienlich sein?" Sein charmanter französischer Akzent zauberte ihr ein Lächeln ins Gesicht.
Sie deutete einen Knicks an: „Würdet Ihr gerne mit mir tanzen?"

Er erhob sich und nahm ihre dargebotene Hand, um einen Kuss darauf zu hauchen. Sein Verhalten bestätigte einmal mehr die Gerüchte, dass alle Franzosen galante und zuvorkommende Herzensbrecher seien: „Madame, Ihr bereitet mir damit ein unaussprechliches Vergnügen!"

Gemeinsam betraten sie das Parket und stellten sich zum Tanz auf. „Branle de Chevaux!", rief der Violinspieler und Chabot verneigte sich erfreut in Richtung des Königs.

Der lachte: „Euch zu Ehren, Admiral! Nun lasst einmal sehen, was für großartige Tänzer ihr Franzosen seid!"

Elisabeth hatte großes Vergnügen an dem französischen Tanz, der ungleich leichter und lockerer war als die steifen höfischen Tänze aus England.

Nachdem die Musik verklungen war, ertönte anerkennender Beifall aus den Reihen und auch der König klatschte: „Gut gemacht, Chabot!"

Während sich Elisabeth und der Admiral wieder zu ihren Plätzen begaben, erhob sich Heinrich. Er schritt hinüber zu seiner Gemahlin, die den Branle de Chevaux mit dem Herzog von Suffolk getanzt hatte: „Wenn Ihr gestattet, Herzog?"

Brandon verbeugte sich und reichte ihm grinsend die Hand der Königin.

Thomas war einigermaßen erstaunt, da der König für gewöhnlich nicht das Verlangen nach körperlicher Bewegung verspürte und im Gegensatz zu früheren Jahren kaum noch auf der Tanzfläche anzutreffen war. Er tanzte mit seiner Gemahlin eine Pavane und führte sie anschließend zu ihrem Platz zurück.

Doch anstatt selbst ebenfalls Platz zu nehmen, beobachteten

die Umstehenden erstaunt, wie er weiter an der Tafel entlang schritt, um ausgerechnet vor Cilia stehen zu bleiben.

Er wandte sich an Anthony: „Sir Kingston, darf ich Ihre bezaubernde Gattin für einen Tanz entführen?"

Der verbeugte sich artig und nickte dann zustimmend: „Selbstverständlich, Eure Majestät. Es ist uns eine Ehre …"

Cilia sah erschrocken zu dem erhitzten Antlitz des Königs empor, auf dem bereits die ersten Schweißperlen glänzten. Zögernd reichte sie ihm ihre schmale Hand, die gleich darauf in seiner feuchten Pranke versank.

Ausgerechnet jetzt mussten die Musiker eine Volta anstimmen und Cilia fand sich Sekunden später in den Armen des Monarchen wieder. Obwohl man durchaus noch erkennen konnte, dass der König einst ein hervorragender Tänzer gewesen war, bereitete ihr dieser Tanz dennoch kein Vergnügen. Sie fühlte sich von seinem voluminösen, schwitzenden Leib fast erschlagen und konnte ihm nicht länger als Sekundenbruchteile in die kleinen Schweinsäuglein sehen.

Elisabeth konnte ein leises Kichern nicht unterdrücken, als sie Cilia so offensichtlich leidend in den Armen des schwer atmenden Monarchen sah.

Thomas jedoch wollte ihre Heiterkeit nicht teilen. Vorwurfsvoll sah er seine Gattin an: „Was um aller Welt findest du daran so belustigend? Mir scheint, du missverstehst die Situation."

Elisabeth verstummte und sah Thomas erstaunt an: „Was meinst du? Ich amüsiere mich nur über Cilia, die aussieht, als würde sie geradewegs zum Schafott geführt."

Er senkte das Haupt zu ihr hinunter und flüsterte: „Wenn es das ist, was ich befürchte, ist sie dem vielleicht schon näher, als du glaubst."

Elisabeths Augen weiteten sich erschrocken: „Du denkst, des Königs Interesse an Cilia geht über das übliche Ausmaß hinaus?" Sie schlug sich die Hand vor den Mund: „Du liebe Zeit, Gott bewahre!" Doch dann schüttelte sie energisch den Kopf und klang schon wieder fröhlich, als sie ihn zu beruhigen versuchte: „Du irrst dich, Thomas. Heinrich hat nur Augen für seine Königin. Und Cilia ist viel zu unbedeutend. Niemals würde er sie als seine Mätresse in Erwägung ziehen."

Thomas zuckte mit den Schultern: „Ich hoffe, du hast Recht!" Doch er klang nicht wirklich überzeugt.

Wieder zurück in London sah Thomas seine These erneut bestätigt, denn Cilia wurde auf Wunsch des Königs in die Reihen der Hofdamen der Königin berufen, wo sie als „Great Lady" hauptsächlich bei zeremoniellen und öffentlichen Anlässen zugegen sein musste.

Cilia kam der Aufforderung des Königs gerne nach.

Sie war sich der vermeintlichen Motivation des Königs, sie an den Hof zu rufen, nicht bewusst. Sie war in erster Linie nur glücklich über die Möglichkeit, Elisabeth nun näher zu sein und sie häufiger sehen zu können. Erfreut packte sie ihre Koffer und bezog die Gemächer im Haushalt der Königin.

Sie war froh, nun den kalten, düsteren Gemäuern des Towers entfliehen zu können.

Doch Cilia konnte die Zeit am Hofe nur wenige Tage genießen, denn eines Abends, als sie mit Elisabeth und William beisammen saß, betrat Thomas mit betrübtem Gesichtsausdruck den Raum

und trat nahe zu Cilia heran: „Der König wünscht Euch zu sehen, Lady Kingston! Wenn Ihr mir bitte folgen würdet …"
Cilia wich alle Farbe aus dem Gesicht und sie schüttelte schwach den Kopf: „Oh nein, bitte tut mir das nicht an!"
Waterford zucke bedauernd mit den Schultern. „Ich fürchte, ich kann nichts für Euch tun, My Lady."
Cilia erhob sich, doch ihre Knie zitterten so sehr, dass der Earl sie stützen musste.
Elisabeth hielt Thomas am Arm zurück: „Sag ihm doch, sie sei unpässlich!"
Ihr flehender Gesichtsausdruck versetzte ihm einen Stich ins Herz, doch er blieb hart: „Das würde doch nichts ändern, Elisabeth. Es würde das Unvermeidliche nur etwas hinauszögern." Elisabeth zog ihre Hand zurück und starrte den beiden hinterher, als sie die Kemenate verließen. Dann presste sie William fest an sich, so als könne seine Nähe ihren Seelenschmerz lindern.

Cilias Puls beschleunigte sich mit jedem Schritt, der sie den Gemächern des Königs näher brachte. Ihre Hände wurden feucht und winzige kaum sichtbare Schweißperlen bildeten sich auf ihrer Stirn.
Sie hing schwer am Arm Waterfords, der versuchte, ihr noch ein paar letzte Ratschläge mit auf den Weg zu geben: „Bleibt so ruhig wie möglich und verhaltet Euch am besten wie immer. Der König mag zurückhaltende Damen."
Dann räusperte er sich: „Allerdings nur, was die Konversation betrifft. Auf seine fleischlichen Vorlieben trifft das nicht zu."
Cilias Hand bebte auf seinem Arm und er legte die seine beschwichtigend darauf: „Seid nur guten Mutes, Cilia. Bedenkt

bitte, dass der König Euch wohlgesonnen ist und es ein Privileg ist, seine Aufmerksamkeit erregt zu haben."

Sie hob den Kopf und sah ihn aus schimmernden Augen wehmütig an: „Was wird nur Anthony dazu sagen?"

„Darüber müsst Ihr Euch nicht den Kopf zerbrechen. Der König wird ihn für sein Einverständnis fürstlich belohnen."

Thomas führte sie durch mehrere schmale Gänge, bis er vor einer unscheinbaren Türe stehen blieb.

„Sind wir schon da?"

Er nickte: „Dies ist ein Seiteneingang zu den königlichen Gemächern. Wir wollen schließlich so wenig Aufmerksamkeit wie möglich erregen."

Er klopfte, während Cilia sich nervös die Kleider glatt zupfte und sich eine Strähne aus dem Gesicht strich. Die Türe öffnete sich und sie atmete noch einmal tief ein, ehe sie Waterford in den Raum folgte.

„Eure Majestät, Lady Kingston ist hier."

Heinrich, der am Fenster gestanden hatte, wandte sich um: „Gut Thomas, Ihr könnt gehen." Waterford verbeugte sich und verließ den Raum. Als die Türe ins Schloss fiel, zuckte Cilia zusammen.

Heinrich kniff die schmalen Augen noch enger zusammen und winkte sie zu sich her. „Kommt herüber, schöne Lady Kingston. Ihr müsst keine Angst haben. Es geschieht nichts, was Ihr nicht selbst auch wollt."

Während Cilia zu ihm hinüber ans Fenster trat, wirbelten ihre Gedanken durcheinander:

Ha, schön wäre es! Was habe ich denn für eine Wahl? Wenn ich morgen nicht einen Kopf kürzer sein will, werde ich deine Spielchen wohl mitspielen müssen – du fettes Schwein!

Heinrich trat einen Schritt beiseite und überließ Cilia den Platz am Fenster. Er stellte sich dicht hinter sie und seine herben Ausdünstungen stiegen ihr in die Nase, als er den Arm hob und nach draußen deutete: „Ist das nicht wunderschön? So friedlich und malerisch? Es wirkt beinahe unwirklich, findet Ihr nicht?"
Cilia betrachtete die beiden schneeweißen Schwäne, die einträchtig nebeneinander herschwammen und gemeinsam den Sonnenuntergang zu genießen schienen.
Sie nickte: „Ja, Eure Majestät. Ein zauberhafter Anblick."
Sein Gesicht kam ihrem noch ein Stückchen näher, so dass sein Mund dicht an ihrem Ohr war: „Genau wie Ihr, Cilia!" Der Kuss, den er ihr daraufhin in die Halsbeuge hauchte, jagte ihr eine Gänsehaut über den Rücken. Nicht etwa vor Verzückung, sondern vor Ekel und Furcht.
Der König trat ein paar Schritte zurück und Cilia konnte endlich wieder einigermaßen befreit atmen. Die Übelkeit, die in ihr aufgestiegen war, verschwand allmählich.
Er deutete auf ein kleines, verziertes Holztischchen, auf dem ein Würfelspiel und Spielkarten lagen. „Habt Ihr Lust auf ein Spielchen, My Lady?"
Cilia nickte und ließ sich in einen der beiden Stühle sinken: *Kartenspielen ist gut!*, schoss es ihr durch den Kopf: *Alles soll mir Recht sein, solange wir nicht im Bett landen …*
Die Würfel fielen ein ums andere Mal, während der König ein unverfängliches Gespräch mit ihr begann, doch Cilia gelang es nicht, sich auf das Spiel zu konzentrieren.

So war es wenig verwunderlich, dass zwei der Würfel bereits nach kurzer Zeit statt auf dem Tischchen auf dem Boden landeten: „Oh, Verzeihung, wie ungeschickt von mir!"
Cilia wollte sich bücken, um die Würfel aufzuheben, doch der König hielt sie zurück: „Nicht doch! Lasst mich das machen!"

Unter normalen Umständen hätte es Cilia belustigt, den beleibten König auf den Knien den Boden absuchen zu sehen, doch in dieser Situation war ihr wahrhaftig nicht zum Lachen zumute. Angespannt saß sie da und wartete darauf, den Kopf Heinrichs gleich wieder auftauchen zu sehen.
Doch stattdessen spürte sie plötzlich eine Hand an ihrem Fußknöchel, die langsam nach oben glitt. Sie erstarrte und schloss die Augen: *Jetzt ist es also soweit ...*
Des Königs Hand schob sich weiter an der Innenseite ihrer Schenkel empor. Er richtete sich auf und warf dabei das Tischchen um. Heinrich kniete nun vor ihr und seine lüsternen Blicke waren auf ihr Dekolletee geheftet.
Sie fühlte seinen heftigen Atem auf ihrer Haut und musste an sich halten, um nicht laut aufzuschreien.
Gierig zerrte er an ihrem Korsett, bis sich die Schnüre lösten, dann warf er es achtlos zur Seite. Sein Kopf sank zwischen ihre entblößten Brüste und Cilia musste all ihre Kräfte aufbringen, um den Brechreiz, der in ihr aufsteigen wollte, zu unterdrücken.
Sie war nicht in der Lage sich zu wehren.
Seine wulstigen Lippen umschlossen ihre Brustwarze und saugten heftig daran.
Willenlos ließ sie alles mit sich geschehen. Wie durch einen Nebelschleier sah sie sein errötetes Gesicht, als er ihr das Kleid

endgültig vom Leib riss, um dann zwischen ihren Beinen zu verschwinden.

Sie fühlte seinen Bart an ihren Schenkeln entlang kratzen und seine Finger in ihrem Schoß. Plötzlich ließ Heinrich von ihr ab. Er stand auf, riss sich das Hemd vom Leib und zog wortlos seine Beinkleider aus.

Cilia musste ihre Augen schließen, da sie den Anblick des nackten, fetten, schwitzenden, geifernden Königs nicht länger ertragen konnte.

Heinrich fasste dies offensichtlich als Aufmunterung auf, denn er hob Cilia empor, um sie zu dem großen Bett aus dunklem Eichenholz zu tragen, das in der Mitte des Raumes stand.

Behutsam ließ er sie darauf gleiten, um sie sofort auf den Bauch zu drehen.

Cilia war das nur Recht, denn so blieb ihr wenigstens sein Anblick erspart.

Während seine dicken feuchten Lippen ihren Körper mit Küssen bedeckten, hielt sie ihren Blick starr auf das Bild geheftet, das vor ihr an der Wand hing. Es zeigte eine junge schöne Frau mit einem kleinen nackten Knaben auf dem Schoß. Es musste eines der Werke von Master Holbein sein, denn die Formen und Gesichtszüge der beiden Menschen waren erstaunlich klar und präzise gezeichnet.

Während Heinrich ihre Beine auseinander schob und von hinten in sie eindrang, betrachtete sie beinahe zärtlich das Gemälde. Die beiden erinnerten sie an Elisabeth und William.

Tränen rollten ihr die Wangen herab, doch kein Laut kam über ihre Lippen.

Als Elisabeth Cilia am nächsten Tag begegnete, wagte sie es nicht, sie nach dem gestrigen Abend zu fragen. Doch ihr entgingen weder Cilias traurige dick umrandete Augen, noch ihre zittrigen Hände, die es kaum schafften, den Faden durch das Nadelöhr hindurch zu schieben.

Gerade, als sie sich zu ihr setzen wollte, wurde die Türe aufgerissen und ein Bote betrat den Raum: „Ich habe eine Nachricht für Countess Waterford!" Elisabeth ging hinüber zu ihm und streckte die Hand aus: „Ich bin die Countess."

Der Bote legte ein Schriftstück in ihre Hand, verbeugte sich und verließ das Zimmer. Cilia beobachtete, wie Elisabeth das Siegel brach und das Papier auseinander faltete.

Je länger sie las, desto blasser wurde sie, bis ihr schließlich der Brief aus den Händen glitt und lautlos zu Boden fiel.

Elisabeth schwankte und Cilia sprang auf, um sie zu stützen: „Was ist geschehen, Liz? Schlechte Nachrichten?"

Sie führte Elisabeth zu einem Sessel und reichte ihr ein Glas Wasser. Elisabeth schien nicht in der Lage zu sprechen, denn sie deutete nur auf das Schreiben, das immer noch auf dem Boden lag. Cilia hob es auf und begann laut zu lesen:

„Verehrte Countess,

leider muss ich Euch heute schlechte Nachrichten überbringen.
Der High Sheriff liegt krank danieder und es ist zu befürchten, dass er sich nicht mehr erholen wird.
Der Arzt scheint keinerlei Linderung zu kennen und ist auch nicht in der Lage, die Krankheit zu benennen. Sir William wird schon seit Tagen von hohem Fieber geplagt, welches nicht sinken will.

Sollte es Euch irgendwie möglich sein, London für kurze Zeit zu verlassen, so möchte ich Euch dringend raten, nach Dover zu kommen.
Gezeichnet:
Walter Rinsome."

Cilia schlug die Hände vor das Gesicht: „Oh Gott, das darf nicht wahr sein!"
Elisabeth erhob sich mühsam aus dem Sessel. „Ich muss sofort zu ihm!"
„Ich werde dich begleiten."
Cilia lief zu Elisabeth und schloss sie in die Arme. Trotz der tiefen Besorgnis um die Gesundheit des High Sheriffs wurde ihr plötzlich etwas leichter ums Herz.

Kapitel V

Burg Dover Castle im Frühjahr 1541

Elisabeth starrte aus dem Fenster hinaus in den Burghof, ohne jedoch etwas etwas von dem Treiben dort unten mitzubekommen. Ihr Blick schien Mensch und Baum zu durchdringen, um irgendwo in einer anderen Welt zu verharren. Lange stand sie dort ohne sich zu bewegen, bis die Türe sich öffnete und Cilia, gefolgt von Dr. Chamber, den Raum betrat.

Der Leibarzt des Königs trat an das Bett, um seinen Patienten erneut zu untersuchen. Elisabeth gesellte sich zu ihm und ergriff die Hand ihres Vaters. Der High Sheriff war schon seit Tagen nicht mehr bei Bewusstsein und seine Kräfte schwanden zusehends.

Die Stille lag bleiern und schwer über ihren Köpfen, bis Dr. Chamber das Schweigen brach, nachdem er sein Abhörgerät vom Körper Sir Williams genommen hatte. Betrübt schüttelte er sein Haupt: „Keine Veränderung."

Elisabeth ließ den Kopf in ihre Hände sinken und schluchzte.

Cilia ging zu ihr hinüber und legte die Arme um ihre Schultern. Chamber räusperte sich und wandte sich mit leiser Stimme an Cilia: „Ihr solltet nach dem Reverend schicken. Es wird nicht mehr lange dauern."

Cilia nickte, während sich ihre Augen langsam mit Tränen füllten.

Kurze Zeit später verließ sie mit dem Arzt den Raum und Elisabeth sank am Bett des Vaters auf die Knie. Sie faltete die

Hände und murmelte die lateinischen Gebete. In ihren Händen hielt sie dabei ein Kruzifix fest umschlossen.

Sie blickte erst wieder auf, als sich die Türe abermals öffnete und Reverend Huston ins Zimmer trat. Er schlug das Kreuzzeichen und sah besorgt auf Elisabeth, die immer noch am Boden kniete.

„Ihr solltet unbedingt etwas ruhen und auch etwas Speise zu Euch nehmen, Countess."

„Reverend Huston!" Elisabeth erhob sich. „Ich danke Euch von Herzen für Euer schnelles Erscheinen."

Seine Bitte schien sie überhört zu haben: „Wir wollen gemeinsam für den High Sheriff beten." Ihre Stimme brach.

Der Geistliche wiederholte sein Ansinnen etwas deutlicher: „Ich werde hier bleiben und bei Eurem Vater Wache halten. Gerne werde ich auch mit Euch die Gebete sprechen, aber erst wenn Ihr Euch etwas gestärkt habt."

Der Tonfall seiner Stimme ließ keinen Widerspruch zu, und da Reverend Huston schon seit vielen Jahren ein enger Freund und Vertrauter der Familie war, wagte sie nicht, sich seiner Anweisung zu widersetzen. „Wie Ihr wünscht, Master Huston. Ich werde gleich wieder bei Euch sein."

Sie huschte nach draußen, um sich in der Küche eine kleine Mahlzeit geben zu lassen.

Cilia nickte dem Reverend dankbar zu: „Sie wollte nicht auf mich hören. Ich mache mir große Sorgen um sie."

„Sie durchlebt nun die schwersten Stunden ihres jungen Lebens und muss bald Abschied von ihrem Vater nehmen." Huston seufzte: „Es wird nicht leicht für sie sein. Sie wird Eure Freundschaft mehr denn je brauchen."

Cilia nickte: „Sie ist die ihre – für immer und alle Zeiten."

Als Elisabeth von der Küche zurückkam, traf sie unterwegs auf Rinsome. Als er sie sah, erkannte er sofort, dass es mit seinem Herrn dem Ende zuging. Wortlos nahm er sie in die Arme.

Lange standen sie so und Elisabeth genoss seine tröstende Nähe. Es tat ihr gut, den Vertrauten ihres Vaters in diesen Stunden an ihrer Seite zu wissen. Schließlich löste sie sich von ihm und sah ihn aus feucht schimmernden Augen flehend an: „Begleitet Ihr mich, Sir Rinsome?"

Der alte Mann nickte und bot ihr seinen Arm.

Als sie die Türe zu den privaten Gemächern des High Sheriffs öffneten, fanden sie Cilia und den Reverend bereits ins Gebet vertieft. Selbst die Kammerdiener des Vaters, die ihm nun über viele Jahre hinweg treu gedient hatten, waren anwesend, um ihrem Herrn die letzte Ehre zu geben.

Elisabeth ließ sich neben dem Reverend nieder und ergriff die Hand des Sterbenden. Zärtlich bedeckte sie den Handrücken mit Küssen, während ihre Tränen herabtropften und kleine kreisrunde Flecken auf dem Laken hinterließen.

Sie schloss die Augen und sah im Geiste ein Bild aus vergangenen Zeiten vor sich aufsteigen: Ein kleines schwarzhaariges Mädchen saß auf einem braun gescheckten Pony und strahlte mit der Sonne um die Wette. „Schneller, Vater! Ich will schneller!", rief das Mädchen, und der große gutmütige Mann, der das Pony führte, beschleunigte seine Schritte, bis er mit dem Pony im Schlepptau über das frische grüne Gras rannte.

Elisabeth hörte das Mädchen vor Freude juchzen, begleitet vom ansteckenden Lachen des Mannes. Sie sah sein freundliches sanftes Gesicht mit den vielen kleinen Lachfältchen, die sich tief in seine Mundwinkel gruben, als er das Mädchen vom Pony hob und an sich drückte. „Oh Vater! Geliebter Vater, bitte verlass mich nicht!", schluchzte sie verzweifelt. „Was soll ich nur ohne dich machen? Wer soll dem kleinen William einst das Reiten beibringen?" Sie senkte ihren Kopf in seine Handfläche und barg ihr Gesicht darin.

Spät am Abend stand Elisabeth abermals am Fenster. Dieses Mal beobachtete sie jedoch genau, was unten im Burghof vor sich ging. Kein Laut drang von dort zu ihr hinauf. Es war, als hätte der Burgherr sämtliches Leben auf der Burg mit sich fortgenommen.
Ihr Blick verfolgte den Pferdewagen, der den Leichnam des High Sheriffs hinüber zur Kirche St. Mary de Castro brachte.
Unter dem schwarzen Stoff zeichneten sich schwach die Umrisse des Sarges ab.
Als der Karren in der Torhalle verschwunden war, wandte sich Elisabeth um.
Cilia studierte sorgfältig ihr müdes Gesicht, doch die junge Waise schien nun, da das Unvermeidliche eingetroffen war, erstaunlich gefasst.
Elisabeth setzte sich an den Schreibtisch des Vaters und strich sich mit einer langsamen Handbewegung eine Haarsträhne aus dem Gesicht. „Ich muss Thomas benachrichtigen. Er sollte mit William hier sein, wenn Vater beerdigt wird."
Cilia nickte: „Ja, das sollte er." Sie betrachtete Elisabeth, während diese den Federkiel in das Tintenfass tauchte, um ihn dann über das Papier gleiten zu lassen.
Was für eine starke Frau, schoss es ihr durch den Kopf, *nichts*

kann sie in ihren Festen erschüttern, noch nicht einmal der Tod eines geliebten Menschen. Ich wünschte, ich hätte so einen unbeugsamen, festen Lebenswillen wie sie …

Cilia seufzte. Je länger sie Elisabeth ansah, desto mehr nahm ein Gedanke in ihr Form an. Es war eine Idee. Eine verrückte, abstruse, völlig irreale Idee, doch je mehr sich Cilia damit beschäftigte, desto fester verankerte sich diese Idee in ihrer Phantasie, wurde vom bloßen Gedanken zum festen Vorsatz und schließlich zur in naher Zukunft liegenden Realität.

Cilia beschloss, bei passender Gelegenheit Elisabeth in ihr Vorhaben einzuweihen.

Drei Tage später hatten sich Familie, Freunde, Geschäftspartner und Untertanen des High Sheriffs in der St. Mary Kirche versammelt, um nun endgültig von ihm Abschied zu nehmen. Elisabeth hatte William auf dem Schoß und hielt ihn fest umklammert, so als könne er ihr den Halt zurückgeben, den das Schicksal ihr eben genommen hatte.

Der Kleine war nun bereits mehr als ein halbes Jahr alt und krähte lautstark durch das Kirchenschiff und sein Stimmchen widerhallte im alten Gemäuer.

Doch Elisabeth ließ ihn gewähren. War es doch für alle Trauernden Balsam für die Seele, im Moment des Todes auch die Gegenwart neuen Lebens zu spüren. William zupfte interessiert an dem schwarzen Schleier herum, der das Gesicht seiner Mutter verdeckte, während diese versuchte, der Predigt zu lauschen.

Reverend Huston fand gefühlvolle, ergreifende Worte des Trostes und Elisabeth konnte aus ihnen die tiefe Verbundenheit heraushören, die der Reverend ihrem Vater gegenüber empfand.

Nachdem er seine Predigt beendet und den Segen gesprochen hatte, erhob sich Elisabeth, um noch ein letztes Mal in des Vaters vertrautes Antlitz zu blicken, ehe der Deckel des Sarges dann für immer geschlossen werden würde.

Klein William hielt in seiner Hand eine entdornte Rose, die ihre volle Blütenpracht eben erst entfaltet hatte. Ehe der aufgeweckte Junge mit der anderen Hand die Blütenblätter abzupfen konnte, sog Elisabeth den zarten Duft der Blume noch einmal tief ein und hauchte einen Kuss darauf, während Tränen die Rosenblätter benetzten.

Dann legte Elisabeth mit ihm gemeinsam die Blume als letzten Abschiedsgruß in des Vaters Hände.

Thomas musste noch am selben Tag wieder nach London aufbrechen, da seine Anwesenheit am Königshofe dringend erforderlich war.

Wieder einmal waren im Norden des Landes Unruhen aufgeflackert und der König war damit beschäftig, diese nun endgültig zu ersticken.

Elisabeth fiel es schwer, ihn gleich wieder ziehen zu lassen. Obwohl er ihr nach wie vor keine körperliche Befriedigung schenken konnte, so war er über die Jahre doch zu ihrem engsten Vertrauten geworden und sie hätte ihn in diesen schweren Stunden gerne an ihrer Seite gewusst.

Doch die Belange des Königs hatten Vorrang, und da sie selbst durch den Tod des Vaters auf der Burg noch einige organisatorische Dinge abzuwickeln hatte, war es ihr auch nicht möglich, ihn sofort nach London zurück zu begleiten.

Sie seufzte laut als er kam, um sich zu verabschieden.

Das Pferd stand bereits fertig gesattelt im Burghof bereit. Seine innige Umarmung ließ ihr das Herz noch schwerer werden und sie schob ihn von sich: „Nun geh schon, ich will den Abschied nicht noch länger hinaus zögern. Es schmerzt mich auch so schon genug, dich gleich wieder ziehen zu lassen."
Thomas hob sachte ihr Kinn an und berührte ihre Lippen sanft mit den seinen. „Leb wohl, mein Herz. Bring die Sache hier rasch zu Ende, damit ich euch beide bald wieder in meine Arme schließen kann."
Dann gab er auch William, der in Cilias Armen lag und friedlich schlummerte, einen Kuss auf die Stirn.
„Lebt wohl, Lady Kingston, und gebt gut auf die beiden Acht!"
„Natürlich, Sir Thomas. Ich verspreche es!"
„Auf bald!" Er schwang sich behände auf den Rücken des Pferdes und trabte aus dem Hof. Elisabeth stand noch lange da und starrte ihm hinterher, bis nicht einmal mehr das Getrappel der Hufe in der Ferne zu hören war.

Cilia saß mit William im Gras und beobachtete die ersten Krabbelversuche des Kleinen. Er reckte seinen Po in die Höhe und wippte mit seinem Körper heftig hin und her, um sich dann zum richtigen Zeitpunkt mit Schwung nach vorne plumpsen zu lassen. So kam er tatsächlich Stück für Stück voran.
Cilia musste laut lachen: „Na, das ist ja mal eine gänzlich neue Methode der Fortbewegung. Du solltest dir beizeiten die Rechte daran sichern, mein kleiner Sonnenschein."
Zärtlich zauste sie ihm durch das weiche dunkle Haar, während William endlich das Gänseblümchen, welches das Objekt seiner Begierde gewesen war, erreicht hatte, um es nun mit seinen

dicken Fingerchen zu zerrupfen.

Als er die feinen, weißen Blütenblätter in den Mund stecken wollte, hielt sie ihn zurück: „Nicht doch, mein Liebling …"

Sie hob den Kopf und blickte hinauf zu dem großen Bogenfenster, hinter dem Elisabeth am Schreibtisch saß, um alle schriftlichen Angelegenheiten zu erledigen. Sie sah Elisabeths Schatten hinter der Glasscheibe, und die Sehnsucht nach ihr wurde plötzlich so stark, dass sie William aufhob und mit ihm zurück zur Hauptburg lief.

Wenige Minuten später klopfte sie an die massive Eichentüre, hinter der sie Elisabeth wusste. Obwohl niemand antwortete, öffnete sie die Türe einen Spalt und blinzelte hinein.

Elisabeth schien so in ihre Arbeit vertieft, dass sie ihr Klopfen wohl überhört haben musste. „Darf ich stören?"

Elisabeth sah vom Schreibtisch auf und nickte. Ein Lächeln huschte über ihr müdes Gesicht. „Natürlich, komm rein."

Cilia trat in das Zimmer und verschloss sorgfältig die Türe hinter sich.

„Was tust du da?"

Cilia legte die Finger auf ihre Lippen und sah Elisabeth verheißungsvoll an: „Ich tue das, was ich schon längst hätte machen sollen."

Sie lief hinüber zum Schreibtisch und drehte Elisabeths Stuhl zu sich her, während sie vor ihr auf die Knie ging.

Elisabeth wollte sie zurückhalten, doch sie klang wenig überzeugend. „Nicht, Cilia – ich kann das jetzt noch nicht."

Doch ihr Körper, der sich Cilias Händen entgegen reckte, strafte ihre Worte Lügen.

Mit geschickten Fingern schnürte Cilia ihr Oberkleid auf und entblößte in Sekundenschnelle Elisabeths Oberkörper. Dann rückte sie ein wenig von ihr ab, um die milchigweißen, immer noch prallen Brüste Elisabeths zu betrachten.
Elisabeths Körper erbebte unter den heißen begierigen Blicken Cilias: „Nun komm schon, lass mich nicht warten …"

Als sie kurze Zeit später zufrieden in Cilias Armen lag, schien ihr die Welt wieder etwas heller und freundlicher zu sein. Sie blickte auf zu Cilia und strich ihr zärtlich über die Wange: „Ich danke dir."
Cilia hob die Augenbrauen an: „Wofür?"
„Dafür, dass du Teil meines Lebens bist."
„Ich werde immer an deiner Seite sein, Elisabeth, hörst du? Und du bist in meinem Herzen. Egal was geschieht!"
Die Ernsthaftigkeit in Cilias Worten ließ Elisabeth aufhorchen. „Wie meinst du das?"
Cilia richtete sich auf und sah Elisabeth eindringlich an, während sie mit leiser, aber bestimmter Stimme ihren Plan preisgab: „Ich werde nicht mehr nach London zurück gehen!"
„Das meinst du doch nicht im Ernst?" Elisabeths Stimme zitterte. „Wo willst du denn sonst hin?"
„Du musst das verstehen, Liz. Ich kann nicht mehr zurück. Ich ertrage mein Leben, das ich dort führe, nicht länger. Es war schon schlimm genug, als ich nur Anthony zu Willen sein musste. Doch nun, da auch noch der König Ansprüche auf meinen Körper erhebt, kann ich es nicht mehr ertragen."
Elisabeth packte sie an den Schultern. „Hör auf, so etwas zu sagen, hörst du? Du wirst dich gefälligst zusammennehmen und

mit mir nach London zurückkehren!"
Ihre Augen funkelten entschlossen und ihre Stimme duldete keinen Widerspruch.
Doch Cilia schüttelte Elisabeths Hände ab: „Du hast leicht reden, Liz. Du hast ja keine Ahnung, was du da von mir verlangst!"
Ihre Augen füllten sich mit Tränen, als sie mit leiser Stimme fortfuhr: „Du hast ja keine Vorstellung davon, wie es ist, wenn ein schwitzender, stinkender, ekelhaft fetter Körper auf dir liegt. Wenn schwulstige, sabbernde Lippen deinen Körper berühren und du am liebsten davonlaufen möchtest!"
Sie ließ sich zurück in die Kissen fallen und schluchzte: „Du hast ja keine Ahnung, wie es ist, wenn man am liebsten tot sein möchte, während man einen widerlichen, abstoßenden, keuchenden Mann in sich fühlt ..."
Elisabeth war nicht in der Lage darauf zu antworten. Die unsäglichen Qualen Cilias drangen direkt in ihr Herz und schnürten ihr die Kehle zu.
Lange lagen sie so schweigend nebeneinander, ehe sie es wagte, diese Frage zu stellen: „Wo willst du hin?"
„Ich werde nach Frankreich übersetzen."
Elisabeth fuhr erschrocken hoch: „Nach Frankreich? Du als Engländerin?"
„Ja, ich habe mich schon informiert. Es liegt ein Handelsschiff hier im Hafen von Dover, das schon bald nach Calais ausläuft."
„Aber es ist zu gefährlich, Cilia. Eine Frau ganz auf sich alleine gestellt in einem fremden Land, welches noch dazu in Feindschaft mit England liegt!"
Cilia zuckte mit den Schultern: „Was habe ich denn für eine Wahl? Schlimmer als jetzt kann es nicht werden. Außerdem hat

England mit Frankreich Frieden geschlossen, falls du das gerade vergessen hast, und Calais ist immer noch in englischer Hand, wie du sehr wohl weißt, meine Liebe."

Erst jetzt begriff Elisabeth das ganze Ausmaß von Cilias Worten. „Aber, wir werden uns niemals wiedersehen!"

Cilia nahm ihren Kopf in beide Hände und sah sie eindringlich an. „Komm mit mir mit! Du und William – ihr werdet beide mit mir mitkommen!"

Elisabeth hatte sich ihr Kleid wieder übergestreift und stand am Fenster. Sie blickte den weißen Schäfchenwolken hinterher, die gemächlich über den tiefblauen Himmel zogen und dabei rein und unschuldig dort oben hingen, so als sei die Welt ein immer sprudelnder Freudenquell, der niemals versiegte. „Ich kann das nicht machen."

Sie wandte sich zu Cilia um, die immer noch auf dem Bett lag und abwartend zu ihr hinüber sah. „Ich kann Thomas das nicht antun. Das hat er nicht verdient!"

Cilia fuhr aus dem Bett auf. „Und was ist mit uns? Was haben wir verbrochen, da uns unser Glück versagt bleibt? Haben wir nicht auch ein Recht darauf, glücklich zu sein?"

Elisabeth schüttelte den Kopf: „Wir sind Frauen, Cilia. Wir haben keine Rechte. Aber darum geht es doch auch gar nicht. Es geht mir nur um Thomas. Er war immer gut zu mir und er liebt seinen Sohn. Er würde es nicht ertragen, ihn zu verlieren!"

Cilia stand wortlos auf und begann, sich anzukleiden.

„Cilia, bitte versteh mich doch!"

Cilia zuckte nur mit den Schultern. „Wenn dies deine Entscheidung ist, muss ich das akzeptieren."

Elisabeths Augen schienen sie erdolchen zu wollen. „Wie kannst du nur so egoistisch sein! Hast du nur einen Moment darüber nachgedacht, was es für William bedeuten würde? Er würde ohne seinen Vater aufwachsen müssen, ihn wahrscheinlich nie mehr wieder sehen! Willst du das wirklich?"

„Nun, kleine Opfer müssen nun mal gebracht werden. Immerhin hätte William dafür zwei Mütter!" Sie räusperte sich: „Du weißt selbst, wie sehr ich den Kleinen liebe! Ich war diejenige, die dabei war, als er das Licht der Welt erblickte."

„Ja, das weiß ich. Und deshalb kann ich auch nicht glauben, dass du ernst meinst, was du eben gesagt hast."

Cilia warf einen letzten bedauernden Blick auf ihre Geliebte, ehe sie hinter sich die Türe ins Schloss fallen ließ.

An den folgenden Tagen war die Stimmung zwischen den beiden Frauen etwas unterkühlt. Cilia ging Elisabeth so gut wie möglich aus dem Weg. Die einzige Gemeinsamkeit, die sie sich nach wie vor teilten, war William. Doch davon abgesehen ging jede ihre eigenen Wege.

Zu Elisabeths Schmerz über den Verlust des Vaters kam nun eine neue Sorge hinzu. Von Stunde zu Stunde wuchs die Angst in ihr, Cilia für immer zu verlieren, und je mehr Zeit verstrich, desto größer wurde ihre Unsicherheit, tatsächlich die richtige Entscheidung getroffen zu haben.

Immer wieder hatte sie Cilias Gesicht vor Augen, ihren nackten Körper mit den lockenden Rundungen. Sie hörte im Geiste ihr glockenhelles Lachen und glaubte, die zarte Berührung ihrer Hände zu spüren. Da Cilia sich weigerte, mit ihr zu sprechen, wusste sie noch nicht einmal, wann genau sie vorhatte, das Land zu verlassen.

Irgendwann hielt sie die Ungewissheit nicht mehr aus und beschloss, Cilia noch einmal um ein Gespräch zu bitten.

Zu später Stunde, William lag bereits friedlich in seiner Wiege und schlief, nutzte sie die Gelegenheit und verließ auf Zehenspitzen den Raum. Sie tapste mit nackten Füßen den Gang entlang, hinüber zu Cilias Gemächern, die am anderen Ende des Flurs lagen.

Zuerst vorsichtig, dann etwas bestimmter klopfte sie an die Türe. Es war nichts zu hören.

Minutenlang stand Elisabeth im kühlen Gang und lauschte angestrengt in die Dunkelheit hinein, während sie mit sich kämpfte.

Schließlich rang sie sich doch dazu durch, die Türe zu öffnen. Die Laternen, die den Gang schwach erleuchteten, warfen ein spärliches Licht durch den Spalt in der Türe und Elisabeth konnte erkennen, wie sich Cilias Körper unter den Laken abzeichnete.

Sie tappte zum Fenster und zog die schweren Vorhänge ein Stück auf, damit der Mond ein klein wenig Licht in den Raum werfen konnte.

Dann schlich sie zurück und schloss behutsam die Tür. Sie setzte sich an den Bettrand und betrachtete die schlafende Cilia. Wehmut überkam sie bei dem Gedanken, dass dies vielleicht schon das letzte Mal sein könnte, dass sie ihr so nahe war.

Minute um Minute verstrich und die Kälte kroch vom Boden in Elisabeths Zehenspitzen und umschlang ihre Beine, um sich von dort aus langsam in ihrem restlichen Körper zu verteilen.

Obwohl sie irgendwann so fror, dass sie ihre Gliedmaßen nicht mehr spüren konnte, wagte sie nicht, sich zu bewegen. Sie wollte den Anblick der schlafenden Geliebten so lange wie möglich auskosten.

Doch Cilia schien seltsamerweise ihre intensiven Blicke zu fühlen, denn auf einmal schlug sie unvermittelt die Augen auf und starrte sie an, zunächst noch etwas verwirrt. „Liz? Was machst du denn hier?"

„Eigentlich nichts. Ich wollte nur bei dir sein und dich noch einmal ansehen."

Trotz der Dunkelheit konnte Cilia erkennen, wie Elisabeths Körper zitterte. „Ist dir kalt?"

Sie rückte beiseite und hob einladend das Laken hoch. Als Elisabeths Füße sie unter der Decke berührten, zuckte sie zusammen: „Du meine Güte, wie lange sitzt du denn schon hier?"

„Ich habe keine Ahnung."

Cilia schlang ihre Arme um Elisabeths Körper, um ihn zu wärmen. Elisabeth sah sie dankbar und zugleich liebevoll an: „Bist du mir noch böse?"

Cilia schüttelte den Kopf: „Ich war dir doch niemals böse. Ich war nur verletzt – und vielleicht auch ein klein wenig gekränkt."

Elisabeth legte ihren Kopf auf Cilias Schultern und schloss die Augen, während sie mit zitternder Stimme die Frage stellte, die seit Tagen in ihr brannte:

„Wann gehst du?"

Cilia deutete in eine Ecke des Zimmers, wo Elisabeth ein paar große, rechteckige Umrisse erkannte. „Das Schiff läuft morgen früh aus. Die Koffer sind schon gepackt."

Elisabeth seufzte: „Darf ich dann die letzten Stunden einfach nur hier in deinem Arm liegen?" Cilia nickte und küsste sie sanft auf die Schläfe.

Elisabeth lag mit geschlossenen Augen da und versuchte, ihre Gedanken abzuschalten, um nur Cilias Nähe genießen zu können. Sie wollte jede Sekunde einsaugen und tief in sich verschließen, um die nächsten Jahre davon zehren zu können.
Doch leider gelang ihr dies nur ungenügend. Immer wieder kreiste dieselbe Frage in ihrem Kopf und sie versuchte, eine vernünftige und rationale Antwort zu finden.
Ihr Verstand sagte ihr, dass sie sich richtig entschieden hatte. Dass es unmöglich war, mit Cilia in ein unbekanntes, fremdes Leben zu flüchten, ohne Absicherung und ohne Schutz, ohne gesellschaftliche Stellung. Dass sie es ihrem Sohn schuldig war, ihm das bestmögliche Leben zu bieten. Dass William es verdient hatte, als Sohn des Earls of Waterford aufzuwachsen. Dass Thomas daran zerbrechen würde, wenn sie ihn mit William verlassen würde.
Doch je mehr Zeit verging, je näher der Morgen des neuen Tages heranrückte, desto lauter schrie ihr Herz, bis es den Verstand übertönte.
Als sie sich schließlich behutsam aus dem Bett schob und auf Zehenspitzen das Zimmer verließ, rannen ihr dicke Tränen über die Wangen. Leise, bedauernde und um Verzeihung bittende Tränen.

Sie huschte zurück in ihr eigenes Zimmer, wo William zum Glück noch immer selig schlief. Dann kleidete sie sich lautlos und rasch an und begann, Williams und ihre Kleidung in die große hölzerne Truhe zu packen, die an der Wand stand. Sie arbeitete schnell und geräuschlos. Es war, als hätte sie Angst, sie könnte es sich selbst noch einmal anders überlegen, wenn sie zu zögerlich wäre.

Nachdem sie all ihre Habseligkeiten verstaut hatte, setzte sie sich an den Schreibtisch, griff nach der Feder und begann, ohne viel darüber nachzudenken, in gehetzter Schrift einige Worte niederzuschreiben:

Lieber Thomas,
ich werde dich nicht um Vergebung bitten, denn ich weiß, dass es nicht möglich sein kann, diese Tat zu verzeihen. Ich möchte dich nur wissen lassen, dass es nicht an dir liegt. Du bist ein großartiger Mann und ein liebevoller Vater...

Elisabeth ließ die Hand sinken. Sie legte ihren Kopf auf den Schreibtisch nieder. Ihre salzigen Tränen brannten sich in das Holz der Tischplatte und hinterließen dort zackige Ränder.

Minuten verharrte sie so, dann griff sie nach dem Papier und zerriss es in viele kleine Schnipsel.

William regte sich in seiner Wiege. Elisabeth nahm ihn heraus, wickelte ihn in seine Decke und verließ mit ihm den Raum.

Ankunft in Frankreich, im Sommer 1541

Elisabeth stand an der Reling des Schiffes und starrte auf den winzigen Punkt, den sie gerade noch im Schatten der Kreidefelsen ausmachen konnte. Sie winkte immer noch.
Guter Rinsome!
Sie hätte ihm noch gerne so viel gesagt, doch dazu war leider keine Zeit mehr gewesen. Er hatte in Windeseile ihr Gepäck verladen, während sie bereits an Bord gegangen waren.
Elisabeth schluckte den Kloß hinunter, der sich in ihrem Hals bildete, als sie an Rinsomes betrübtes Gesicht dachte.
Wie sollte er sie auch verstehen können, wo sie es doch selbst kaum begreifen konnte. Doch sie wusste, dass ihr Geheimnis bei ihm sicher war. Um nichts auf der Welt würde er etwas tun, was ihr schaden könnte.
Der Kloß im Hals wurde immer größer und ließ sich nicht länger zurückdrängen.
Blitzschnell beugte sie sich so weit über die Reling, wie es nur irgend ging, während sich ihr Mageninhalt, begleitet von äußerst unangenehmen Geräuschen, in die Wellen des Meeres ergoss.
Da sie heute Morgen noch nichts gegessen hatte, war dies eine schmerzhafte Angelegenheit.
Als sie sich wieder aufrichtete, blickte sie direkt in Cilias besorgtes Gesicht. „Geht es wieder?"
Elisabeth betupfte sich mit einem Tuch die Lippen und zuckte mit den Schultern. „Gott sei es gedankt, dass die Überfahrt nicht allzu lange dauern wird."

Ihr Blick fiel auf William, den das sanfte Schaukeln des Schiffes nicht weiter zu beeindrucken schien. Aufgeregt fuchtelte er mit den Ärmchen und beobachtete mit großen Augen, wie die Wellen sich am Schiff brachen und das Wasser am Bug hochspritzte.
Trotz des flauen Gefühls im Magen musste sie lächeln. „Mein kleiner Schatz!" Sie wuselte ihm zärtlich durch die feinen Babylocken und zog dann seine Kapuze wieder weit in die Stirn, ehe sie sich erneut in die Fluten übergab.

Als sie einige Zeit später wieder festen Boden unter den Füßen spürte, war es ihr, als habe sie Ewigkeiten auf dem Schiff zugebracht, dabei waren nur wenige Stunden vergangen.
Einer der Schiffsleute trug ihnen die Truhen von Bord, während sie nach einem Fuhrwerk Ausschau hielten.
Es dauerte nicht lange, bis ein solches Gefährt gefunden war. Ein junger Mann mit ungepflegtem Dreitagebart verlud ihre Gepäckstücke, während sie vorne auf dem Kutschbock Platz nahmen. Der Kutscher schwang sich behände neben Cilia auf seinen Platz und lächelte sie aufmunternd an. „Wohin soll es gehen, Madame?"
„Nach Rinxent, bitte."
Der Mann schnalzte mit der Zunge und die beiden wenig begeisterten Gäule trotteten los.
Elisabeth lehnte sich auf der Holzbank zurück und versuchte, sich zu entspannen. Nun, nachdem die Übelkeit langsam zurückging und sie sich wieder wie ein Mensch fühlte, machte sich anstelle des flauen Gefühls ein anderes in ihrer Magengegend breit.
Selbst Cilia konnte das Grummeln hören, das ihr Magen verursachte. Sie lächelte: „Nicht mehr lange, Liz, du bekommst

ja bald etwas zwischen die Zähne."

Elisabeth warf ihr einen bösen Blick zu und stupste sie heimlich an.

Cilia zuckte zusammen: *Verdammt!*

Sie biss sich auf die Lippen und ärgerte sich über ihre Unachtsamkeit.

Anne Almond …

In Gedanken wiederholte sie den Namen immer wieder, um ihn zu verinnerlichen:

Anne Almond … Anne Almond … Es würde noch eine Weile dauern, bis sie sich an diesen neuen Namen gewöhnt hatte.

Genauso wie an ihren eigenen Namen, den sie von nun an führen musste: Isabelle.

Es war der Name ihrer Mutter.

Anne und Isabelle Almond, zwei glückliche Schwestern auf dem Weg in ein neues Leben! Cilia lächelte zufrieden.

Als sie die kleine Ortschaft Rinxent erreicht hatten, blieb der Pferdewagen vor der einzigen Pension des Zweihundert –Seelen-Dorfes stehen.

Elisabeth betrat mit William im Arm das kleine, aber offensichtlich gepflegte Haus, während Cilia den Kutscher bezahlte, der, wohl aufgrund des stattlichen Trinkgeldes, anschließend eifrig dabei war, ihre Habseligkeiten abzuladen, um sie dann sogar noch in das Haus zu schaffen.

Elisabeths Anwesenheit wurde zuerst nicht bemerkt und sie musste einen Moment warten, ehe ein ältlicher hustender Mann angeschlurft kam und sie eindringlich musterte. „Madame?"

„Ist es möglich für heute Nacht ein Zimmer hier zu bekommen?"

Der Wirt warf einen Blick auf ihre vornehme Kleidung und zog die Augenbrauen zusammen. „Es sind Zimmer frei, Madame, aber ich wage zu bezweifeln, dass diese Euren Ansprüchen genügen werden."

Elisabeth zuckte mit den Schultern. „Für eine Nacht wird es schon gehen. Wir werden gleich morgen früh wieder aufbrechen."

Die Neugier des Alten schien geweckt. „Seid Ihr alleine auf Reisen, Madame?"

Ehe Elisabeth antworten konnte, kam ein junger Mann die Treppen herunter gesprungen, immer zwei Stufen auf einmal nehmend. „Vater, ich bitte Euch!"

Er kam auf Elisabeth zu und verbeugte sich. Als er den Kopf wieder hob, fing Elisabeth einen Blick aus seinen glänzenden blauen Augen auf.

Sie hielt ihm, etwas verblüfft darüber, unter diesem Dach so etwas wie gute Umgangsformen vorzufinden, die Hand hin, die er willig entgegennahm und einen angedeuteten Handkuss darauf hauchte. „Wenn Ihr gestattet, My Lady: George Rozier, zu Euren Diensten."

Elisabeth schenkte ihm ein anerkennendes Lächeln: „Lady Anne Almond."

In diesem Moment öffnete sich die Türe und Cilia trat gefolgt vom Kutscher mit ihrem Gepäck in den Gastraum.

Elisabeth winkte sie her. „Darf ich vorstellen: Lady Isabelle Almond, meine Schwester – Mr. George Rozier."

Er bedachte Cilia ebenfalls mit einem intensiven Blick aus seinen umwerfend blauen Augen, während er sie begrüßte. „Es ist uns eine Ehre, die Damen in Rinxent begrüßen zu dürfen." Dann nahm er dem Kutscher eine der beiden Truhen ab und hievte sie sich auf den Rücken. „Darf ich bitten, Madams?"

Die beiden folgten ihm die Treppen hinauf in den langen schmalen Flur, wo er eine der Türen öffnete. „Bitte sehr, die Damen. Es ist leider nicht sehr nobel, aber dafür ordentlich und sauber."
Elisabeth nickte: „Vielen Dank, Mr. Rozier. Es ist wirklich sehr gemütlich."
Sie warf einen schnellen Blick in das Zimmer und fand, dass das nicht einmal gelogen war. Der Raum war zwar klein und eher zweckmäßig eingerichtet, doch dafür mit kleinen Details liebevoll dekoriert, und die Luft war klar und frisch. Auf der kleinen Kommode stand eine Vase mit frischen Feldblumen.
Der Kutscher hatte seine Truhe in der Zwischenzeit abgestellt und verabschiedete sich mit einem Kopfnicken.
Auch Rozier schickte sich an den Raum zu verlassen, doch dann blieb er vor Elisabeth stehen und hielt William seinen Finger hin, der prompt zugriff.
„Ein hübsches Kind! Und sehr aufgeweckt …", fügte er lächelnd hinzu, als William versuchte, seinen Finger in den kleinen Mund zu stecken.
„Ja, das ist er wirklich." Elisabeth erwiderte sein Lächeln und wollte eben weitersprechen, als Cilia ihr zuvorkam:
„Wir sind sehr hungrig, Mr. Rozier. Wäre es möglich, eine Kleinigkeit zu essen zu bekommen?"
„Natürlich, Madame. Ich werde sofort in der Küche Bescheid sagen." Er verbeugte sich noch einmal, ehe er die Türe hinter sich schloss.
Cilia machte sich schweigend daran, eine der Truhen

auszuräumen. Elisabeth sah ihr erstaunt dabei zu: „Was machst du da? Ich denke, wir wollen gleich morgen weiter?"
Cilia nahm eines der großen Daunenkissen vom Bett und stopfte es etwas zu heftig in die, nun leere Truhe: „Nach was sieht es wohl aus, Liz? Ich bereite ein Lager für deinen Sohn."

Als sie etwas später in der Gaststube Platz genommen hatten und der Wirt die zwar einfachen, aber dennoch wohlschmeckenden Speisen auftrug, schien Cilia wieder bessere Laune zu haben. Sie tunkte genüsslich ihren Kräuterfladen in die Gemüsebrühe und biss dann herzhaft hinein. Dann brach sie William ein Stück des Fladens ab und reichte es ihm. Gierig griff der Kleine danach und kaute dann eifrig auf dem Gebäck herum.
Nachdem sie ihr Mahl beendet hatten und satt und zufrieden in den Kissen lehnten, gesellte Rozier sich wieder zu ihnen, um die leeren Teller abzutragen: „Waren die Damen zufrieden?"
„Ja, vielen Dank. Es war ausgezeichnet."
Rozier räusperte sich: „Werden die Damen uns länger mit ihrer Anwesenheit beehren?"
„Nein."
Elisabeth stutzte, als sie Cilias schroffen, abweisenden Ton bemerkte. „Wir sind auf dem Weg zu unseren Verwandten und müssen morgen schon weiterreisen", beeilte sie sich freundlich hinzuzufügen.
Sie glaubte, ein Zucken in Roziers Gesicht zu erkennen, ebenso wie einen verblüfften Unterton in seiner Stimme: „Meint Ihr etwa die Almonds aus Montreuil?"
Cilia zögerte einen Moment, dann nickte sie: „Ja genau, Mr. Rozier, genau diese."

„Oh!" Ohne ein weiteres Wort verschwand Rozier mit den leeren Tellern.

„Oh?"

Cilia zuckte mit den Schultern. „Keine Ahnung, was das zu bedeuten hatte."

„Wieso hast du dann Ja! gesagt? Wir wissen doch rein gar nichts von diesen Almonds aus Montreuil."

Cilia erhob sich: „Dann wird es Zeit, etwas über sie herauszufinden. Hast du Lust auf einen kleinen Spaziergang?"

„Was? Denkst du, es ist klug, nach draußen zu gehen?"

„Warum denn nicht? Glaubst du im Ernst, die suchen uns schon?"

Nun war es an Elisabeth, mit den Schultern zu zucken. Ihr Blick fiel auf William, der sich die Augen rieb und herzhaft gähnte. „Es ist Zeit für seinen Mittagsschlaf."

„Na schön, dann leg du ihn schlafen, ich werde ein wenig frische Luft schnappen."

Cilia wandte sich um und ging Richtung Türe.

„Sei bitte vorsichtig – vielleicht haben sie hier ja einen Hinterhof!", rief ihr Elisabeth besorgt nach.

Cilia lachte: „Na gut, wenn es dich beruhigt …"

Sie ging um das Haus herum, auf dessen Rückseite sich tatsächlich ein kleiner Garten mit einem Kräuterbeet und mehreren Obstbäumen befand. Gemütlich schlenderte sie zu der Holzbank, die dort im Schatten eines Apfelbaumes stand, und ließ sich darauf nieder.

Vor dem Hintereingang des Hauses stand ein ärmlich gekleidetes junges Mädchen über einen großen Waschzuber gebeugt. Ein ums andere Mal ließ sie ein Kleidungsstück über ihr Waschbrett gleiten, ehe sie es gründlich auswrang, um es anschließend über die Schnur zu hängen, die zwischen zwei Bäumen gespannt war. Dann wiederholte sich die ganze Prozedur.

Das Mädchen wischte sich gerade den Schweiß von der Stirn, als Cilia sich erhob und zu ihr hinüber lief: „Darf ich Euch etwas fragen, Miss?"

Das Mädchen sah verwundert drein, nickte jedoch: „Gewiss, Madame."

„Wir sind auf dem Weg zu den Almonds nach Montreuil, zu unserer Verwandtschaft, haben jedoch leider schon länger nichts mehr von ihnen gehört. Sind dort alle wohlauf?"

Das Mädchen strich sich nachdenklich eine feuchte Haarsträhne aus dem Gesicht: „Mir ist nichts anderes bekannt, Madame. Soviel ich weiß, wird der alte Baron Almond zeitweise von der Gicht geplagt. Aber davon abgesehen scheinen sich alle bester Gesundheit zu erfreuen."

Cilia lächelte: „Wie schön, das zu hören."

Sie dachte einen Moment nach, ehe sie vorsichtig die nächste Frage stellte. „Und der junge Sir Almond? Ist er gerade in der Stadt?"

„Das kann ich Euch nicht sagen, Madame. Sir John Almond ist entweder auf dem Anwesen in Montreuil oder auf seinem Weingut am Ufer der Canche."

„Oh, nun. Wir werden sehen. Vielen Dank, Miss."

Das Mädchen nickte und griff nach dem nächsten Wäschestück während Cilia sich abwandte. Doch in der Bewegung hielt sie inne: „Erlaubt mir noch eine Frage Miss ... wie lautet eigentlich Euer Name?"

Das Mädchen deutete einen Knicks an: „Betty, Madame."

„Sagt, Miss Betty, hat Baronne Almond die schlimme Grippe auch wirklich ohne bleibende Schäden überstanden?"

Bettys Gesichtsausdruck verriet, dass diese Frage diesmal nicht ins Schwarze getroffen hatte: „Baronne Almond? Es gibt keine Baronne Almond. Die Frau des alten Barons ist vor nunmehr fast zwei Jahren verstorben."

Cilia legte erschrocken die Hand auf den Mund und versuchte mühsam, ein paar Tränchen hervorzupressen.

Es gelang ihr nur leidlich. „Oh!", sie schluchzte etwas zu theatralisch auf: „Oh nein, das wusste ich nicht."

Cilia wartete einige Sekunden, um ihre Augen mit einem Tuch abzutupfen, ehe sie weiter sprach: „Wir hatten lange keinen Kontakt mehr zu unserer Familie in Frankreich. Leider hatte sich der Baron schon vor langer Zeit mit unserer Mutter überworfen. Doch nun sind meine Schwester und ich unterwegs, um diesen alten Familienzwist ein für alle Mal zu beenden." Cilia beobachtete gespannt aus dem Augenwinkel, ob Betty ihr die Geschichte abkaufen würde.

Das Mädchen nickte mitfühlend: „Es tut mir sehr leid, Madame, dass ich Euch diese schlechte Nachricht mitteilen musste."

Cilia nickte zurück und bedachte sie noch einmal mit einem leidenden Blick.

Dann kehrte sie endgültig zu ihrer Bank zurück. Lange saß sie dort, hielt ihre Nasenspitze der Sonne entgegen und grübelte über die Neuigkeiten nach.

Als sie später Elisabeth von ihrem Gespräch mit Betty erzählte, musste die laut lachen: „Das ist ja wirklich fabelhaft: vom einen

Baron zum nächsten! Willst du denn wirklich geradewegs von der einen Abhängigkeit in die andere schlittern?"
Cilia grinste: „Nein, natürlich nicht. Es ist eigentlich auch völlig egal, wer oder was diese Almonds aus Montreuil sind, da wir sie sowieso niemals zu Gesicht bekommen werden."

Zeitig am nächsten Morgen hatten die beiden ihre Sachen wieder zusammengepackt, um Rinxent zu verlassen und noch weiter ins Landesinnere zu reisen. Dort würden sie irgendwo in einem kleinen, friedlichen französischen Dörfchen untertauchen und gemeinsam ein erfülltes und glückliches Leben führen – so war der Plan.
Elisabeth nahm den Lederbeutel mit den Münzen und steckte ihn in einen ihrer Strümpfe, um diesen dann im hintersten Winkel der Truhe zu verstauen. Zuvor hatte sie einige Silbermünzen herausgeholt, um damit das Zimmer zu bezahlen. Zärtlich strich sie über die Geldstücke. Rinsome hatte ihr alles mitgegeben, was er auf der Burg entbehren konnte. Zusammen mit ihren Schmuckstücken bildete der Inhalt des Lederbeutels ihre einzige Existenzgrundlage. Zumindest so lange, bis sie selbst irgendwo und irgendwie ihren Lebensunterhalt verdienen konnte.
Sie presste die Münzen fest an sich und verließ das Zimmer.

Unten im Gastraum war Rozier dabei die Tische mit einem feuchten Tuch abzuwischen. Als er sie kommen sah, strich er sich seine Hände am Hosenbein trocken und verbeugte sich: „Madame Almond! Ich hoffe, Ihr habt wohl geruht."
„Ja danke, Mr. Rozier. Ich habe tatsächlich ganz ausgezeichnet geschlafen. Die französische Luft scheint mir gut zu bekommen."

Seine blauen Augen blitzten sie fröhlich an: „Freut mich zu hören, Madame."

„Ich möchte gerne meine Schulden begleichen."

Roziers Miene verfinsterte sich: „Ihr wollt uns wirklich schon verlassen, Madame? Wie bedauerlich. Das macht dann zwei Kupfermünzen für das Zimmer und die Mahlzeiten."

Elisabeth reichte ihm die Münzen. „Sagt, Mr. Rozier, wo finden wir ein Fuhrwerk, das uns weiter ins Landesinnere bringt?"

Rozier runzelte die Augenbrauen und zuckte bedauernd mit den Schultern: „Es findet hier kein regelmäßiger Reiseverkehr nach Montreuil statt. Aber hin und wieder kommen Händler aus Calais hier durch. Mit etwas Glück dauert es nur wenige Tage und Ihr könnt mit einem dieser Kaufleute weiterreisen."

„Wenige Tage?" Entsetzt starrte Elisabeth ihn an, während sie enttäuscht die Hand mit den Münzen wieder sinken ließ.

Rozier tat die junge Frau, die einen so zerbrechlichen Eindruck machte, Leid: „Habt Ihr es eilig, Madame?"

Elisabeth nickte stumm.

„Wenn es Euch hilft, so könnte ich Euch selbst bis nach Samer bringen. Von dort aus ist es nicht mehr schwierig, nach Montreuil zu gelangen."

Erleichtert reichte Elisabeth ihm die Hand. „Das ist zu großzügig, Mr. Rozier. Ihr erweist mir damit einen großen Gefallen und ich danke Euch von Herzen."

Sie eilte die Stufen hinauf, um Cilia von den neuen Reiseplänen zu unterrichten.

Cilia sah wenig begeistert aus: „Nach Montreuil? Du liebe Zeit, Liz, wir wollten eigentlich weder nach Samer, noch nach

Montreuil. Beides liegt viel zu nahe an der Küste."

„Was hätte ich denn deiner Meinung nach tun sollen? Darf ich dich vielleicht daran erinnern, dass du diejenige warst, die uns diese Montreuil-Geschichte eingebrockt hat?", zuckte Elisabeth ratlos mit den Schultern. „Wäre es dir lieber, noch tagelang hier festzusitzen?"

Cilia griff sich an die Stirn und stöhnte leise. „Nein, du hast ja Recht. Samer ist immerhin besser, als Rinxent."

Sie gab Elisabeth einen versöhnlichen Kuss auf die Wange: „Tut mir Leid, Liz, aber ich habe solche Kopfschmerzen."

„Na, das ist kein Wunder. Die letzten Tage waren auch für uns beide sehr anstrengend." Elisabeth hielt Cilia fest und erwiderte ihren Kuss.

Kurze Zeit später saßen die drei wieder bei Rozier auf dem Kutschbock und ließen sich die warme Meeresbrise um die Nase wehen. Lange Zeit fuhren sie schweigend, bis Rozier glaubte, die Damen unterhalten zu müssen.

Prompt kam er natürlich auch auf die Almonds aus Montreuil zu sprechen. „In welchem Verhältnis steht Ihr eigentlich zu dem Baron, Mrs. Anne?"

Elisabeth fühlte sich in keiner Weise angesprochen. Erst als Cilia ihr einen leichten Stoß in die Rippen versetzte, wurde ihr klar, dass sie gemeint war: „Oh, äh ... also mein Vater war ein Cousin des Barons."

„Ah, dann seid Ihr und Miss Isabelle sozusagen Großcousinen des jungen Sir Almond?"

Sie nickte: „Genauso ist es."

„Er wird sich freuen, wieder weibliche Gesellschaft zu

bekommen. Die lettzen Jahre muss es sehr einsam im Hause Almond gewesen sein."

Elisabeth bestätigte seine Vermutung höflich, während Cilia heimlich die Augen verdrehte. Es interessierte sie, weshalb der junge Almond – John – noch nicht beweibt war, doch sie wagte nicht, diese Frage zu stellen.

Rozier tat ihr den Gefallen und lieferte die Informationen auch ohne danach gefragt zu werden: „Die Tochter des Marquis Montbazon, mit der Sir John Almond eine Beziehung gehabt hatte, brannte damals kurz vor der Verlobung mit einem seiner Bediensteten durch. Er scheint seitdem sehr verbittert."

Nun verspürte selbst Cilia etwas Mitleid mit Sir John, der nun wohl einsam und verlassen auf seinem Weingut saß. „Der arme unglückliche Mann! Es muss wirklich grausam sein, so enttäuscht zu werden."

Sie seufzte bei dem Gedanken an so viel Herzeleid: „Sagt, Mr. Rozier, seid Ihr persönlich mit dem jungen Baron bekannt?"

Rozier nickte stumm. Sein Drang, sich mitzuteilen, schien mit einem Male versiegt, so dass Cilia nachhaken musste: „Seid Ihr ihm schon einmal begegnet?"

„Ja, Miss Isabelle, ich kenne Sir John. Ich kenne ihn sogar sehr gut." Rozier schluckte und seine Stimme klang bedauernd, als er fortfuhr. „Ich war der Kammerdiener seines Vaters, mit dem die junge Mademoiselle Montbazon damals durchbrannte."

Elisabeth schlug die Hand vor den Mund. „Ach du meine Güte! Dann seid Ihr ja mit der Familie Almond eng verbunden."

„Ja, oder nein. Besser gesagt, ich war mit ihr eng verbunden. Deshalb bin ich erstaunt darüber, dass Baron Almond die Existenz der Damen niemals erwähnt hat."

„Nun ja, wie gesagt. Unsere Familien leben seit langem in Streit. Sicher war es zu schmerzlich für den Baron, davon zu erzählen."
Rozier nickte: „So wird es wohl sein. Der Baron war schon immer etwas wortkarg."
Cilias Gedanken verweilten immer noch bei der unglücklichen Dreiecksbeziehung: „Was ist aus Euch und Mademoiselle Montbazon geworden?"

Sie spürte den intensiven Blick seiner faszinierenden Augen und starrte beschämt auf den Boden: „Bitte verzeiht, Mr. Rozier. Ich war zu neugierig."
Rozier lächelte wehmütig: „Nein, Miss Isabelle, Eure Jugend erlaubt Euch, solche Fragen zu stellen und Ihr sollt auch eine Antwort erhalten. Alissia Montbazon wurde wie zu erwarten war, von ihrem Vater verstoßen und enterbt. Wir beide aber waren so jung und so verliebt. Wir dachten, wir würden das alles schaffen. Unsere Liebe wäre stark genug.
Doch wie Ihr sehen könnt, Miss Isabelle, haben wir uns getäuscht. Alissia lebte einige Monate bei mir in Rinxent, dann kehrte sie reumütig an den Tisch ihres Vaters zurück. Sie konnte dieses einfache Leben als normale Bürgersfrau nicht ertragen. Es hat unsere Liebe so lange Stück für Stück verschlungen, bis nichts mehr übrig war."
Elisabeth war von der Beichte des jungen Mannes so ergriffen, dass sie William an Cilia weiterreichte, um tröstend den Arm um ihn zu legen: „Die Liebe lässt sich nun mal nicht planen, George. Sie kommt und geht, wie sie will."

Schweigend fuhren sie weiter, durch kleine Dörfer, über holprige

Wege und an saftigen, grünen Wiesen vorbei.

William war vom gleichmäßigen Schaukeln des Fuhrwerks eingeschlafen, und als sie endlich bei Einbruch der Dämmerung in Samer angekommen waren, lag er immer noch friedlich schlummernd in Cilias Armen.

Rozier brachte den Wagen vor einem roten Backsteinhaus zum Stehen.

Cilia betrachtete mit hochgezogenen Augenbrauen die alten verzogenen Fensterläden, von denen bereits die Farbe abblätterte, und das schmiedeeiserne Schild, das schief über der Eingangstüre hing. Auch die goldfarbenen Lettern hatten bereits an Farbkraft verloren, so dass Cilia mehr raten als lesen musste: „Le clou rouillé!"

Elisabeth schmunzelte: „Zum rostigen Nagel? Wie passend …"

Rozier verteidigte die Herberge: „Ich kenne den Wirt persönlich. Ihr seid dort gut aufgehoben, My Ladies."

Cilia winkte ab: „Schon gut, George. Ich vertraue Euch."

Da es für Rozier zu spät war, sofort wieder zurückzufahren, sah es Elisabeth als ihre Pflicht an, für seine Unterkunft aufzukommen. Rozier zierte sich zwar ein wenig, ließ sich dann aber doch von den beiden zum Bleiben überreden: „Wer kann zwei so schönen Ladies einen Wunsch abschlagen? Ich nicht …"

Hätte Elisabeth gewusst, welche Folgen ihr Angebot noch nach sich ziehen würde, hätte sie es wahrscheinlich nicht so unbedacht ausgesprochen.

Als sie schließlich irgendwann doch noch müde aber zufrieden in ihren Betten lagen, wanderten die Gedanken beider Frauen zu Rozier und seiner unglücklichen Liebe zurück. Cilia drehte sich zu Elisabeth um: „Glaubst du eigentlich an Schicksal, Liz? Ist es das Schicksal, das Alissia und George damals zusammengeführt hat? Nur um sie wenig später wieder zu entzweien, um dabei gleich drei gebrochene Herzen zurück zu lassen?"

Elisabeth starrte hoch zur Decke, als könne sie dort oben die Antwort auf Cilias Frage finden: „Schicksal? Was für ein Begriff, Cilia. Ist es Schicksal, dass wir beide uns begegnet sind? Ist es Schicksal, dass wir uns ausgerechnet für den Namen Almond entschieden haben? Nur um gleich hier in Frankreich auf eine Familie mit genau diesem Namen zu stoßen? Ich habe keine Ahnung. Wir hätten uns genauso gut Smith oder Wright nennen können. Ja, Cilia, ich denke schon, dass es so etwas wie Schicksal gibt. Schicksal, Fügung oder Gott – wie auch immer du es nennen willst."

„Apropos Gott – wie lange ist es her, dass wir zum letzten Mal inbrünstig unsere Gebete gesprochen haben?"

Elisabeth fuhr aus dem Bett hoch. „Du liebe Zeit, Cilia, du hast Recht!" Sie sprang auf und kniete sich zwischen ihr Bett und die Truhe, in der William lag. Dann faltete sie ihre Hände und senkte das Haupt.

Elisabeth war gerade dabei ihre Zeche zu bezahlen und sich nach einem Kutscher zu erkundigen, als Rozier genau wie bei ihrer ersten Begegnung übermütig die Treppen herunter gesprungen kam: „Nicht, Mrs. Anne, wartet!"

Elisabeth ließ erstaunt die Hand mit den Münzen wieder sinken. „Was ist geschehen, George?"

Er schluckte und holte tief Atem, ehe er zu einer Erklärung ansetzte: „Ich habe mich anders entschieden. Unser Gespräch gestern hat mich lange wach gehalten und mir ist heute Nacht vieles durch den Kopf gegangen."

Er schluckte wieder und räusperte sich. „Nun, wie auch immer, ich denke, es ist an der Zeit, einen Schlussstrich unter die Vergangenheit zu ziehen. Ihr hattet völlig Recht, Mrs. Anne. Liebe lässt sich nicht vom Verstand kontrollieren. Niemand kann etwas dafür. Deshalb werde ich Euch selbst nach Montreuil fahren und mich dort Sir Almond stellen. Eine Aussprache oder zumindest eine Erklärung ist längst überfällig. Vielleicht kann ich dann endlich aufhören, mich schuldig zu fühlen."

Elisabeth hatte es für einen Moment die Sprache verschlagen. Sie stand mit offenem Mund da, ohne einen Ton von sich zu geben.

Ihrem ersten Impuls folgend, hätte sie Rozier am liebsten umarmt und ihm zu diesem Entschluss gratuliert, doch schon in der nächsten Sekunde wurde ihr klar, was es für sie selbst bedeutete.

„Ihr sagt ja gar nichts, Mrs. Anne?"

„Oh!" Sie lächelte gezwungen: „Was für gute Nachrichten! Aber seid Ihr Euch wirklich sicher, dass jetzt schon der geeignete Moment für eine Aussprache gekommen ist? Wäre es nicht sinnvoll, noch ein wenig Zeit verstreichen zu lassen? Zeit heilt alle Wunden, George." Rozier sah sie enttäuscht an. Er hatte offensichtlich eine andere Reaktion erwartet. „Nein, ich glaube, die Zeit ist jetzt gekommen. Es war kein Zufall, der Euch in mein Haus geführt hat. Ich bin mir sicher, es musste alles so sein."

Elisabeth seufzte: *Schicksal – da wären wir also wieder soweit ...*

Auch Cilia fiel aus allen Wolken, als Elisabeth ihr Roziers Entschluss mitteilte: „Ach du liebe Zeit, was machen wir denn jetzt?"

Elisabeth zuckte mit den Schultern. „Keine Ahnung. Wir hätten gestern einfach ruhig sein sollen, aber jetzt ist es zu spät."

„Sollen wir Rozier reinen Wein einschenken?"

„Um Himmels willen, nein! Wir kennen ihn doch kaum. Außerdem ist er fest davon überzeugt, das Schicksal hat uns zu ihm geführt. Ich möchte ihn dieser Illusion nur ungern berauben. Und wie würden wir dann dastehen? Wie zwei fiese skrupellose Betrügerinnen."

„Na ja", Cilia grinste, „genau genommen sind wir das ja auch."

Elisabeth war nicht zum Spaßen zumute: „Du amüsierst dich auch noch darüber? Daran ist überhaupt nichts lustig. Wir sollten uns besser überlegen, wie wir aus diesem Schlamassel wieder herauskommen."

Von unten ertönte Roziers Stimme empor: „Ladys? Seid Ihr dann soweit?"

Elisabeth wickelte William in seine Decke, denn so früh am Morgen hatten die Sonnenstrahlen noch nicht die nötige Intensität, ihn ausreichend zu wärmen.

Dann hob sie ihn auf und sah etwas hilflos zu Cilia hinüber, die bereits an der Türe stand. „Wir lassen es einfach auf uns zukommen. Vielleicht ergibt sich ja in Montreuil selbst eine Gelegenheit, diese Begegnung mit den Almonds zu vermeiden."

„Und wenn nicht?"

„Dann können wir nur beten, dass dieser Almond Gentlemen genug ist, uns abzunehmen, dass es sich nur um ein Missverständnis handelt und wir offensichtlich bei den falschen

Almonds gelandet sind …"

Die letzten Kilometer der Reise verbrachten sie schweigend. Jeder hing seinen eigenen Gedanken nach und versuchte, sich innerlich auf die anstehende folgenschwere Begegnung vorzubereiten.

Elisabeths Gedanken wanderten jedoch auch immer wieder zurück in die Vergangenheit, und mit wehem Herzen und schlechtem Gewissen dachte sie an Thomas. Wie es ihm wohl gerade ergehen würde? Bei dem Gedanken an das Ausmaß des Herzeleides, das sie ihm zugefügt hatte, wurde ihr selbst ganz flau im Magen.

Niemals würde sie sich anmaßen, über Menschen wie Alissia und George zu urteilen. Auch sie selbst hatte der Liebe wegen andere Menschen in tiefes Leid gestürzt, und ihr blieb die Möglichkeit einer Aussprache, um den eigenen Seelenfrieden wiederzufinden, für immer verwehrt.

Plötzlich blieb das Fuhrwerk abrupt stehen und das riss Elisabeth aus ihren trübsinnigen Gedanken. Sie hob den Kopf und starrte auf das riesige noble Anwesen, das inmitten einer weitläufigen, gepflegten Parkanlage stand. Das große schmiedeeiserne Tor war verschlossen, so dass Rozier die Glocke läuten musste.

Elisabeth bewunderte die ineinander verschlungenen Buchstaben, die kunstvoll in das Tor hineingearbeitet waren:

Mon meilleur – mein Bestes!

Was für eine freundliche Geste, dem Besucher sein Bestes anzubieten.

Sie war sich sicher, hier auf freundliche Menschen zu treffen, die immerhin auch englischer Abstammung waren.

Es dauerte eine ganze Weile, bis ein älterer livrierter Mann zum Tor kam. Als er Rozier sah, stutzte er: „Was willst du hier?"
„Guten Tag, Rigot. Ich bringe die Damen zu Baron Almond."
Rigots Miene verhieß nichts Gutes. „Der Baron ist zur Zeit unpässlich. Die Damen sollen ein andermal vorsprechen."
Er wollte sich wieder abwenden, doch Rozier ließ sich nicht so leicht abwimmeln. „Rigot, bitte. Die Ladies kommen bis aus England, um den Baron zu sprechen. Es ist wirklich wichtig."
Cilia warf einen vielsagenden Blick zu Elisabeth hinüber und berührte Rozier an der Schulter: „Lasst nur, George. Wir werden uns hier irgendwo eine kleine Pension suchen und wiederkommen, wenn Baron Almond wohlauf ist."
Rozier ließ sich jedoch nicht beirren und umklammerte die Eisenstäbe des Tores. „Ich bitte dich, mach auf, Rigot. Nicht um meinetwillen, aber lass wenigstens die Damen ein. Der Baron wird dir dankbar sein, glaub mir …"
Elisabeth wollte ihn unterbrechen, doch er sprach unbeirrt weiter: „Die Damen sind die Töchter eines Cousins des Barons, Mrs. Anne Almond und Miss Isabelle Almond."
Rigot stutzte. Das Risiko, tatsächlich Verwandtschaft des Barons den Einlass zu verwehren, schien ihm nun doch zu groß, und er öffnete langsam erst den einen, dann den anderen Torflügel.

Rozier schwang sich zurück auf den Wagen und lenkte ihn geschickt durch das Tor hindurch, um gleich darauf vor dem Haupteingang von ‚Mon meilleur' anzuhalten.
Mit gerunzelter Stirn beobachtete Rigot, wie Rozier begann, die Truhen der Ladies abzuladen, doch er ließ ihn gewähren.
Erst als Rozier das Haus betreten wollte, hielt er ihn zurück:

„Du bist hier nicht willkommen, George! Mach, dass du verschwindest!"

„Bitte, Rigot, ich muss den jungen Baron dringend sprechen! Versteh doch, ich muss klären, was zwischen uns steht."

Rigot hielt ihn immer noch am Arm: „Ich glaube kaum, das Sir John Almond dich sehen will."

Rozier riss sich von ihm los: „Ich denke, dass solltest du ihn selbst entscheiden lassen. Bitte Rigot!", fügte er beinahe flehend hinzu: „Um der alten Zeiten willen!"

Cilia und Elisabeth standen währenddessen etwas hilflos neben ihren Truhen.

Cilia zuckte mit den Schultern, als sie Elisabeths verzweifelten Gesichtsaudruck sah. Nun konnte man auch nichts mehr an der verfahrenen Situation ändern. Sie legte ihr beruhigend die Hand auf den Arm.

Rozier und Rigot schienen sich inzwischen geeinigt zu haben, denn George lud sich eine der Truhen auf den Rücken, während Rigot die Damen freundlich bat einzutreten.

Zaghaft schritten sie, gefolgt von Rozier, in die große Eingangshalle.

Elisabeths Blick fiel auf die Portraits, die dort am Treppenaufgang die Wände zierten. Bewundernd blieb sie vor einem der Gemälde stehen, während William ungeduldig an ihren Haaren riss und quengelte.

Es zeigte einen stattlichen jungen Mann im besten Alter, der mit unbewegter, aber dennoch gütiger Miene den Betrachter seinerseits zu beobachten schien.

„Ist das Sir John Almond?"

Rigot schüttelte lächelnd den Kopf: „Nein, Madame. Das ist

sein Vater, Baron Geoffrey Almond."

„Ah ..."

Rigot lächelte: „Aber ich muss zugeben, dass es auch genauso gut der junge Baron sein könnte, denn Vater und Sohn haben große Ähnlichkeit."

Ein Dienstmädchen war in der Zwischenzeit erschienen und wartete auf Anweisung.

Rigot wandte sich ihr zu: „Die Damen werden unsere Gäste sein. Wir bringen sie im roten und im blauen Salon unter."

Das Mädchen knickste, während sich Rigot wieder an Elisabeth und Cilia wandte: „Sir Geoffreys Gesundheitszustand bereitet uns große Sorgen, meine Damen. Er ist momentan tatsächlich nicht in der Lage, Euch zu empfangen und der junge Baron ist heute auf dem Weingut. Er wird erst gegen Abend zurück erwartet. Ich muss Euch daher um etwas Geduld bitten."

Elisabeth nickte: „Es betrübt mich sehr, das zu hören. Wir möchten dem Baron auch keinesfalls zur Last fallen. Wenn er es wünscht, werden wir uns eine Pension in der Nähe suchen."

Rigot winkte ab: „Hier ist genug Platz für Gäste des Barons. Das Mädchen wird Euch nun auf die Zimmer führen."

Elisabeth und Cilia und Rozier, immer noch mit der Truhe beladen, folgten dem Mädchen nach oben.

Staunend standen sie kurz darauf in den Räumen. Woher der rote und der blaue Salon ihre Namen hatten, war offensichtlich. Obwohl beide Frauen den Glanz und die Pracht des englischen Königshofes gewöhnt waren, hatten diese Gemächer eine ganz eigene Wirkung. Sie waren nicht mit Prunk und Glanz überfrachtet, doch die einzelnen Kostbarkeiten, die die Räume zierten, waren genau aufeinander abgestimmt – nicht nur farblich sondern auch in ihrer Wirkung – und zeugten damit vom guten Geschmack ihrer Eigentümer.

Nachdem einer der Diener auch die andere Truhe herauf gebracht und er und Rozier sich zurückgezogen hatten, ließ Cilia sich erschöpft auf das große Bett fallen.

Die Kissen waren in bordeauxfarbene Seidenlaken gehüllt, und um das Bett herum war ein schwerer schimmernder Samtvorhang der gleichen Farbe angebracht, der zugezogen werden konnte, um so im Winter die Kälte abzuhalten.

Gleiches Design fand sich auch im anderen Raum wieder, nur dass die Farbe der Stoffe dort royalblau war.

Cilia strich zärtlich über den feinen Stoff und seufzte zufrieden. Verglichen mit dem Komfort der vergangenen Nächte kam sie sich hier vor wie im Paradies.

Elisabeth setzte William auf dem weichen Teppich ab und zog sie wieder hoch: „Mach es dir nicht zu gemütlich, Cilia! Wir werden hier auf keinen Fall übernachten. Noch ehe der junge Baron heute Abend eintrifft, müssen wir uns aus dem Staub machen ..."

Elisabeth ließ sich auf den Boden zu William nieder und beobachtete ihn eine Weile bei seinen Bemühungen, sich am Laken des Bettes hochzuziehen. „William Almond", flüsterte sie, „William Almond ..."

„Das klingt doch gut!", fand Cilia.

„Denkst du das wirklich? Bist du dir überhaupt darüber im Klaren, wie er wirklich heißt? William wäre einst Earl of Waterford, Senior Earl in the Peerage of Ireland and Hereditary

Lord High Steward of Ireland. Kannst du dir überhaupt vorstellen, was das bedeutet?"

Cilia winkte ab: „Glaubst du wirklich, er wäre mit all diesen Titeln glücklicher geworden? Denkst du nicht, als William Almond steht ihm genauso die ganze Welt offen? Ich glaube, sogar noch mehr, denn als Earl wäre ihm seine Zukunft doch schon sehr vorherbestimmt gewesen."

Elisabeth entgegnete darauf nichts. Mit Cilias Augen betrachtet schien alles immer gleich viel einfacher und klarer.

In diesem Moment klopfte es an der Türe und auf Elisabeths Geheiß hin trat eines der Dienstmädchen in den Raum: „Der Tee ist bereitet, Madame, wenn es Euch Recht ist."

Da sie seit dem Frühstück nichts mehr gegessen hatten, nickte Elisabeth dankbar: „Sehr gerne. Wir kommen sofort."

Cilia grinste: „Also, übernachten willst du hier auf keinen Fall, aber gegen eine Mahlzeit hast du wohl nichts einzuwenden?"

Das Mädchen führte die Damen hinunter in einen großen Wohnraum, dessen offene Terrassentüre direkt in den gepflegten Park führte. Dort draußen auf der Veranda stand das Teegedeck auf dem runden massiven Holztisch, der unter einer weißen Spitzendecke durchschimmerte.

Elisabeth nickte dem Mädchen zu und es verschwand wieder. Sie griff nach der Teekanne und goss ihnen ein, während Cilia mit William ins Gras lief und ihn dort absetzte. Dann ging sie zurück zum Tisch und bediente sich reichlich an dem Gebäck, das perfekt in einer großen Schale dekoriert war.

Während Elisabeth Platz nahm und genüsslich ihren Tee

schlürfte, fütterte Cilia William mit dem Backwerk. Immer wieder sperrte er sein Mäulchen weit auf, wie es junge Vögelchen tun, um gefüttert zu werden, und amüsierte Cilia damit jedes Mal aufs Neue.

Elisabeth sog die friedliche Stille und die Natur um sich herum förmlich auf. Es erinnerte sie an jene Spaziergänge mit Cathy im Ponds Garden von Hampton Court und sie spürte, wie sie sich ein klein wenig nach diesen Augenblicken zurücksehnte.

Entschlossen stellte sie plötzlich ihre Tasse auf den Tisch zurück. So heftig, dass das Porzellan klirrte, und stand auf: „Ich werde jetzt geschwind unser Geld und den Schmuck holen und dann machen wir, dass wir davonkommen."

Ehe Cilia sie davon abhalten konnte, war sie wieder im Haus verschwunden.

Als sie, mit dem Stoffbeutel am Arm und mit Sonnenschirm bewaffnet, schon wenige Minuten später zurückkam, erhob sich Cilia widerwillig aus dem Gras: „Müssen wir wirklich schon gehen? Es ist so wunderschön hier."

„Und was willst du diesem John sagen, wenn er heute Abend hier auftaucht? Nein, Cilia. Das ist viel zu riskant. Womöglich setzt er uns spätabends noch vor die Türe und wir können sehen, wo wir bleiben."

„Und was ist mit unseren Kleidern?"

„Wir werden sehen. Vielleicht können wir in ein paar Tagen jemanden vorbeischicken, der sie abholt."

Elisabeth seufzte und wollte sich eben nach William bücken um ihn hochzuheben, als ein kleiner, laut bellender Hund auf sie zugerast kam. Er wedelte wie wild mit dem Schwanz und beschnüffelte sie neugierig.

Elisabeth lächelte und fuhr dem kleinen Kerl liebevoll durch das weiche, lange Fell: „Na, du Hübscher, wo kommst du denn plötzlich her?"

„Ich komme eben vom Weingut zurück!"

Elisabeths und Cilias Köpfe fuhren herum.

Auf der Veranda stand ein großer, gut aussehender Mann, der Elisabeth sofort an das Gemälde in der Eingangshalle erinnerte. „Oder habt Ihr etwa gar nicht mit mir gesprochen, Madame?", fügte er mit einem spitzbübischen Lächeln hinzu.

Er kam die Stufen der Veranda hinunter und direkt auf Elisabeth zu. Je näher er kam, desto mehr schien ihr seine ungeheure Aura die Luft abzuschnüren, und als er schließlich vor ihr stand, wagte sie kaum zu atmen.

Er verbeugte sich galant, während er Elisabeth nicht aus den Augen ließ. Sein intensiver Blick aus jadegrünen Augen schien sie zu durchbohren und legte auch noch den letzten vernünftigen Gedanken in ihr lahm: „Baron John Almond, Madame. Zu Euren Diensten."

Seine Augen glitten ihren Körper entlang, musterten ihn genau und blieben dann auf ihrem Gesicht haften: „Und Ihr seid welche der Almond Schwestern?"

Elisabeth räusperte sich, doch ihre Stimme wollte ihr nicht gehorchen. „Ich äh ... Ich ..."

Sie knickste vor dem Baron, während sie verzweifelt versuchte, einen vernünftigen Satz zustande zu bringen: „Ich bin Anne Almond."

Ohne eine Miene zu verziehen, griff er nach ihrer Hand, um sie an seine Lippen zu führen: „Wie schön, Euch endlich kennenzulernen, Madame."

Cilia hatte den kleinen Hund hochgenommen und beobachtete nun mit wachsendem Staunen die Szene, die sich vor ihr abspielte. Sie versuchte der Miene des Barons zu entnehmen, ob er ihr Spiel durchschaute und es mitspielte, oder ob er tatsächlich glaubte, seine Verwandten vor sich zu haben.

Doch der Baron ließ sich nicht in die Karten schauen. Das einzige, was sie aus seinem Antlitz lesen konnte, war seine unverhohlene Bewunderung für Elisabeth, und diese Tatsache erfüllte sie mit Unbehagen.

Almond gab Elisabeths Hand wieder frei und wandte sich ihr zu: „Dann seid Ihr Miss Isabelle?"

Cilia nickte und knickste, während er auch sie galant begrüßte.

William, der immer noch im Gras saß und nicht gewohnt war, so völlig unbeachtet zu sein, war indessen zu ihnen hinüber gekrabbelt und versuchte nun, sich an Almonds Hosenbein hochzuziehen.

Der Baron lachte und bückte sich zu William hinunter, um ihn hochzunehmen. Seine tiefe Stimme hallte warm und voll über die Wiese. „Guten Tag, junger Mann. Es freut mich, dass Ihr Euch hier offensichtlich wohlfühlt", bemerkte er, amüsiert über die Keksbrösel in Williams Mundwinkeln.

Elisabeth wollte ihn dem Baron abnehmen, doch er verwehrte es ihr: „Lasst mir den Jungen noch ein wenig, wenn Ihr gestattet, Mrs. Anne. Wir hatten schon so lange kein frisches, fröhliches Kinderlachen mehr auf ‚Mon meilleur'. Wie ist sein Name?"

Elisabeth ließ ihre Arme sinken: „Er heißt William, Baron."

„Komm William, wir gehen ein bisschen zusammen im Park

spazieren und ich zeige dir meine Lieblingsplätze."

Er ging einige Schritte, dann wandte er sich um: „Begleitet Ihr uns, Mrs. Anne?"
Elisabeth nickte und lief zu den beiden hinüber, während Cilia immer noch unbeweglich dastand und den dreien besorgt hinterher blickte. Eine Zornesfalte bildete sich auf ihrer Stirn. Sie hatte Elisabeth nicht eben erst den Armen eines Mannes entrissen, um sie postwendend an den nächsten zu verlieren.
Elisabeth schlenderte gemütlich neben Almond her und erfreute sich an den Schönheiten der Umgebung.
William schien sich auf Almonds Arm wohlzufühlen. Interessiert drehte er an den goldenen Knöpfen seines Revers herum.
Almond lachte. „Ein aufgewecktes Bürschchen, der Kleine."
Sie nickte.
„Darf ich fragen, was mit seinem Vater geschehen ist?"
Elisabeth war auf diese Frage nun überhaupt nicht vorbereitet und ihre Gedanken wirbelten durcheinander.
Die Sekunden verstrichen und er wollte sich eben für seine Neugierde entschuldigen, als sie sich doch noch zu einer Antwort durchringen konnte: „Nun, Baron Almond, das ist eine traurige Geschichte. Sie handelt von einem jungen bürgerlichen Mädchen, das sich Hals über Kopf in den Sohn eines Herzogs verliebte. Sie glaubte von ganzem Herzen, er würde diese Liebe aufrichtig erwidern und gab sich ihm hin. Leider musste sie kurz darauf feststellen, dass der Traum von der wahren Liebe eine Illusion war. Nun", sie deutete auf William, „wie die Geschichte ausging, seht Ihr hier selbst."
Almonds tiefgrüne Augen waren plötzlich von einer Traurigkeit

erfüllt, die sie mitten ins Herz traf. Sie wusste, dass sie ihn an seine eigene unglückliche Geschichte erinnert hatte, und es tat ihr Leid, ihn mit ihren Lügen so betrübt zu haben.

Um ihn abzulenken, versuchte sie, etwas belanglose Konversation zu betreiben: „Wie geht es Eurem Vater, Sir Almond? Werden wir ihn bald kenne lernen dürfen?"

„Oh, Mrs. Anne. Ich wäre der glücklichste Mensch auf Erden, wenn das möglich wäre. Doch ich fürchte, Ihr kommt zu spät."

„Oh, das ist ja furchtbar." Elisabeth wusste nicht, wie sie ihrem Mitgefühl anders Ausdruck verleihen konnte und legte darum einfach tröstend ihre Hand auf Almonds Arm.

Er lächelte schwach und in seiner Stimme schwang so viel Kummer mit, dass sie plötzlich selbst mit den Tränen zu kämpfen hatte.

„Es geht ihm schon länger nicht mehr gut. Zuerst waren es nur körperliche Einschränkungen, doch mittlerweile scheint auch sein Geist immer schwächer zu werden. An manchen Tagen erkennt er mich nicht einmal mehr."

„Das tut mir so Leid, Baron Almond. Ich kann Euch gar nicht sagen, wie sehr mich dies dauert."

Ihr Versuch, ihn wieder etwas aufzuheitern, war offensichtlich gründlich fehlgeschlagen. Doch was ihr nicht gelingen wollte, schaffte William im Handumdrehen: Mit seinen kleinen Händchen patschte er fröhlich in Almonds Gesicht und krähte dabei munter in den höchsten Tönen.

Elisabeth wollte ihm wehren, doch Almond hielt sie davon ab: „Lasst ihn nur, Mrs. Anne. Es erfüllt mich mit Freude, ihn lachen zu hören."

Er nahm Williams Hand, legte sie auf seinen Mund und blies

hinein. William juchzte. Die beiden schienen sich vom ersten Moment an gut leiden zu können.

Auf dem Weg zurück zum Haus kämpfte Elisabeth mit sich selbst, ob sie den Baron auf Rozier ansprechen sollte, oder besser nicht. Schließlich entschloss sie sich, für George ein gutes Wort einzulegen. Sie fand, das war sie ihm schuldig. „Wisst Ihr, wer uns nach ‚Mon meilleur' gebracht hat, Sir Almond?"
Er schüttelte den Kopf. „Versprecht Ihr, nicht wütend zu werden, wenn ich es Euch sage?"
Er lachte kurz auf. „Wieso sollte ich Euch deshalb böse sein? Kann man Euch überhaupt wegen irgendetwas böse sein?"
Sie hörte wohl den kokettierenden Unterton in seiner Antwort, ignorierte ihn aber geflissentlich. „Auf unserer Reise von Calais hierher machten wir auch Station in Rinxent. Dort gibt es nur eine Pension …"
„Ihr seid mit Rozier hier?", unterbrach er sie ungläubig.
„Ja, er hat darauf bestanden uns zu begleiten, als er erfahren hat, dass wir nach Montreuil unterwegs sind. Er will mit Euch sprechen, Baron."
Almonds Miene verdüsterte sich zusehends: „Ich wüsste nicht, was wir beide zu besprechen hätten. Ich fürchte, diese Reise hätte er sich genauso gut sparen können."
Elisabeth hörte den Groll in seiner Stimme und wagte nicht weiter in den Baron einzudringen. Schweigend gingen sie das letzte Stück zum Haus zurück.

Cilia hatte sich inzwischen zurückgezogen, denn nur der kleine Hund saß schwanzwedelnd auf der Veranda und begrüßte sie freudig.

Almond bückte sich zu ihm hinab: „Ist ja gut Lou, meine Süße."
Er tätschelte ihren Hals. William reckte ebenfalls seine Ärmchen zu dem Hund hinab und Elisabeth beugte sich mit ihm hinunter, wo er sofort in das Fell des Tieres greifen wollte. „Vorsichtig, William, ganz sachte …"

Almond ergriff seine Hand und fuhr mit ihr über Lous Rücken. Lou schnupperte neugierig an William herum, so dass der Kleine vor Freude quietschte.

Elisabeth lachte und ihre Blicke kreuzten sich mit seinen: „Werdet Ihr mit ihm sprechen? Ich flehe Euch an, obwohl es mir in keiner Weise zusteht, Euch um irgendetwas zu bitten. Aber hört Euch an, was er zu sagen hat."

Almonds Augen hielten die ihren so lange fest, dass ihre Knie anfingen zu zittern. Sie musste sich am Boden abstützen, um nicht umzukippen. Die Sekunden verrannen, ohne dass einer den Blick senkte. Es war ein Kräftemessen ohne Berührung, und Elisabeth hatte nicht vor, zu unterliegen.

Doch es gelang ihr offensichtlich nicht, bis in Almonds tiefstes Inneres vorzudringen, denn irgendwann schüttelte er betrübt den Kopf: „Ich kann es nicht, Madame. Ich bin einfach noch nicht so weit. Es tut mir Leid."

Sie nickte. „Natürlich Baron. Ich werde Eure Entscheidung akzeptieren. Bitte, verzeiht meine Beharrlichkeit."

Beide erhoben sich. „Wir werden uns noch heute eine Pension in der Stadt suchen, und ich möchte mich schon jetzt für Eure Gastfreundschaft bedanken."

Almond sah sie erstaunt an: „Habe ich Euch doch verärgert, Mrs. Anne?"

Sie widersprach ihm energisch: „Nein, Sir Almond. Wie kommt Ihr denn auf einen solchen Gedanken?"

„Nun, ich wüsste nicht, warum Ihr Euch sonst schon so schnell wieder von ‚Mon meilleur' verabschieden wollt."

Er ergriff ihre Hand: „Ich bitte Euch, Großcousine, bleibt doch noch ein paar Tage als mein Gast. ‚Mon meilleur' steht Euch zur Verfügung so lange Ihr es wünscht."

Die darauf folgenden Tage vergingen wie im Fluge. Cilia und Elisabeth verbrachten die meiste Zeit im Park von ‚Mon meilleur' und genossen die Sonne oder flanierten die Straßen von Montreuil entlang.

In dem doch überschaubaren Städtchen hatte sich ihre Anwesenheit auf ‚Mon meilleur' wie ein Lauffeuer verbreitet, und nicht selten tuschelten die Damen hinter vorgehaltener Hand, nachdem sie ihnen begegnet waren.

Hin und wieder kam es auch vor, dass sie persönlich angesprochen wurden. So auch an diesem Tag. Sie schlenderten gemütlich durch die Geschäftsstraßen Montreuils, als eine ältere, vornehm gekleidete Dame auf sie zu kam und Elisabeth die Hand entgegen streckte: „Meine Damen ... Sie müssen die Schwestern Almond sein. Wie schön, Sie nun persönlich kennenzulernen."

Elisabeth sah in das gutmütige freundliche Gesicht der alten Dame und ergriff die angebotene Hand: „Vielen Dank für diese herzliche Begrüßung, Madame ...?"

„Oh", sie lachte, „wie dumm von mir! Ich bin Madame Eleonore Dupont, eine alte Freundin Claires."

Elisabeth erwiderte ihr warmherziges Lächeln: „Mein Name ist Anne Almond und das hier", sie deutete auf Cilia, „ist meine jüngere Schwester Isabelle."

Madame Dupont begrüßte auch sie, ihr Blick wanderte aber sofort wieder zu Elisabeth zurück und blieb auf ihrem Antlitz haften.

Sie nickte: „Ihr seht ihr sehr ähnlich, mein Kind."

Elisabeth schien verwirrt. „Wem, Madame Dupont? Wem sehe ich ähnlich."

„Ach ja, ich vergaß. Ihr habt die Gemahlin des Barons ja niemals persönlich kennen gelernt, wie ich hörte. Ihr habt eine gewisse Ähnlichkeit mit Claire. Sie hatte dasselbe dunkle, kräftige Haar und die gleichen geheimnisvollen dunklen Augen."

Dann wandte sie sich William zu: „Was für ein fröhliches, aufgewecktes Bürschchen."

„Das ist mein Sohn, William Almond."

Die alte Dame wuselte ihm durch das Haar und lächelte: „Was für ein hübscher Junge."

Dann wurde ihre Miene mit einem Schlag wieder ernst. „Sagt, Mrs. Anne, wie geht es Geoffrey? Ist es wirklich so schlecht um ihn bestellt wie man sagt?"

Elisabeth zuckte mit den Schultern: „Da ich ihn noch nicht persönlich kennengelernt habe, kann ich Euch diese Frage nicht beantworten. Doch ich fürchte, es geht ihm tatsächlich nicht besonders gut, denn Sir John Almond erlaubt uns keinen Besuch bei seinem Vater."

„Es betrübt mich, das zu hören."

Sie fasste Elisabeth am Arm: „Ihr dürft Euch nicht so einfach abwimmeln lassen, mein Kind. Besteht auf eine kurze Audienz bei dem alten Baron. Ich bin mir sicher, ein wenig Gesellschaft würde seiner Genesung förderlich sein."

„Ja, Madame. Ich werde mich bemühen."

„Das ist schön." Madame Dupont reichte ihr zum Abschied noch einmal die Hand. „Lebt wohl, meine Lieben. Und richtet Geoffrey meine besten Genesungswünsche aus. Sobald es ihm besser geht, werde ich selbst einmal bei ihm vorbeischauen."

Die Frauen gingen wieder ihres Weges.

Sie schwiegen lange, ehe Cilia das Wort ergriff: „Du siehst ihr also ähnlich, dieser Claire. Vielleicht hat John Almond uns deshalb die Geschichte abgekauft?"

„Wer weiß? Geschadet hat uns dieser Umstand sicher nicht. Doch mein schlechtes Gewissen wird von Tag zu Tag größer. Ich hasse es, ihn anzulügen."

Cilia betrachtete die ganze Situation auf ihre eigene, etwas unkonventionellere Art und Weise: „Warum, Liz? Wir schaden ihm doch nicht? Im Gegenteil. Er scheint sich aufrichtig über unsere Gesellschaft – und speziell über die deine – zu freuen."

Noch am selben Abend, nachdem sie alle gemeinsam das Nachtmahl eingenommen hatten und Cilia mit William nach oben gegangen war, um ihn zu Bett zu bringen, ergriff Elisabeth die Gelegenheit, um mit Almond über seinen Vater zu sprechen. Sie waren noch einmal auf die Veranda gegangen, um den grandiosen Sonnenuntergang betrachten zu können, und Elisabeth schien der Moment günstig: „Baron, ich habe eine große Bitte!"

Er lächelte sie aufmunternd an: „Nur zu, Mrs. Anne. Raus mit der Sprache, was kann ich für Euch tun?"

Sie zögerte den Bruchteil einer Sekunde, doch dann fasste sie sich ein Herz: „Ich wünsche mir wirklich sehnlichst, Euren Vater nun bald einmal kennezulernen. Auch wenn er mich nicht erkennen sollte, so würde ich doch zumindest ihn dann kennen und ich könnte ihm sagen, wie froh ich bin, hier in seinem Hause sein zu dürfen."

Almond schluckte. Er schien sich zu keiner Antwort durchringen zu können.

Elisabeth legte ihre Hand auf seinen Arm: „Sir Almond – John – ich verspreche Euch, sollte meine Anwesenheit Euren Vater beunruhigen oder nervös machen, werde ich umgehend den Raum wieder verlassen."

Er legte seine Hand auf die ihre und nickte. „Also schön – Anne – ich bringe Euch zu ihm."

Sie stiegen gemeinsam die Treppen empor und schritten durch den langen Gang bis zur hintersten Türe.

Almond klopfte und ein Dienstmädchen öffnete ihm. Er trat beiseite und ließ Elisabeth eintreten. Ihre Knie zitterten, als sie an das Bett des Barons trat. Die Luft im Raum war stickig und verbraucht, so dass sie ein Husten unterdrücken musste.

Ehrfurchtsvoll betrachtete sie das blasse, müde Gesicht mit den eingefallenen Wangen. Obwohl das Alter und die Krankheit ihn gezeichnet hatten, so konnte Elisabeth dennoch die einstige Stärke und Anziehungskraft des Barons spüren. Sie erkannte in seinen Gesichtszügen die seines Sohnes wieder. Sie setzte sich auf die Bettkante und ergriff die Hand des Barons.

Plötzlich öffnete der die Augen und starrte sie lange an.

Als Elisabeth sich vorstellen wollte, begann er zu sprechen. Zuerst so leise, dass sie sich vorbeugen musste, um ihn zu

verstehen, dann immer erregter: „Claire – geliebte Claire, da bist du ja endlich!"
Seine Stimme schien sich zu überschlagen. „Wo warst du nur so lange? Ich habe auf dich gewartet!"
Elisabeth wusste im ersten Moment nicht, wie sie reagieren sollte, doch dann rückte sie näher an den Baron heran und strich ihm zärtlich über die Wangen: „Nun bin ich ja hier. Alles wird gut, ich verspreche es."
Der alte Mann lächelte selig und hielt Elisabeths Hand fest umschlossen: „Geh nicht mehr weg, Claire! Versprich es mir!"
Sie nickte: „Keine Sorge, ich bleibe nun hier und wir werden uns jeden Tag sehen."
Die Augen des Barons schlossen sich wieder und sein Atem beruhigte sich mit der Zeit. Elisabeth sah aus den Augenwinkeln, wie John immer noch an der Türe lehnte und mit seinen Empfindungen kämpfte. Beide sprachen kein Wort. Elisabeth blieb bei dem Baron, bis er wieder eingeschlafen war.

Am nächsten Morgen beim Frühstück kam Almond noch einmal auf den gestrigen Abend zu sprechen. Seine Augen ruhten lange auf Elisabeth, als er sich bei ihr bedankte: „Es war sehr nett von Euch, meinem Vater seine Illusion zu lassen. Ich glaube, Ihr habt ihm eine große Freude bereitet."
Elisabeth, die darauf gewartet hatte, dass John die Begegnung mit seinem Vater erwähnen würde, hakte sofort ein: „Er ist ein faszinierender Mann – immer noch und ich freue mich von Herzen, etwas für ihn tun zu können. Und wenn er in mir seine geliebte Gemahlin sieht, dann soll es eben so sein. Wieso sollte ich ihm dieses Glücksgefühl nehmen?"

Almond nickte und Elisabeth fühlte sich dadurch mutig genug, mit einer weiteren Bitte an ihn heran zu treten: „Der Baron ist so schwächlich und blass. Ihm fehlt das Tageslicht und frische Luft. Ich denke, ein paar Stunden in der Nachmittagssonne würden ihm gut tun. Er könnte hier auf der Veranda sitzen und mit mir plaudern oder ein Nickerchen machen."
Almond schien zu überlegen. „Ich werde das mit dem Arzt besprechen", meinte er schließlich.
„Ja, das solltet Ihr tun." Elisabeth war zufrieden.

Der Arzt, der noch am selben Tag befragt wurde, hatte nichts gegen Elisabeths Vorschlag einzuwenden, vorausgesetzt, der Baron würde unter ständiger Aufsicht sein.
Unter Elisabeths Anleitung wurde der große Lehnstuhl vom Wohnraum auf die Veranda gebracht, Decken und Kissen wurden bereitgelegt und ein kleiner Schemel für die Beine des Barons organisiert.
Schließlich war es soweit: John und Rigot hatten den Baron vorsichtig die Stufen herunter getragen und nun saß er mit großen Augen in seinem Lehnstuhl und betrachtete die Gegend. Elisabeth hatte seine Beine auf den Schemel gelegt und ihn vorsorglich in eine Decke gehüllt. Ein dickes weiches Kissen stützte seinen Rücken und den Kopf. Als sie sich dann an seine Seite setzte und seine Hand hielt, schien der Baron sichtlich zufrieden.

Von nun an verbrachte Baron Almond jeden Nachmittag auf der Veranda in seinem Lehnstuhl und blühte dabei sichtlich auf. Sein Gesicht hatte wieder etwas Farbe bekommen und dank seines gesteigerten Appetits waren auch die Wangen etwas fester geworden.

Er liebte es, William bei seinen ersten Gehversuchen zuzusehen oder ihn beim Spiel mit Lou zu beobachten. In Elisabeth sah er nach wie vor seine geliebte Frau, und es machte ihr nichts aus, diese Rolle für ihn zu spielen. Oft sprang Lou zu ihm auf den Lehnstuhl und legte ihr Köpfchen auf seine Knie.

Von Tag zu Tag schien der Baron sich mehr zu erholen und John begann schon an ein Wunder zu glauben.

Doch wie es im Leben nun mal so ist – wenn man meint, alles würde endlich gut werden, und wenn nach langer Zeit ein Licht am Horizont zu sehen ist, schlägt das Schicksal um so härter zu. So war es auch in diesem Fall:

Eines Morgens, es war inzwischen schon Anfang September, kam das Dienstmädchen völlig aufgelöst die Treppen herunter gerannt und schrie nach Almond: „Sir John? Baron, wo seid Ihr?"

Die Türe zu seinem Geschäftszimmer öffnete sich und Almond streckte den Kopf heraus: „Was gibt es?"

Das Mädchen schluchzte: „Euer Vater, Baron … ich fürchte, es geht ihm nicht gut!"

John sprang die Stufen hoch, immer mehrere gleichzeitig nehmend und stürzte in das Zimmer seines Vaters.

Elisabeth und Cilia hatten ebenfalls die Schreie des Dienstmädchens vernommen und eilten ihm hinterher.

„Schnell, ruft den Arzt!"

Almond kniete am Bett des Vaters und hielt seine Hand. Das Gesicht des Barons zeigte eine ungesunde rote Färbung und sein Atem ging schnell und flach. Seine Lippen versuchten verzweifelt, Worte zu formen, und John musste sich ganz nahe zu ihm vorbeugen, um ihn zu verstehen: „Mein Sohn ..., geliebter John, ich bin so stolz auf dich ..."

Die Stimme des Barons brach und seine Lider flackerten, doch in den letzten Minuten seines Lebens schien sein Geist wieder klar zu sein.

Johns Augen füllten sich mit Tränen: „Vater, bleib bei mir ..."

Sein Flehen schien den Baron noch einmal zurück zu holen, denn er wandte den Kopf zu ihm hinüber: „Wo ist Claire?"

Seine Worte waren nur noch ein Hauch, doch Elisabeth hatte ihn verstanden. Sie sank neben John auf die Knie und bedeckte die Hand des Barons mit Küssen. „Ich bin hier, mein Lieber. Ich bin hier!"

Der Baron lächelte sie an, dann schwanden ihm die Sinne und sein Körper erbebte noch einmal heftig, ehe er still und bewegungslos in den Laken liegen blieb.

Elisabeths Tränen benetzten seine Hand und fielen auf das Betttuch: „Liebster Geoffrey ..., möge Eure Seele ihren Frieden finden!"

Elisabeth strich nervös über den schweren Brokat ihres schwarzen Kleides. Der glatte kühle Stoff fühlte sich gut an unter ihren Händen. Obwohl sie sich zuerst dagegen gesträubt hatte, wollte Almond es sich nicht nehmen lassen, sie und Cilia neu einzukleiden.

Anlass war die bevorstehende Beerdigung seines Vaters gewesen: „Ihr habt die letzten Tage seines Lebens mit Eurer Anwesenheit und Hingabe versüßt und es ist das Mindeste, was ich nun für Euch tun kann! Oder wollt Ihr ihm etwa die letzte Ehre verweigern?"

Nein, das hatte sie natürlich nicht gewollt, und nun stand sie in ihrem neuen schlichten aber dennoch eleganten Kleid gemeinsam mit Cilia inmitten dieser fremden Menschen.

Erst vor wenigen Minuten hatten sie Baron Almond in der Familiengruft zu Grabe getragen, und sie hatte gefühlt, wie eine Welle des Mitgefühls und der aufrichtigen Trauer von den Anwesenden ausgegangen war.

Sie kannte nur wenige der Trauergäste: Madame Dupont, die auch jetzt noch zugegen war, und Rozier, den sie etwas abseits der Trauergemeinde erspäht hatte. Doch jetzt schien er verschwunden. Sie konnte ihn zumindest nirgends mehr entdecken.

Dafür haftete ihr Blick auf der jungen Dame, die ihr vorher am Grab schon ins Auge gefallen war. Ihre blonden Locken, die ihr weit über die Schultern fielen, bildeten einen starken Kontrast zu dem schwarzen Kleid, das von gutem Geschmack und Stil zeugte.

Das Gesicht der Unbekannten, ebenmäßig und sanft, spiegelte ihre große Trauer wider, und die schönen blauen Augen ruhten schon seit längerem auf dem Glas, das sie in der Hand hielt.

Cilia hatte die schöne Unbekannte ebenfalls bemerkt und raunte zu Elisabeth hinüber: „Weißt du, wer sie ist?"

Elisabeth schüttelte den Kopf. „Woher sollte ich?"

Sie kamen nicht dazu, weiter über die fremde Frau zu rätseln, da Madame Dupont sie entdeckt hatte und auf sie zugeeilt kam. Sie fasste beide gleichzeitig bei den Händen: „Meine lieben Damen! Lasst mich Euch sagen, wie tief betrübt ich über das Ableben unseres lieben Freundes bin."

Sie drückte ein Taschentuch an ihre Lippen, um das Schluchzen zu unterdrücken, welches sie übermannen wollte.

Cilia hakte sich mit einem viel sagenden Blick zu Elisabeth bei ihr unter und führte sie auf die Veranda hinaus: „Vielen Dank, Madame. Wir wissen Eure Anteilnahme sehr zu schätzen."
„Wie ich hörte, habt Ihr und wohl vor allem Eure Schwester den Baron in seinen letzten Tagen sehr unterstützt. Ja, ich möchte sogar sagen, Ihr habt sie ihm so angenehm wie möglich gestaltet!"
„Ja, Madame. Vor allem Anne hat sich seiner sehr angenommen, und er hat sie, so möchte ICH sagen, recht bald in sein Herz geschlossen."
Madame Dupont nickte: „Der gute und allmächtige Vater im Himmel wird es Euch danken."
„Madame, könnt Ihr mir einen Gefallen tun?"
Die alte Dame sah Cilia erstaunt an: „Gewiss, mein Kind, sofern es in meiner Macht steht. So sprecht nur gerade heraus."
„Da wir noch nicht lange hier auf ‚Mon meilleur' sind, kenne ich leider kaum jemanden der anwesenden Personen. Vielleicht habt Ihr die Güte, mich aufzuklären?"
„Natürlich." Madame Dupont lächelte. „Wenn es weiter nichts ist, das will ich gerne tun." Sie schlenderten gemeinsam durch den Park und Madame Dupont erklärte Cilia die einzelnen Personen, ihre Namen und Titel, und schmückte ihren Bericht sogar mit der ein oder anderen Anekdote. Aufgrund ihres Alters kannte sie davon genügend. Schließlich kamen sie auch zu der jungen Unbekannten, die Cilias Interesse geweckt hatte.
„Das ist die Tochter des Marquis Montbazon."

Cilia hielt die Luft an, während die alte Dame weiter plauderte.
Alissia, das ist sie also!

Sie konnte den Kampf der beiden Männer um diese Frau plötzlich gut nachvollziehen.

„Sie war einst mit Eurem Großcousin liiert, müsst Ihr wissen."
Madame Duponts Stimme senkte sich zu einem Flüstern herab.
„Es ist eine tragische Geschichte."

„Was ist geschehen?"

„Nun, Ihr müsst wissen, da John ein Einzelkind war, hatte Geoffrey damals George zu sich auf ‚Mon meilleur' geholt. Die beiden Jungen waren in etwa gleich alt und verstanden sich sofort prächtig. Sie wuchsen gemeinsam auf – fast wie Brüder, wenn man so will.

Doch eines Tages wollte es das Schicksal, dass sie sich in dieselbe Frau verliebten: Alissia Montbazon.

John hatte ihr Herz zuerst erobert, und da es seine gesellschaftliche Stellung erlaubte, wollte er tatsächlich bei ihrem Vater um sie anhalten.

Doch George funkte ihm dazwischen. Er begann eine leidenschaftliche Affäre mit Alissia und sie brannte schließlich eines Tages mit ihm durch."

„Wie tragisch!"

„Ja, das ist es wahrhaftig. Vor allem in Anbetracht der Tatsache, dass diese Liebe nicht hielt, was sie versprach. Schon wenige Monate später kehrte die junge Dame reumütig in das Haus ihres Vaters zurück."

„Hat Almond ihr denn nie verziehen?"

Madame Dupont schüttelte traurig den Kopf. „Bis heute hat er wohl keinem der beiden vergeben können. Obwohl sich die Comtesse Montbazon sehr um eine Versöhnung mit ihm bemühte."

Cilia nickte, während sie weiter durch den Park spazierten. Aus Madame Duponts Mund bekam diese Geschichte völlig neue Dimensionen.

Am Abend dieses ereignisreichen Tages, als Elisabeth und Cilia sich bereits in ihre Gemächer zurückgezogen hatten, berichtete Cilia von ihrer Unterhaltung mit Madame Dupont. Elisabeth, die an dem kleinen Tischchen saß und gerade dabei war, ihr glänzendes Haar mit sanften Bürstenstrichen zu verwöhnen, hielt in der Bewegung inne, als Cilia auf George zu sprechen kam: „Du meinst, sie kennen sich schon länger?"

„Wenn wir Madame Duponts Worten Glauben schenken können, war George weitaus mehr als nur ein gewöhnlicher Angestellter."

Cilia trat zu Elisabeth hin und nahm ihr die Bürste aus der Hand. Sie griff nach einer Haarsträhne und ließ sie sachte darüber gleiten: „Sie müssen sich einst sehr nahe gestanden haben, John und George."

„Ja, das erklärt auch, warum John so verbittert und verletzt ist. Er muss Georges Liebe als Verrat an ihrer Freundschaft empfunden haben. Ich wünschte, ich könnte etwas für ihn tun!"

Cilia schob Elisabeths Haar beiseite und hauchte einen Kuss in ihren entblößten Nacken: „Ich wüsste, was du für mich tun könntest …"

Elisabeth lachte auf, griff nach ihrem Kopf und zog ihn zu sich herunter. Sie presste einen innigen Kuss auf Cilias Mund. Die öffnete bereitwillig ihre Lippen und hieß Elisabeths Zunge mit der ihren willkommen.

Elisabeth stöhnte auf. Immer wieder überraschte es sie erneut, wie rasch Cilia es schaffte, das Feuer der Leidenschaft in ihr zu entfachen. Sie löste die Bänder von Cilias Nachtkleid und streifte es ihr über die Schultern. Lautlos fiel es zu Boden und Cilia stand in all ihrer Schönheit vor ihr.

Als sie ihre Hand nach Cilias Brüsten ausstrecken wollte, brabbelte William in seinem Bettchen. Elisabeth warf einen Blick hinein und wandte sich dann mit einem Lächeln wieder Cilia zu: „Falscher Alarm. Er schläft …"

Sie fasste Cilia an den Hüften und zog sie zu sich auf den Schoß. Dann barg sie den Kopf zwischen ihren Brüsten und sog deren süßen Duft ein.

Cilia fuhr ihr durch das volle Haar. „Meine kleine Countess, ich liebe dich so sehr, weißt du das?"

Elisabeth sah zu ihr hoch und nickte: „Ja, das weiß ich. Nur deshalb bin ich hier."

Die nächsten Wochen auf ‚Mon meilleur' waren trotz der Trauer um den Baron harmonisch und geruhsam. Sie genossen das Leben abseits von Prunk und Glanz, und ganz besonders die Freiheit, sich nun auch körperlich nahe sein zu können, wann immer ihnen danach war.

Es war ein goldener Herbst, und während Elisabeth und Cilia im Luxus des süßen Nichtstuns schwelgten, erfreute sich John Almond täglich an ihrer Gesellschaft. Doch je länger die beiden Damen in seinem Hause zu Gast waren, desto mehr häuften sich die Gerüchte und Spekulationen um die ungewöhnliche Wohngemeinschaft.

Einmal hieß es, der Baron sei Cilia bzw. Isabelle mit Haut und Haar verfallen, ein anderes Mal erzählte man sich, Elisabeth hätte ihn mit ihrem Charme verzaubert.

Dies waren nur die harmloseren der Gerüchte, die umgingen.

Die Krönung war jedoch, als ihnen Madame Dupont hinter vorgehaltener Hand erzählte, dass ihr zu Ohren gekommen sei, es hieße, sie wären auf ‚Mon meilleur' eine lustiges Dreiergespann, das nicht nur den Tisch miteinander teilen würde.

John reagierte auf solche Anspielungen nur mit einem müden Lächeln. „Die Leute haben sich über mich schon so oft das Maul zerrissen – da kommt es darauf nun auch nicht mehr an." Elisabeth machte sich indessen mehr Gedanken über den Klatsch, der verbreitet wurde, und sie spürte, dass es bald an der Zeit war, ‚Mon meilleur' wieder zu verlassen.

Doch gerade als sie begann, ernsthaft darüber nachzudenken, trat Alissia in ihr Leben und veränderte damit alles.

Sie liefen sich in der Innenstadt von Montreuil auf der Marktstraße über den Weg, als Comtesse Montbazon gerade hier war, um Bekannte zu besuchen.

Cilia erkannte sie sofort, obwohl sie ihnen den Rücken zugekehrt hatte und interessiert die Auslagen eines Marktstandes betrachtete.

Elisabeth wollte sie zurückhalten, doch Cilia lief schnurstracks auf die Comtesse zu und tippte ihr auf die Schulter.

Die wandte sich um und starrte Cilia einen Moment lang verwirrt an, doch dann schien sie sich zu erinnern: „Oh, Miss Isabelle, nicht wahr?"

Cilia nickte glücklich: „Jawohl, Comtesse. Wir hatten das

Vergnügen, uns auf ‚Mon meilleur' zu begegnen."

„Ja richtig, Es war auf Baron Almonds Beerdigung, nicht wahr?"
Elisabeth war zögernd zu den beiden herangetreten und begrüßte nun ebenfalls die Comtesse: „Guten Tag, Comtesse Montbazon, wie schön, Euch hier zu treffen. Welcher Umstand führt Euch denn hierher in dieses kleine verschlafene Städtchen? Ist es in Arras nicht mehr aufregend genug?"

Alissia ließ ihr zartes, glockenhelles Lachen erklingen: „Nein, meine Liebe. Arras ist mit Montreuil verglichen wie ein ganzer Taubenschlag gegenüber einem winzigen Vogelhäuschen. Die Lustbarkeiten und Annehmlichkeiten der Stadt sind ungleich vielfältiger und aufregender. Ihr solltet mich bald schon mal dort besuchen kommen. Es wäre mir ein Vergnügen, Euch die Stadt zu zeigen. Nach Montreuil führt mich einzig und allein die Tatsache, dass hier liebe Bekannte leben, die ich gerade besuche."

Elisabeth knickste leicht: „Ihr seid zu gütig, Comtesse Montbazon."

Der kühle Unterton in ihrer Stimme ließ Cilia aufhorchen. „Es wäre wirklich schön, Euch einmal etwas näher kennenzulernen, liebe Comtesse. Der Umstand unserer letzten Begegnung war wohl nicht gerade der beste."

„Ja, da habt Ihr Recht, Miss Isabelle. Wir sollten die letzten warmen Herbsttage für Euren Besuch ausnutzen und nicht zu viel Zeit verstreichen lassen."

Sie überlegte einen Moment: „Ich werde in drei Tagen wieder abreisen. Wie wäre es, wenn mich die Damen nach Arras begleiten würden?"

Cilias Augen strahlten: „Das wäre ganz wundervoll!"

„Gut!" Die Comtesse reichte ihr die Hand: „Ich nehme Euch beim Wort, Miss Isabelle."

Ohne lange darüber nachzudenken, schlug Cilia ein.

Sie hatten eine wunderschöne Zeit in Arras.

John war zwar nicht begeistert von ihrem Besuch bei seiner ehemaligen Geliebten, doch er fügte sich, als Elisabeth sich einverstanden erklärte, William in seiner Obhut zu lassen.

Die drei Damen verstanden sich so prächtig, dass sie beschlossen, ihre neu geknüpfte Freundschaft regelmäßig zu pflegen.

Cilia war während der Zeit ihres Aufenthaltes auf dem Besitz der Familie Montbazon, einem gepflegten Herrenhaus direkt an der Grande Place, so gesprächig wie schon lange nicht mehr. Sie schien in der Gesellschaft Alissias und durch die vielen Vergnügungen der Stadt regelrecht aufzublühen.

Am Vorabend ihrer Heimreise nach Montreuil hatte Alissia zu einem kleinen Empfang geladen und die vornehme Gesellschaft der Stadt war zugegen.

Elisabeth war dabei etwas unbehaglich zumute, denn sie wollte auf keinen Fall riskieren, von einem der edlen Gäste erkannt zu werden, doch Cilia in ihrer unbekümmerten Art machte sich darüber keine Gedanken. Leichtfüßig schwebte sie mit dem Marquis Montbazon über das Parkett und drehte sich elegant zu dem Reigen, der gespielt wurde.

Bewundernd sah Elisabeth ihr hinterher, als sie an ihr vorbei tanzte.

Meine Frau, schoss es ihr durch den Kopf, was bin ich nur für ein Glückspilz!

Nachdem die Musik verklungen war und Cilia sich mit einem

graziösen Knicks beim Marquis für den Tanz bedankt hatte, wollte sie wieder zu ihr zurückkommen, doch die Comtesse winkte sie zu sich herüber.

Als Cilia neben Alissia stand, klatschte diese in die Hände: „Bravo, Isabelle, Ihr tanzt so anmutig und leicht wie eine Feder." Cilia deutete einen Knicks an und lächelte: „Vielen Dank für das Kompliment, meine liebe Comtesse."

„Ach", seufzte Alissia gespielt auf, „Was würde ich in diesem Moment darum geben, als Mann geboren zu sein? Dann könnte ich Euch ganz ungeniert um den nächsten Tanz bitten." Cilias Augen blitzten: „Aber Comtesse Montbazon, Ihr werdet Euch doch von so einer Lappalie wie der des falschen Geschlechts nicht abschrecken lassen?"

Alissia stutzte einen Moment, dann lächelte sie und verbeugte sich vor Cilia, während sich ihre Wangen mit einem zarten Rosé-Ton überzogen: „Miss Isabelle, darf ich Euch um diesen Tanz bitten?"

Cilia knickste formvollendet und ergriff Alissias ausgestreckte Hand: „Ihr dürft, Comtesse!" Kichernd schritten die beiden zur Tanzfläche. Die Comtesse wandte sich an den Kapellmeister. „Spielt eine Volta!"

Er nickte und die Musiker setzten ihre Instrumente an. Als die ersten Töne erklangen, fasste Alissia Cilia um die Taille und zog sie nahe an sich heran.

Cilias Augen funkelten herausfordernd. Sie genoss den Spaß und spürte dennoch das Knistern zwischen sich und Alissia. Lachend warf die Comtesse ihre blonden Locken zurück, als sie sich zur Musik drehten.

Mit Wehmut beobachtete Elisabeth die beiden aus der Ferne,

und der Anblick der lachenden Mädchen versetzte ihr einen Stich ins Herz. Er erinnerte sie unwillkürlich an jenes Fest auf Burg Dover Castle, bei dem sie selbst damals so unbekümmert mit Cilia gelacht und getanzt hatte. Wie viel war seit jenem Tag geschehen. Sie fühlte sich plötzlich uralt …

Sie war erleichtert, dass ihr Besuch in Arras sich nun dem Ende zuneigte, und sie freute sich auf ‚Mon meilleur', auf ihren Sohn und auf den Baron.

Zurück in Montreuil verlief ihr Leben wieder ruhig und beschaulich.

Elisabeth liebte es, während der nebligen kalten Novemberabende mit dem Baron über eine Partie Schach gebeugt vor dem Kamin zu sitzen, obwohl es sich für eine Dame eigentlich nicht geziemte. Inzwischen war sie so gut, dass es ihr mitunter gelang, den Baron in Bedrängnis zu bringen.

Auch an jenem Abend lächelte er bewundernd, als sie ihn eben um eine Figur erleichtert hatte: „Kaum zu glauben, Anne, wie gut Ihr seid."

Sie lächelte zurück: „Nun, mein lieber Baron, das liegt sicherlich daran, dass ich einen ausgezeichneten Lehrer hatte."

Cilia, die etwas abseits an einem kleinen Tischchen saß und offensichtlich einen Brief schrieb, konnte sich einen spöttischen Kommentar nicht verkneifen: „Ihr beiden seid schon ein ganz großartiges Gespann. Es ist wirklich ergreifend, zu erleben, wie ihr euch ständig gegenseitig Honig ums Maul schmieren müsst!"

Der Baron lachte: „Nun ja, wenn es sonst keiner tut. Was treibt Ihr da überhaupt, Miss Isabelle?"

Sie senkte etwas verlegen den Blick und antwortete nur zögernd:

„Ich schreibe an die Comtesse Montbazon, wenn Ihr erlaubt, Sir John. Sie feiert in ein paar Tagen ihren 23. Geburtstag."

„Ach ja, genau." Der Blick des Barons wurde starr und schien durch Cilia hindurch zu gehen: „Sie wird schon 23 Jahre …" Dann, als wolle er die Erinnerungen von sich abschütteln, richtete er sich in seinem Sessel auf und nickte zu Cilia hinüber: „Warum sollte ich etwas dagegen haben? Bitte übermittelt der Comtesse auch meine besten Glückwünsche."

„Ja, das werde ich gerne tun, Baron."

Nachdem Cilia ihren Brief beendet hatte, erhob sie sich: „Ich gehe zu Bett. Gute Nacht." Elisabeth hob ihren Blick kaum vom Schachbrett auf, als sie ihren Gruß murmelnd erwiderte.

In ihrem Zimmer angekommen, ging Cilia geradewegs zum Schrank und kramte ihre Schmuckschatulle daraus hervor.

Behutsam öffnete sie den Deckel und betrachtete die Schmuckstücke, die darin lagen.

Es waren nur ein paar wenige Teile, doch ein jedes hatte seine Geschichte.

Sie griff nach dem Ring, den ihr damals Anthony zur Verlobung geschenkt hatte. Die roten Rubine, die im Kreis um den Diamanten angeordnet waren, funkelten ihr entgegen. Es war ein wirklich auffälliges und auch wertvolles Stück, doch für Cilia hatte es keinerlei Bedeutung. An Alissias zarter Hand würde der Ring jedoch wundervoll aussehen.

Cilia nahm den Ring, legte ihn auf das kleine Tischchen und betrachtete seine Edelstein-Blüte.

Nach einer ganzen Weile steckte sie ihn seufzend in eine mit Samt überzogene Stoffhülle und legte diese wiederum mit dem Schreiben zusammen in eine kleine Holzschachtel. Die Schachtel umwickelte sie sorgfältig mit einem breiten Band und klingelte, nachdem sie ihr Werk vollendet hatte, nach dem Zimmermädchen.

Als dieses erschien, überreichte sie ihr die Schachtel: „Dies ist für die Comtesse Montbazon. Bitte, sorge dafür, dass sie es so rasch wie möglich erhält."

Das Mädchen nickte und schloss die Türe hinter sich.

Kapitel VII

Hampton Court Palace im Winter 1541

Admiral Chabot stand vor des Königs Schreibtisch und hatte die Arme darauf gestützt.
„Ihr müsst mir glauben, Majestät, Sirs. Ich täusche mich nicht."
Seine Stimme klang fest und sehr überzeugend.
Thomas stand hinter dem König. Seine Wangen waren eingefallen und sein Blick trüb.
Der Verlust von Frau und Kind hatte ihn um Jahre altern lassen: „Seid Ihr Euch wirklich sicher?"
„Natürlich, Earl of Waterford. Ich habe den Ring bei Baroness Kingston bewundert, als wir uns damals auf Westhorpe Hall begegnet sind. Ein auffallend schönes Stück."
Anthony schüttelte fassungslos den Kopf: „Ich kann nicht fassen, dass wir nach so langer Zeit doch noch eine Spur gefunden haben. Wie hieß die Dame noch einmal, die Cilias Ring trug?"
Admiral Chabot erhob sich zu seiner vollen Größe. „Es handelt sich bei der Dame um Comtesse Montbazon, die Tochter des Marquis Montbazon, der in Arras residiert. Ich traf sie kurz nach meiner Rückkehr ans französische Königshaus bei einem festlichen Anlass." Thomas runzelte nachdenklich die Stirn.
„Montbazon – der Name sagt mir leider gar nichts."
„Nun", der Admiral räusperte sich, „ich erlaubte mir, die Comtesse auf das schöne Stück anzusprechen, und sie erzählte mir bereitwillig, der Ring sei ein Geschenk der Schwestern Almond gewesen."
Anthony zuckte mit den Schultern. „Ich fürchte, auch der

Name Almond ist uns kein Begriff. Was konntet Ihr über diese Schwestern herausfinden?"

„Bis jetzt leider nicht viel, Baron. Ich weiß nur, dass sie in Montreuil auf dem Familiensitz der Almonds leben."

Der König erhob sich und schaltete sich zum ersten Mal in das Gespräch ein. „Wir danken Euch, Admiral Chabot, für die Informationen. Ich werde umgehend Abgesandte nach Montreuil aussenden, die sich um diese Angelegenheit kümmern werden."

Der Admiral verbeugte sich und verließ den Raum.

Anthony begleitete ihn, während Thomas sich an den König wandte: „Bitte, Majestät, erlaubt mir, mich persönlich mit dieser Sache zu befassen. Es ist mir zu wichtig."

Der König erhob sich: „Das geht leider nicht, Thomas. Ihr wisst selbst, dass Ihr hier nicht abkömmlich seid. In Irland erhebt sich das Volk gegen mich und der Pöbel plant einen neuen Aufstand. Diese Angelegenheit ist für ganz England wichtig, nicht nur für eine einzelne Person."

„Aber Majestät, Heinrich – ich bitte Euch als Freund! Bedenkt, dass es hier um meine geliebte Gemahlin und meinen einzigen Sohn geht. Versetzt Euch nur für einen Moment in meine Lage!"

Des Königs Augen zuckten nervös und er schien seine Entscheidung tatsächlich noch einmal zu überdenken, doch dann schüttelte er entschlossen den Kopf und fasste Waterford an der Schulter. „Tut mir wirklich Leid, Thomas, aber es geht nicht. Als König muss ich stets die Interessen Englands im Auge haben und sie nötigenfalls auch über persönliche Belange stellen. Und dasselbe Pflichtbewusstsein erwarte ich von den Mitgliedern meines Kronrates."

Thomas stand mit gesenktem Haupt und hängenden Schultern vor ihm, so dass den König nun doch eine Woge des Mitgefühls überkam: „Na gut, Thomas. Anthony kann gehen! Aber Ihr bleibt."

Thomas verbeugte sich: „Ich danke Euch ‚Majestät, für Eure Großzügigkeit und Euer Verständnis."

Am Abend saßen Thomas und Anthony noch einmal mit Chabot zusammen, um weitere Details zu erfahren. Schon morgen würde Anthony den Admiral nach Frankreich zurück begleiten, um vor Ort weitere Nachforschungen anzustellen.

Nachdem der Admiral mehrere Monate bei Charles verbracht hatte, war ihm erst vor kurzem vom französischen König eine Amnestie erteilt worden und er hatte sich wieder auf den Weg in die Heimat gemacht.

Dass er nun, bereits wenige Wochen später, erneut nach England zurückkehrte, um Thomas von seiner Entdeckung zu berichten, rechnete der Earl ihm hoch an.

Er hielt seinen Becher hoch und prostete Chabot zu: „Auf Euch, Admiral! Und die guten Nachrichten, die Ihr mitgebracht habt."

Chabot und Anthony stießen mit ihm an, dass die Becher klirrten, und Chabot nickte ihm zu: „Ich wünsche mir nichts mehr, als dass die Hoffnung, die ich damit in Euch zum Leben erweckt habe, zurecht besteht und Ihr Eure Gemahlinnen bald wieder in die Arme schließen könnt, meine Herren!"

Sie tranken einen tiefen Schluck, ehe sie die Becher wieder abstellten.

„Bitte, Admiral, da Ihr von den Damen selbst nicht viel zu berichten wisst, wärt Ihr so gut, mir von Montreuil und von der Familie Almond zu berichten? Ich will alles wissen, was mit dieser Familie zu tun hat. Wie leben sie dort?"

Chabot dachte einen Moment nach, ehe er antwortete. „Nun, soviel ich weiß, sind die Almonds bereits vor mehreren Generationen von England nach Frankreich übergesiedelt. Dort haben sie sich im Laufe der Jahre in der Gesellschaft immer weiter nach oben gearbeitet, und König Ludwig XII. hat der Familie sogar einen Adelstitel verliehen. Soviel ich weiß, ist Sir Almond ein Baron."

„Und wie leben diese Almonds? Sind sie sehr vermögend?"

„In Montreuil besitzen sie ein großes Anwesen und soweit mir bekannt ist, befindet sich ein Weingut in Familienbesitz, welches am Ufer der Canche liegt. Montreuil selbst ist ein sehr beschauliches kleines Städtchen und der Adel ist dort nur dünn gesät. Die Almonds sind offensichtlich gerne unter sich und nehmen am öffentlichen Leben kaum oder nur sehr wenig teil."

Thomas saß nachdenklich in seinem Lehnsessel und ließ die Finger über dem Rand seines Bechers kreisen: „Wie diese Familie in den Besitz des Ringes kommt, ist mir nach wie vor ein Rätsel."

Er seufzte: „Und wie steht es um diese andere Familie, die Montbazons?"

„Im Gegensatz zu den Almonds sind die Montbazons am Königshofe wohl bekannt. Der Marquis genießt seine gesellschaftliche Stellung und sein Ansehen beim König. Er besitzt ein feudales Herrenhaus in Arras, direkt neben dem neu errichteten Rathaus. Seine Tochter Alissia, die Dame, die den Ring trug, ist weit über die Grenzen der Stadt hinaus für ihre Schönheit bekannt. Ich konnte mich mit eigenen Augen von der

Richtigkeit dieser Gerüchte überzeugen."

Anthony starrte finster in sein Glas. „Ich muss die Comtesse unbedingt persönlich sprechen. Ich muss diesen Ring sehen!"

Kapitel VIII

𝔐ontreuil, ‚Mon meilleur', vier Tage später

𝔉assungslos starrte Cilia auf das Schreiben, welches ihr ein Eilbote eben übergeben hatte. Die Buchstaben verschwammen vor ihren Augen:
Oh, mein Gott! Herr im Himmel, behüte uns, was habe ich nur getan …
Sie stürmte zur Türe, riss sie auf und rief so laut, dass es selbst unten durch die Eingangshalle hallte: „El … Anne! Anne, wo bist du?"
Elisabeths Kopf erschien in der Küchentür: „Was gibt es Isabelle? Warum schreist du so?" Cilia schluckte die Frage, was Elisabeth in der Küche zu tun hatte, hinunter. „Bitte, komm schnell! Wir haben ein Problem …", fügte sie etwas leiser hinzu.
Elisabeth kam die Treppen hoch und trat in den roten Salon, wo Cilia unruhig hin und her lief. „Setz dich und hör zu."
Wortlos nahm Elisabeth in einem der zierlichen rot bespannten Sessel Platz und beobachtete mit immer größer werdendem Erstaunen, wie die völlig aufgelöste Cilia das Schreiben auseinander faltete und mit stockender Stimme zu lesen begann:

Liebste Isabelle,
soeben hatte ich im Hause meines Vaters einen Herrn zu Gast, der sich mir als Baron Kingston vorstellte. Er bat mich, ihm den Ring zu zeigen, den Ihr die Güte hattet, mir zu meinem Geburtstag zu überlassen.
Dieser Herr besah sich den Ring genauestens und stellte mir

eigentümliche Fragen dazu. Unter anderem wollte er wissen, wie er in meinen Besitz gelangt sei. Da mich mein Gefühl warnte, zu viel preiszugeben, versuchte ich allzu detaillierte Antworten zu vermeiden, sondern flüchtete mich nur in vage Andeutungen.
Allerdings kam ich nicht umhin, Euren Namen zu nennen. Eher wollte der Herr seinen Besuch nicht beenden. Da ich nicht weiß, was ich von der Sache zu halten habe, ist es mir ein dringendes Bedürfnis, Euch über diesen Besucher und sein aufdringliches Gebaren zu informieren.
Ich hoffe, Ihr werdet durch diesen Vorfall keine Unannehmlichkeiten erleiden und verbleibe bis zu unserem nächsten Wiedersehen als Eure treue und aufrechte Freundin

Alissia Montbazon

Cilia ließ das Papier sinken und blickte schuldbewusst zu Elisabeth hinüber.
Die war in dem Sessel zusammengesunken und rang sichtlich nach Fassung. „Um Gottes willen, Cilia! Was hast du nur getan?"
Cilia ließ den Kopf hängen und kämpfte gegen die aufsteigenden Tränen an. Sie wollte den Kloß in ihrem Hals wegschlucken, doch ihre Stimme zitterte dennoch, als sie versuchte, sich zu rechtfertigen: „Es tut mir so Leid, Liz. Ich habe einfach nicht nachgedacht. Ich wollte Alissia doch nur eine Freude machen. Sie war immer so großzügig zu uns."
Elisabeth erhob sich, packte sie an den Schultern und schüttelte sie wild. „Und da schenkst du ihr deinen Verlobungsring? Ist denn kein Funken Verstand in dir?"

Cilia schluchzte.

Elisabeth ließ von ihr ab und versuchte ihre Gedanken zu ordnen, um zu überlegen, was nun zu tun war.

Lange starrte sie aus dem Fenster auf den zugeschneiten Park, als fände sie dort draußen die Lösung für ihre Probleme. Dann wandte sie sich plötzlich um und seufzte: „Ich werde mit John sprechen. Es gibt keine andere Möglichkeit."

Cilia sah hoch zu ihr. Trotz des Tränenschleiers, der ihren Blick umflorte, konnte sie Elisabeths entschlossenen Gesichtsausdruck erkennen. „Du willst es ihm sagen?"

„Ich fürchte, wir haben keine andere Wahl. Ich vertraue John. Er wird uns helfen, schon um Williams willen. Er liebt den Jungen."

„Wann?"

„Ich gehe jetzt gleich. Wir haben keine Zeit zu verlieren. Antony wird schon bald hier sein."

Als sie bereits in der Türe stand, wandte sie sich noch einmal um. Ihr Blick war kummervoll und ihre Stimme vibrierte: „Sprich ganz ehrlich, Cilia, was empfindest du für die Comtesse?"

Cilia zuckte unwillkürlich zusammen. Mit dieser direkten Frage hatte sie nicht gerechnet: „Ich … nun ja, ich muss zugeben, dass ich sie gut leiden kann und auch …, dass …"

Sie kam ins Stocken und zuckte hilflos mit den Schultern.

„Du kannst sie gut leiden?"

„Ja, ich bin ihr ehrlich zugetan, aber sonst ist da nichts."

Cilia konnte Elisabeths prüfendem Blick nicht standhalten und schlug die Augen nieder. „Außerdem weißt du sehr wohl, dass Alissias Neigungen eindeutig hin zu den Männern gehen. Du hast also rein gar nichts zu befürchten."

Elisabeth stand immer noch im Türrahmen und rang sichtlich nach Fassung. „Und das sagst du mir einfach so? Ich war lange Zeit auch der Meinung, Männer könnten mir körperliche Erfüllung schenken, bis du kamst und mich eines Besseren belehrtest. Was nun, wenn Alissia ebenso etwas für dich empfindet?"

Die letzte Frage kam nur noch als Hauch aus Elisabeths Mund. Reglos stand sie einige Sekunden da und wartete auf eine Antwort. Als ihr jedoch klar wurde, dass sie keine bekommen würde, drehte sie sich um und die Türe fiel mit einem lauten Knall ins Schloss.

Elisabeth stand am Fenster und sprach mit leiser Stimme. Die Erinnerung an jene unbeschwerten Tage auf Burg Dover Castle trieben ihr die Tränen in die Augen. Was hätte sie alles dafür gegeben, um das Rad der Zeit noch einmal zurückdrehen zu können. Um noch ein einziges Mal mit Cilia zusammen auf den Kreidefelsen zu stehen und aufs Meer zu blicken. Sie mit jeder Faser ihres Herzens zu spüren, in der Gewissheit, dass sie ganz die Ihre war …

Sie begann ihren Bericht dort, wo Cilia angefangen hatte, ihr Leben zu bestimmen.

Sie erzählte von der ersten körperlichen Berührung Cilias, von ihrer Flucht vor diesen neuen Gefühlen in die überstürzte Heirat mit Thomas und von ihrem Leben am englischen Königshof.

Sie berichtete jedes Detail über Williams Geburt. Schilderte so gut sie konnte ihre Ängste und die Ohnmacht, die sie damals empfunden hatte. Und auch die unglaubliche Erleichterung, als Cilia aufgetaucht war. Sie versuchte, John deutlich zu machen, dass Cilia ihre große Liebe war – die Liebe ihres Lebens.

Sie versuchte ebenso, ihre körperlichen Empfindungen in Worte zu kleiden, die sie durchlebte, wenn sie und Cilia sich körperlich nahe waren. Sie ließ nichts aus, bis hin zu jener Nacht, als sie sich entschlossen hatte, mit ihr in ein neues Leben zu fliehen.

Als sie mit ihren Ausführungen zu Ende war, wandte sie sich um und sah zu Almond hinüber. Heimlich versuchte sie, sich die Tränen aus den Augen zu wischen, was ihr nicht gelang. Seine Miene verriet nichts über seinen Gemütszustand. Er saß einfach nur still da und betrachtete sie.

Schließlich hielt sie sein Schweigen nicht länger aus. „Bitte, John, so sagt doch etwas. Ich verstehe es, wenn Ihr enttäuscht, verletzt und verbittert seid, und es tut mir unendlich Leid, Euch so hintergangen zu haben. Bitte glaubt mir, bei allem was ich tat, wollte ich niemals einem anderen Menschen Leid zufügen!"

Er erhob sich und trat zu ihr hin. Mit feucht schimmernden Augen blickte sie zu ihm hoch und stellte mit Verwunderung fest, dass er lächelte. „Anne – Elisabeth, glaubt Ihr wirklich, ich dachte bis heute, dass Ihr meine Großcousine seid?"

Er lachte und nahm ihre Hand: „Mein Großvater war ein Einzelkind, daran gibt es keinen Zweifel. Es ist also völlig ausgeschlossen, dass von dieser Seite der Familie weitere Almonds existieren."

Elisabeths Augen wurden groß: „Ihr wusstet es? Ihr wusstet es die ganze Zeit und habt nichts gesagt?"

Zärtlich tupfte er die Tränen von ihren Wangen: „Mein Dasein war zu jenem Zeitpunkt, als Ihr und William in mein Leben tratet, grau und leer. Erst als ich Euch traf, wurde mir bewusst,

wie einsam ich bis dato gewesen bin. Wieso sollte ich Euch also wieder wegschicken?
Mir gefiel dieses kleine Spiel und ich wollte es eine Weile mitspielen. Doch dann habt Ihr das Herz meines Vaters berührt, und irgendwann konnte ich Euch gar nicht mehr fortschicken, selbst wenn ich es gewollt hätte. Mein Herz hatte sich bereits zu stark an Euch gebunden – und natürlich auch an William."
Sie lächelte unter Tränen. „Ihr seid so gut, John, zu gut für diese Welt, wenn ich bedenke, was sie Euch schon an Leid zugefügt hat. Aber was sollen wir jetzt tun?"
Sorgenvoll sah sie zu ihm hoch und er verspürte das unbändige Verlangen, sie in den Arm zu nehmen. Doch er beherrschte sich. Er ließ ihre Hand los und trat einen Schritt zurück: „Nun, was wir auch tun, es muss schnell geschehen. Dieser Kingston wird bald hier sein."
„Werdet Ihr mir helfen?"
Das Flehen in ihrer Stimme trieb ihn zu ihr zurück und er hob sanft ihr Kinn an, so dass sie ihm in die Augen blicken musste. „Elisabeth, Ihr sollt wissen, dass Ihr stets auf mich zählen könnt, egal was da kommen mag. Natürlich werde ich Euch helfen. Ich will weder Euch noch Euren Sohn in meinem Leben missen. Und", fügte er etwas zögernd hinzu, „ich erwarte keine Gegenleistung. Die Gewissheit, Euch weiter um mich zu haben und für Euch sorgen zu dürfen, ist mir Lohn genug."
Elisabeth starrte ihn ungläubig an. „Ich fürchte, eines Tages werdet Ihr mehr von mir erwarten, als ich zu geben bereit bin."
Doch John schüttelte energisch den Kopf und versuchte, ihre Bedenken zu zerstreuen: „Glaubt mir, Elisabeth, das Leben hat mich gelehrt, die körperliche Beziehung nicht über die

der geistigen Ebene zu stellen. Was ist die fleischliche Lust, verglichen mit einer aufrichtigen, verlässlichen und tiefgründigen Freundschaft? Bitte, seid unbesorgt, denn ich weiß das eine vom anderen wohl zu trennen."

John saß über seinen Abrechnungen, als es an der Türe seines Büros klopfte.
Auf sein Geheiß hin wurde sie geöffnet und Rigot trat in den Raum. „Ein Baron Kingston wünscht Euch zu sprechen, Sir."
Almond legte den Federkiel beiseite und nickte: „Lasst ihn eintreten, Rigot."
Er musterte den gut gekleideten Mann mit den scharfen Augen als dieser sich vor seinem Schreibtisch aufbaute und mit selbstsicherer Stimme kundtat: „Baron Almond, ich danke Euch für die Möglichkeit dieses Gesprächs."
John deutete auf einen Stuhl und Kingston ließ sich bereitwillig darauf nieder. Er schlug die Beine übereinander und Almond konnte sich bei diesem Anblick das Lachen kaum verkneifen.
Kein Wunder, dass Cilia das Weite gesucht hat, schoss es ihm durch den Kopf, während Kingston fortfuhr:
„Ich bin bereits seit mehreren Monaten auf der Suche nach meiner Frau und ihrer Vertrauten. Sie sind eines Tages spurlos verschwunden, ohne einen Hinweis auf ihren Verbleib, müsst Ihr wissen. Leider waren meine Bemühungen bislang erfolglos, doch nun ist der Verlobungsring aufgetaucht, den ich ihr damals schenkte. Ich sprach mit der Comtesse Montbazon, in deren Besitz sich der Ring momentan befindet, und die wiederum berichtete mir, sie habe ihn von den Damen Almond erhalten."
Er schwieg, doch als John sich nicht weiter zu seinen

Ausführungen äußerte, sprach er weiter: „Sie sagte mir, die Damen Almond stehen mit Euch in verwandtschaftlichen Verhältnissen und würden sich zur Zeit hier auf Eurem Besitz aufhalten?"

John schüttelte den Kopf. „Es ist zwar richtig, dass die Damen Almond zu mir in einer verwandtschaftlichen Beziehung stehen, doch ich muss Euch enttäuschen. Die Damen befinden sich momentan nicht auf ‚Mon meilleur'. Und zu diesem Ring kann ich nichts sagen."

Kingston erhob sich. „Sir, ich muss Euch bitten, bei der Wahrheit zu bleiben! Sollten die Damen sich tatsächlich nicht in diesem Hause befinden, so bitte Euch eindringlich, mir ihren Aufenthaltsort zu offenbaren. Ich muss die Damen persönlich sprechen. Ich bestehe darauf."

John erhob sich nun ebenfalls. „Wollt Ihr mir etwa unterstellen, ich wäre ein Lügner?"

Kingston schüttelte den Kopf: „Nein Sir, das wollte ich damit nicht sagen. Keineswegs. Aber ich möchte doch noch einmal dringlich darauf hinweisen, dass es unerlässlich ist, dass ich mit den Damen Almond spreche. Bitte, versteht doch, es geht dabei um meine Gemahlin, die ich über alles liebe und nun schmerzlich vermisse.

„Nun", John räusperte sich, „wenn das der Fall ist, werde ich Euch selbstverständlich auf mein Weingut begleiten, wo sich die Damen zur Zeit aufhalten."

Kingston nickte dankbar.

Kingston betrat mit klopfendem Herzen das Chateau. Seine

Hände zitterten, als er dem Dienstmädchen seinen Umhang reichte.

Dann folgte er dem Baron in ein kleines, aber gemütliches Kaminzimmer. „Bitte wartet hier einen Moment, ich werde die Damen holen lassen."

Kingston nickte und der Baron verschwand. Nervös schritt er in dem Zimmer auf und ab, während er seine feuchten Hände an den Beinkleidern abwischte. Nun, da er vielleicht schon in wenigen Sekunden seiner Frau gegenüberstehen würde, wusste er nicht, was er ihr überhaupt sagen sollte.

Die Anspannung stand ihm deutlich ins Gesicht geschrieben und er zuckte zusammen, als sich die Türe etwas später wieder öffnete und eine junge Frau den Raum betrat.

Ungläubig starrte er sie an und versuchte, seine Enttäuschung zu verbergen. Einige Sekunden verstrichen, ehe er sich räusperte und das Wort ergriff. „Seid Ihr Madame Almond?"

Sie nickte: „Ja, Baron Kingston. Ich bin Anne Almond."

Sie reichte ihm die Hand und er deutete einen flüchtigen Handkuss an. „Ich muss meine Schwester Isabelle entschuldigen. Sie ist leider unpässlich."

„Oh", Kingston besann sich auf seine guten Manieren, „es tut mir Leid, das zu hören."

„Nun, ich denke, ich kann Euch ebenso weiterhelfen. Man sagte mir, Ihr seid wegen des Ringes hier?"

Kingston nickte und beobachtete, wie die Dame umständlich ihre Kleider raffte, um sich zu setzen. Die Beschreibung der Comtesse Montbazon traf auf diese Frau ebenso zu wie auf Elisabeth. Doch sie besaß weder deren Schönheit, noch ihre Anmut und Eleganz. Ihr Auftreten ließ eher darauf schließen, dass sie dem niederen Adelsstand angehörte – falls sie überhaupt adelig war. Nur das dichte schwarze Haar war dasselbe.

„Wärt Ihr so gut, mir zu berichten, wie der Ring in Euren Besitz gelangte, Madame Almond?"

Die junge Frau nickte erneut. „Natürlich, Baron Kingston. Wenn ich Euch damit behilflich sein kann."

Sie faltete bedächtig ihre Finger ineinander und zog die kleine Kunstpause unnötig in die Länge. „Nun, auf unserer Reise nach Montreuil begegneten meine Schwester und ich zwei jungen Damen, die zufällig in der gleichen Pension abgestiegen waren. Wo war das noch einmal?"

Mrs. Almond legte die Stirn in Falten und es vergingen einige Sekunden, bis sie sich wieder zu erinnern schien. „Oh ja, natürlich! Es war in Somerset, Wellington. Wir trafen uns beim Frühstück, bevor wir unsere Reise weiter fortsetzten.

Die Damen schienen sich in der Pension schon seit längerem aufzuhalten. Auf jeden Fall bewunderte meine Schwester den Ring einer der Damen. Ein wirklich außergewöhnliches Stück, wie ich meine. Die Dame, Miss Proudery war ihr Name, wenn ich mich recht entsinne, nahm den Ring ab und bot ihn spontan meiner Schwester zum Kauf an.

Wir waren etwas verwundert darüber, doch sie erklärte, sie hätte keine Beziehung zu dem Schmuckstück und würde nicht an ihm hängen.

Mir schien auch, die Damen benötigten dringend etwas Bargeld. Nun, Isabelle kam rasch mit den Damen ins Geschäft und der Ring wechselte die Besitzerin. Zu einem wirklich guten Preis, versteht sich. Den Rest der Geschichte kennt Ihr ja bereits,

Baron Kingston. Meine Schwester verehrte den Ring einer guten Freundin, der Comtesse Montbazon."

Kingstons Miene verriet nichts über seine Gedanken. Ohne irgendeine Gefühlsregung stellte er der vermeintlichen Mrs. Almond weitere Fragen. „Könnt Ihr mir in etwa beschreiben, wie die Damen aussahen?"

„Die Dame, die den Ring trug, kann ich Euch wohl beschreiben, denn wir hatten uns ja etwas länger unterhalten. Sie trug ihr dunkelblondes Haar hochgesteckt, einige Sommersprossen zierten ihr zartes Antlitz, und besonders sind mir die großen graublauen Augen in Erinnerung geblieben. Sie war von zierlicher Gestalt und ihr Benehmen zeugte von nobler Herkunft, wenngleich die Kleidung schon etwas verschlissen schien. Zu der anderen Dame kann ich Euch leider nicht so viel sagen, denn sie verließ den Gastraum bereits nach kurzer Zeit wieder, da das Kleinkind, welches sie versorgte, etwas unruhig wurde. Auffällig war ihr schwarzes kräftiges langes Haar."

Mrs. Almond strich sich selbst eine Haarsträhne aus der Stirn und lächelte stolz dabei. „Ich würde sagen, es gibt nur wenige Frauen mit solchem Haar, wie sie und ich es haben."

Kingston nickte. „So, so", murmelte er vor sich hin, „Proudery – das ist ja sehr interessant. Sagt, Mrs. Almond, könnt Ihr Euch vielleicht auch noch an den Namen der Pension erinnern? Oder vielleicht an den Namen des Wirtes?"

„Moment", sie erhob sich und trat ans Fenster, „lasst mich kurz nachdenken, Baron. Wir haben auf unserer Reise hierher in etlichen Städten Station gemacht und ich will Euch keine falsche Auskunft erteilen."

Sie murmelte einige Namen vor sich hin, dann wandte sie sich plötzlich zu ihm um und nickte. „Ja, ich entsinne mich an den Namen des Wirtes. Ein kleiner untersetzter Mann mit schütterem Haar und krächzender Stimme. Sein Name war Scadley."

Kingston erhob sich und reichte Mrs. Almond die Hand. „Ich danke Euch, Madame. Ihr wart mir eine große Hilfe."

Sie nickte gnädig: „Es ist eine Selbstverständlichkeit, einen Mann, der seine geliebte Gemahlin sucht, nach Kräften zu unterstützen. Ich wünsche wirklich von Herzen, dass Ihr sie bald wieder in die Arme schließen könnt, Baron Kingston."

Hätte sich Kingston, der wenige Minuten später das Chateau verließ, nur einmal kurz umgewandt und einen Blick auf die Fenster im oberen Stock geworfen, wäre er sicher nicht so zufrieden von dannen gezogen.

Dort oben stand Cilia am Rande des Fensters und wagte es, für einige Sekunden nach draußen zu sehen, um sich zu versichern, dass ihr Gemahl auch tatsächlich den Rückzug antrat. Erleichtert wandte sie sich um. „Denkst du, er hat uns die Geschichte abgekauft?"

Elisabeth zuckte mit den Schultern: „Vorerst vielleicht – wenn wir Glück haben."

Cilia wollte etwas erwidern, doch sie kam nicht mehr dazu, denn Elisabeth war bereits aus der Türe getreten.

Sie folgte ihr schnell nach unten, wo Almond gerade dabei war, die Dame für ihre Dienste zu entlohnen.

Lächelnd steckte er ihr einen kleinen klingenden Beutel zu: „Gut gemacht, Colette. Ich bin begeistert von deiner Schauspielkunst!"

Sie lachte und entblößte dabei eine Reihe glänzend weißer Zähne. „Es war mir ein Vergnügen, John."

Colette trat nahe zu ihm heran und strich ihm zärtlich über die Wange. Es war eine äußerst intime Berührung und ihre Stimme klang heiser, als sie ihm ins Ohr raunte: „Wenn ich sonst noch etwas für dich tun kann, du weißt, wo du mich findest …"

Elisabeth räusperte sich und Colette trat hastig einen Schritt zurück.

Sie ging auf Colette zu und reichte ihr die Hand: „Darf ich Euch ebenfalls danken? Was Ihr für uns getan habt, ist mit Gold nicht aufzuwiegen."

Colette griff beherzt zu und lächelte: „Es hat mir mächtig Spaß gemacht, diesen arroganten, eingebildeten Herrn hinters Licht zu führen. Das einzige Problem wird sein, diese verflixte Schuhcreme wieder aus den Haaren zu bekommen …"

Nachdem Colette sich ebenfalls verabschiedet hatte, saßen die drei eine ganze Weile schweigend beisammen und jeder hing seinen eigenen Gedanken nach.

Schließlich unterbrach Cilia die Stille. „Denkt ihr, wir sind ihn ein für alle Mal los? Was, wenn er nach Wellington fährt, um die Spur dort weiter zu verfolgen? Spätestens, wenn sie sich dort im Sande verläuft, wird er wieder zurückkommen!"

Elisabeth erhob sich abrupt und die Worte, die sie Cilia entgegenschleuderte waren spitz, der Ton scharf. „Darüber hättest du dir mal eher Gedanken machen sollen! Vielleicht, bevor du deinen Verlobungsring an fremde Damen verschenkst? Aber mach dir keine Sorgen, John hat deinen Fehler wieder ausgemerzt. Wir stehen tief in seiner Schuld!"

Sie verließ den Raum so hastig, als könne sie keine Sekunde länger dieselbe Luft wie Cilia einatmen.

Cilia saß wie ein Häufchen Elend da und wusste nicht recht, wie ihr geschah.

John versuchte sie zu trösten: „Keine Bange, das vergeht wieder. Sie ist nur ein bisschen eifersüchtig, was bedeutet, dass sie wirklich tiefe Gefühle für Euch hegt. Sie wird sich schon bald wieder beruhigen."

Cilia schien nicht überzeugt: „Ich hoffe es, Baron. Ich fürchte, ich habe sie mit dieser unbedachten Handlung sehr verletzt."

„Die Zeit heilt auch diese Wunde, Ihr werdet sehen, Cilia. Solange noch Gefühle im Spiel sind, ist es für die Liebe nicht zu spät."

Sie sah ihm geradewegs in die fesselnden grünen Augen: „Wie steht es mit Euren eigenen Wunden, John? Sind sie bereits verheilt?"

Er senkte den Blick und erwiderte nichts, doch Cilia blieb hartnäckig. „Ihr habt so unendlich viel für uns getan und nun ist es mein Herzenswunsch, mich dafür zu revanchieren. Besteht denn nicht eine kleine Möglichkeit, dass Ihr Euch zu einem Gespräch mit der Comtesse durchringen könnt? Ihr läge wirklich sehr viel daran, und ich bin mir sicher, es würde auch Euch gut tun."

Almond schwieg – so lange, dass sie die Hoffnung auf eine Reaktion schon aufgegeben hatte, ehe er sich doch zu einer schnell gemurmelten Antwort durchrang: „Wer weiß, vielleicht ist die Zeit tatsächlich reif für eine Aussprache …"

Dann blickte er Cilia unvermittelt streng an und in seiner

Stimme schwang ein verdrießlicher Unterton: „Oder wollt Ihr dieses Treffen letztendlich nur organisieren, um selbst wieder in den Genuss der Gesellschaft von Comtesse Montbazon zu gelangen?"

Kapitel IX

Somerset/Wellington, im Januar 1542

Anthony ritt, ganz in seine Gedanken versunken, durch die Straßen des kleinen Ortes. Immer wieder grübelte er über dieses Gespräch nach, das er mit Mrs. Almond geführt hatte.

Er hätte damals Kopf und Kragen verwettet, so sicher war er gewesen, dass diese Frau Elisabeth wäre. Die Beschreibung der Comtesse hatte bis ins Detail gepasst.

Doch Mrs. Almond hatte wiederum seine eigene Gemahlin sehr genau beschrieben, so dass es an ihrer Geschichte nichts zu zweifeln gab.

Er seufzte, während er aus dem Sattel stieg und sein Pferd vor dem Gasthof festband. In Wellington gab es nur zwei Pensionen, und so würde er schon bald wissen, ob diese Mrs. Almond die Wahrheit gesagt hatte.

Zögernd betrat er das alte Gebäude, dessen Fassade schon etwas schäbig aussah. Im Gastraum musste er erst einmal einige Minuten warten, bis seine Anwesenheit bemerkt wurde. Eine ältere Frau kam schließlich aus einem der Nebenräume und erkundigte sich nach seinem Begehr.

Er lächelte sie freundlich an. „Guten Tag, gute Frau, vielleicht könnt Ihr mir weiterhelfen. Ich würde gerne den Namen des Wirtes erfahren, dem diese Pension hier gehört."

Sie nickte, doch ehe sie antworten konnte, wurde sie von einem heftigen Hustenreiz geschüttelt.

Kingston wich unwillkürlich ein paar Schritte zurück.

Als sie sich gefasst hatte, krächzte sie heißer: „Der Name des Wirtes ist Scadley, Charles Scadley. Er ist mein Mann." Sie zog skeptisch die Augenbrauen hoch. „Hat er etwa schon wieder etwas angestellt?"

„Nein, nein, keine Sorge!" Kingston versuchte, die Alte zu beruhigen. „Aber ich müsste Euren Gatten in einer dringenden Angelegenheit sprechen. Ist das möglich?"

Sie nickte und verließ den Raum, um ihn zu holen, während ihr Körper von einem neuen Hustenanfall geschüttelt wurde. Kingston presste sich angewidert ein Stofftuch an den Mund.

Wenige Augenblicke später kam ein gedrungener rundlicher Mann angeschlurft. „Was kann ich für Euch tun, Sir?"

Anthony erklärte ihm den Grund seiner Anwesenheit in Wellington und beschrieb ihm sowohl Cilia als auch Elisabeth und William, so gut er konnte.

„Es ist durchaus möglich, dass die beiden Damen nur wenig finanzielle Mittel zur Verfügung hatten. Könnt Ihr Euch an solche Gäste erinnern? Möglicherweise schrieben sie sich hier unter dem Namen Proudery ein", schloss er seine Ausführungen.

Der Wirt nickte. „Ich weiß wohl, von wem Ihr sprecht. Die beiden Damen, die Ihr mir beschrieben habt, wohnten tatsächlich für längere Zeit in meinem Hause. Sie waren auf der Suche nach Arbeit. Leider erfolglos, wie mir scheint, so dass sie irgendwann beschlossen weiterzuziehen, um ihr Glück an einem anderen Ort zu suchen. Sie waren so knapp bei Kasse, dass sie nicht einmal mehr die Miete für das Zimmer begleichen konnten. Sie haben mir aber ein wertvolles Schmuckstück als Pfand da gelassen, mit dem Versprechen, es so bald wie möglich wieder auszulösen."

Er schnäuzte sich geräuschvoll in ein altes, fleckiges Tuch. Anthony musste die Augen abwenden. „Wärt Ihr so freundlich, mir dieses Schmuckstück zu zeigen?"

Der Wirt nickte: „Noch ist es in meinem Besitz, doch sollten die Damen bis zum Frühjahr nicht zurück gekommen sein, werde ich es verkaufen."

Er ging, um den Schmuck zu holen, während Kingston nervös wartete.

Als Scadley ihm kurz darauf das Juwel in die Hand legte, erkannte er es sofort wieder: es war Elisabeths Brosche, die einst ihrer Mutter gehört hatte.

Behutsam ließ er seine Finger über die große Perle gleiten, die von filigran gearbeiteten Ornamenten aus Gold umgeben war. Ein Einzelstück. Er schluckte. Wenn Elisabeth sich freiwillig von diesem Kleinod trennte, dann musste es wahrlich schlecht um die beiden bestellt sein. „Wie hoch stehen die Damen bei Euch in der Kreide, Mr. Scadley?"

„Na ja, sie waren mehrere Wochen meine Gäste, da kommt einiges zusammen."

Er rieb sich das stoppelige Kinn. „Es müssen um die sechs Silberstücke sein."

Wortlos griff Kingston in seine Rocktasche und ließ die Münzen klirrend auf einen der Tische fallen. „Wisst Ihr, wohin die beiden wollten?"

„Soweit ich mich erinnere, hatten die Damen vor, weiter in den Norden Englands zu gehen, Richtung Northampton, wenn mich nicht alles täuscht."

Kingston nickte: „Ich danke Euch. Ihr wart mir eine große Hilfe."

Er griff noch einmal in seine Rocktasche und zog eine weitere Silbermünze daraus hervor, um sie dem verdutzten Wirt in die Hand zu drücken: „Sollten die Damen noch einmal bei Euch auftauchen, um die Brosche auszulösen, so sendet gleich einen Boten an den Königshof, habt Ihr verstanden? Es ist von großer Wichtigkeit, dass ich umgehend Nachricht erhalte, sobald Ihr etwas von den Damen hört."

Scadley nickte und steckte die Münze grinsend in seine Hemdtasche.

Kapitel X

Montreuil im Frühjahr 1542

Elisabeth und John hatten es für ratsam gehalten, die nächsten Wochen noch auf dem Chateau zu verbringen. Es lag etwas abseits der Stadt, und in die ruhige, beschauliche Hügellandschaft verirrte sich nur selten ein Mensch.

Die Sonne hatte es tatsächlich geschafft, die letzten Spuren des Winters zu beseitigen und die ersten Krokusse und Narzissen aus ihren Verstecken zu locken. Der Gesang der Vögel wurde wieder vielstimmig und kündete den nahen Frühling an.

Elisabeth liebte das Weingut sogar noch mehr als ‚Mon meilleur'. Sie genoss die Ruhe und Harmonie, die es ausstrahlte, und erlag jeden Tag aufs Neue dem verspielten Charme ihres Winterdomizils.

Mit John und William machte sie lange Spaziergänge durch die Weinberge des Guts und am Abend las sie ein Buch oder nähte für William. Sie vermisste absolut nichts.

Doch Cilia wurde von Tag zu Tag ungeduldiger. Ihr war es so weit außerhalb der Stadt etwas zu ruhig und sie vermisste die Gesellschaft anderer Menschen.

Zwar hatte sich Elisabeth ihr nach mehreren Verführungsversuchen wieder hingegeben, doch verziehen schien sie ihr immer noch nicht zu haben. Die intime Vertrautheit, das wortlose Verstehen, das zwischen ihnen geherrscht hatte, war verschwunden, und so sehr sich Cilia auch bemühte, sie fand keinen Zugang zu Elisabeth.

Irgendwann konnte sie die Einsamkeit, die sie umgab, nicht mehr ertragen, und sie beschloss, nun selbst etwas dagegen zu tun.

In einem geeigneten Moment, John wippte zufrieden William auf seinem Schoß, während Elisabeth sich zurückgezogen hatte um ein Bad zu nehmen, versuchte sie ihn von ihrer Idee zu überzeugen: „John?"
Er löste seinen Blick von William. „Ja, Cilia?"
„Ich denke nicht, dass Ihr es wisst, aber Elisabeth hat in knapp zwei Wochen Geburtstag."
„Wirklich? Nein, das wusste ich nicht. Gut, dass Ihr es erwähnt."
„Ich würde gerne ein kleines Fest für sie organisieren, wenn Ihr gestattet. Ich dachte dabei an eine Art Frühlingsfest im Park von ‚Mon meilleur'. Sie liebt es doch, draußen zu sein, und sie hatte es in letzter Zeit nicht einfach mit mir. Deshalb würde ich ihr gerne etwas Gutes tun. Was haltet Ihr davon?"
John dachte einen Augenblick nach, dann nickte er. „Warum nicht. Wenn Ihr denkt, sie wird sich darüber freuen?"
„Ja, gewiss doch! Liz umgibt sich gerne mit Freunden und Menschen, die ihr nahestehen."
„Und wen wollt Ihr zu dem Fest einladen?"
„Nun ja", Cilia räusperte sich, „unser Bekanntenkreis in Montreuil ist natürlich sehr überschaubar, deshalb würde ich gerne alle dabei haben, die wir hier kennen gelernt haben." Sie machte eine kurze Pause, ehe sie noch einmal tief Luft holte: „Natürlich gehört auch Rozier dazu. Und die Comtesse …"

Elisabeth stand mit John auf der Veranda und lächelte.

Zum ersten Mal seit langer Zeit wirkte sie frisch und lebendig, ja geradezu glücklich.

Der Park von ‚Mon meilleur' war nicht wiederzuerkennen: bunte Stoffbänder waren in die Bäume und Sträucher gebunden und glänzten mit den Farben der Frühlingsblumen, die die zahlreichen Beete zierten, um die Wette.

Mehrere kleine Schatten spendende Zelte waren aufgebaut und beherbergten Tischchen, auf denen leckere Köstlichkeiten und Erfrischungsgetränke bereit standen.

Die ersten Gäste waren bereits eingetroffen und flanierten durch die großzügige Grünanlage. William und Lou fingen sich gegenseitig und wuselten zwischen den Beinen der Erwachsenen herum.

Elisabeth lachte auf und wollte ihren Sohn einfangen, als John neben ihr stöhnte. Sie sah hoch, folgte seinem Blick und stutzte. War das etwa Rozier, der die Einfahrt heraufgeritten kam? Sie hielt die Hand schützend vor die Augen, um besser sehen zu können. „Ist das tatsächlich George?"

John nickte. Er war mit einem Mal ganz blass um die Nasenspitze. „Hast du gewusst, dass Cilia ihn eingeladen hat?"

John nickte erneut.

Sie griff nach seiner Hand und hielt ihn fest, als er in das Haus flüchten wollte. „Bitte bleib, John. Lass diese Gelegenheit nicht ungenutzt verstreichen! Schließlich wart ihr einmal eng befreundet."

Er atmete schwer, doch er blieb stehen, so dass sie ihm einen schnellen Kuss auf die Wange hauchen konnte, ehe sie davon eilte, um Rozier zu begrüßen. „Ich danke dir, John."

Nachdem sie George herzlich empfangen hatte, geleitete sie ihn zum Haus.

Er fuhr sich nervös durch das lange Haar: „Denkt Ihr wirklich, es ist ein guter Moment?"

„Ja, natürlich. Bitte, fasst Euch ein Herz und sprecht mit ihm. Ich denke, tief in seinem Inneren wartet John sogar darauf, dass Ihr zu ihm kommt."

Sie legte ihm beruhigend die Hand auf die Schulter, während sie die Stufen zur Veranda empor schritten.

John blickte ihnen mit undurchdringlichem Gesichtsaudruck entgegen.

Als Rozier vor ihm stand, schien ihn der Mut verlassen zu wollen, denn vergeblich versuchte er, die richtigen Worte zu finden. „Baron Almond – John, ich danke Euch für diese Einladung."

Elisabeth gab ihm einen unauffälligen Schubs in die Seite.

„Ich ... nun ... ich bin glücklich, endlich Gelegenheit zu haben, Euch mein aufrichtiges Bedauern kund zu tun. Was damals geschah, tut mir von Herzen Leid und ... ich ... äh, ich vermisse unsere Gespräche, die gemeinsamen Abende und, kurz gesagt, Eure Freundschaft!"

John stand immer noch reglos da und Rozier glaubte, ihn noch weiter überzeugen zu müssen: „Bitte, versteh doch, John, die Liebe brannte so stark in mir, dass ich mich nicht dagegen wehren konnte. Sie raubte mir auch noch den letzten Funken Verstand!"

Betrübt blickte er zu Boden. „Du musst mir glauben, wenn ich es ungeschehen machen könnte, egal was es mich kosten würde, ich würde es tun!"

Elisabeth beobachtete Johns Antlitz während Roziers Geständnis. Um seine Mundwinkel zuckte es verdächtig und er schien um seine Fassung zu ringen. Als George geendet hatte, wollte er etwas erwidern, doch seine Stimme versagte. Schließlich machte er auf dem Absatz kehrt und verschwand im Haus.

Elisabeth fasste George tröstend am Arm. „Gebt ihm einen Augenblick Zeit, George. Ich bin mir sicher, er wird sich bald eines Besseren besinnen."
Sie lächelte ihn aufmunternd an: „Kommt mit, ich möchte Euch jemanden vorstellen."
Sie führte ihn zu Colette und registrierte zufrieden das Aufblitzen in seinen Augen, als sie die beiden bekannt machte.
Elisabeth beschloss, die beiden einen Moment alleine zu lassen und schlich sich unauffällig davon, um Cilia zu suchen. Sie fand sie in einem der Zelte, wo sie gerade dabei war, sich eine getrocknete Pflaume in den Mund zu stecken. Beschwingt fasste sie Cilia um die Hüften und drehte sich mit ihr im Kreis. „Ich danke dir für dieses wunderbare Geburtstagsfest! Du bist großartig, Cilia!"
Cilia lachte: „Es gefällt dir? Wie schön! Es tut so gut, dich so fröhlich zu sehen."
Plötzlich ließ Elisabeth sie abrupt los und blieb stehen. Fassungslos starrte sie auf die Kutsche, die eben das Eingangstor passierte.
Cilia strahlte: „Na endlich! Da kommt ja auch unser letzter Gast. Nun ist die Gesellschaft komplett."
Elisabeth schüttelte ungläubig den Kopf. „Du hast Alissia zu meiner Geburtstagsfeier eingeladen? Ich kann es nicht glauben!"

„Wieso hätte ich sie nicht einladen sollen?"

Elisabeth rang nach Luft. „Da fragst du noch? Bist du wirklich so naiv?"

Sie verließ das Zelt und wollte davon stürmen, doch Cilia rannte ihr nach und hielt sie zurück: „Du hast wirklich keinen Grund, dich so zu benehmen. Alissia ist eine gute Freundin, weiter nichts. Es gibt keinen Anlass für deine Ablehnung."

Elisabeth wollte sich losreißen, doch Cilia ließ sich nicht abschütteln. „Ich hätte doch mindestens genauso viel Grund, eifersüchtig zu sein!"

Elisabeth stutzte: „Du? Ha – auf wen denn?"

„Na, auf John natürlich! Schließlich verbringst du mit ihm mehr Zeit als mit mir."

Elisabeth lachte spöttisch auf: „Also wirklich, das ist ja lächerlich!"

„Findest du? Wenn man einmal nur die geistige Ebene betrachtet, stehst du ihm inzwischen viel näher. Und wer weiß, vielleicht verführt er dich eines Tages und du entschließt dich, dein Leben wieder mit einem Mann zu teilen?"

„Das ist völlig ausgeschlossen!"

„Ach ja? Es wäre zumindest eine Erklärung für dein Verhalten. Du willst Alissia nicht in Johns Nähe haben, aus Angst, ihn zu verlieren! Meine kleine längst vergangene Schwärmerei für Alissia spielt dabei nicht die geringste Rolle! Nur weil ich einmal mit ihr getanzt habe, ich bitte dich, Liz!"

Elisabeth stand einige Sekunden sprachlos da, während sich Cilia umwandte, um der Comtesse entgegen zu gehen. Dann fing sie sich und lief ihr hinterher.

Sie begrüßte Alissia so freundlich wie es ihr irgend möglich war, um Cilia von der Lächerlichkeit ihrer Vermutung zu überzeugen. Beide hakten sich links und rechts bei der Comtesse ein und führten sie zur Gesellschaft.

Die Gäste schienen sich gut zu amüsieren und das kleine Fest plätscherte gemütlich vor sich hin. Madame Dupont und Comtesse Montbazon waren in ein Gespräch vertieft und Colette hatte sich gerade etwas mit Lou angefreundet, die ihr nun auf Schritt und Tritt hinterher schwänzelte. Rozier und Cilia schlenderten gemeinsam durch den Park, so dass Elisabeth die Gelegenheit nutzen wollte, um John aus dem Haus zu locken.

Als sie die Stufen zur Veranda empor schritt, schoss ihr auf einmal eine schreckliche Erkenntnis durch den Kopf und ließ ihr das Blut in den Adern gefrieren.

Sie hielt inne und schrie auf: „William?"

Sie stolperte die Treppen wieder hinunter und rannte zurück in den Park: „Cilia, Cilia! Hast du William gesehen?"

„Nein, Elisabeth, ich dachte, er ist bei dir!"

Ihre Augen suchten nach dem Hund. Meist war William dort zu finden, wo auch er war. Gehetzt rannte Elisabeth die kleinen Wege entlang. Sie entdeckte Lou auf Colettes Arm und rief hinüber: „Colette, ist William bei Euch?"

Die Dame schüttelte den Kopf: „Nein, tut mir Leid. Ich habe ihn schon länger nicht mehr gesehen. Ist etwas geschehen?"

Elisabeth rann es eiskalt den Rücken hinab, und die Sorge um ihr Kind drohte ihr die Kehle zuzuschnüren. Sie rang nach Atem und blickte sich suchend um.

Rozier rannte plötzlich los, und als sie sah, in welche Richtung er lief, drohten ihr vor Schreck die Sinne zu schwinden:

Der Teich! Oh mein Gott! Herr im Himmel, bitte lass ihn nicht zum Weiher gelaufen sein!

Sie raffte die Kleider und lief so schnell es ging hinter Rozier her. Auch die anderen Gäste liefen nun suchend und nach William rufend im Park umher.

John hatte schon lange geplant, den Weiher zu umzäunen, sobald es das Wetter zuließ, doch bis jetzt war es bei dem Vorhaben geblieben. Der Zierteich, üppig mit Goldfischen besetzt, befand sich im hinteren Teil des Parks und war von zahlreichen Ziergräsern umgeben. William hatte sich noch nie zuvor so weit vom Haus entfernt, doch ausgeschlossen war es nicht, dass er im Getümmel unbemerkt davongelaufen war.

George hatte das Wasser inzwischen erreicht und sie erkannte, wie er sich bückte, um seine Schuhe abzustreifen. Dann watete er ins Wasser.

Elisabeth schrie auf und stolperte. Sie stürzte zu Boden, versuchte sich abzufangen und trieb sich dabei die winzig kleinen Steinchen, die auf dem Weg lagen, in die Handballen. Doch sie spürte den Schmerz nicht.

Cilia, die ihr hinterher geeilt war, half ihr, sich hochzurappeln. „William! Mein Gott, William!"

Der Schrei erstarb auf ihren Lippen, als sie Rozier kurze Zeit später aus dem Wasser kommen sah, eine kleine leblose Gestalt im Arm …

John kam, durch ihren Aufschrei herbeigerufen, nun ebenfalls vom Haus herüber gerannt. Er hatte die Situation mit einem Blick erfasst und nahm dem erschöpften Rozier das leblose Kind aus den Armen. Er legte William zu Boden und überprüfte seinen Atem. Geistesgegenwärtig übernahm er das Kommando: „Einen Arzt! Schnell, holt einen Arzt!" Rozier rannte sofort zum Haus zurück, während John den reglosen Körper über seine Knie legte und ihm ruckartig von hinten in die Schulterblätter drückte.

Elisabeth lag wimmernd in Cilias Armen und hielt die Hände auf den Bauch gepresst. Das Blut rann ihr in kleinen Rinnsalen von den Handflächen in die Ärmel ihres Kleides hinein.

Cilia versuchte, sie zu beruhigen und vergaß darüber ihre eigenen zitternden Knie und die Angst, die sich um ihr Herz legte und es zu erdrücken schien.

John wiederholte die Prozedur einige Male, ehe plötzlich ein Schwall Wasser aus Williams Mund kam und sich über Johns Hose ergoss.

Der Kleine hustete und Elisabeth schluchzte auf: „Er lebt! William, ich liebe dich, hörst du! Bitte, verlass mich nicht …"

Noch einmal presste John durch heftigen Druck das Wasser aus Williams Lungen. Dann hob er ihn auf, um ihn zum Haus zurück zu tragen. Die anderen folgten ihm schweigend.

Nachdem der Arzt den kleinen Leib des Jungen genau untersucht hatte, nahm er das Monokel vom Auge und wiegte bedenklich den Kopf.

Elisabeth fasste ihn am Arm und flehte: „Bitte sagt mir, dass er wieder gesund wird!"

„Nun, ich wünsche es Euch und ihm von ganzem Herzen, doch versprechen kann ich es nicht. Sein Leben ist zwar außer Gefahr, doch er ist noch nicht bei Bewusstsein. Es ist durchaus möglich, dass sein Gehirn durch den großen Sauerstoffverlust massiven

Schaden genommen hat."

Elisabeth schrie auf und presste die Hand vor den Mund: „Was kann ich tun?"

Der Doktor schüttelte den Kopf. „Beten, meine Liebe. Beten und hoffen, dass er bald wieder erwacht!"

Er verließ den Raum und ließ eine verzweifelte Mutter zurück, die vor dem Bett ihres Sohnes in die Knie ging, um ihre Gebete für ihn zu sprechen.

Cilia kniete sich neben sie und legte ihr die Hand auf die Schulter. „Ich bin bei dir, Liebes! Was auch geschieht, ich bin bei dir. Du bist nicht alleine!"

Sie strich Elisabeth zärtlich über das Haar. „Er ist stark, unser Kleiner – ein Kämpfer! Erinnerst du dich an seine Geburt? Er wird auch das hier schaffen!"

Elisabeth hielt seine schlaffe, kalte Hand in der ihren und küsste sie sanft. Dann sah sie Cilia tief in die Augen, und ihre Stimme klang plötzlich seltsam ruhig und gefasst. „Wenn du dich täuschst und mein Sohn aufgrund meiner eigenen Fahrlässigkeit sein Leben lassen muss, dann will ich selbst auch nicht mehr weiterleben …"

.

Almond lief inzwischen nervös vor der Türe auf und ab. Seine Hände waren zu Fäusten geballt – ein äußerliches Zeichen seiner großen inneren Anspannung.

Als sich die Türe öffnete und der Arzt hinaustrat, stürzte er auf ihn zu. „Wie geht es ihm? Sprecht rasch!"

Der alte Mann fasste ihn an der Schulter. „Ich will ganz offen zu Euch sein, Baron. Momentan ist sein Atem zwar stabil, doch solange er bewusstlos ist, besteht nach wie vor Gefahr für sein

Leben. Er muss unbedingt innerhalb der nächsten zwei Tage erwachen, sonst wird sein Leib zu schwach. Außerdem wissen wir nicht, welche Schäden sein Gehirn erlitten hat. Auch das werden wir erst sehen, wenn er aufwacht."
John schluckte: „Ihr meint, falls er es überhaupt überlebt, wird er bleibende Schäden davontragen?"
Der Arzt nickte: „Das ist sehr wahrscheinlich. Es wäre nahezu ein Wunder, wenn er wieder ganz der alte sein würde."

John wandte sich ab, um seine Tränen zu verbergen, die ihm langsam in die Augen stiegen. Der Doktor legte tröstend seine Hand auf Johns Schulter. „Ihr habt getan, was in Eurer Macht stand, Baron. Also macht Euch keine Vorwürfe. Sollte er wieder zu sich kommen, hat er sein Leben alleine Eurer Geistesgegenwart zu verdanken."
Almond schüttelte den Kopf. „Oh nein, Ihr täuscht Euch. Er hat es einem ganz anderen zu verdanken."

Als John auf dem Weg in seine Gemächer war, um sich endlich der nassen Kleider zu entledigen, kam ihm Rozier entgegen.
Er hatte sich bereits umgezogen und stand nun in Almonds eigenen Kleidern vor ihm. So nobel gekleidet erinnerte er ihn mehr denn je an vergangene Zeiten.
In Roziers Augen lag die unausgesprochene Frage und John rang sich zu einer knappen Antwort durch. „Er ist stabil, doch immer noch nicht bei Bewusstsein. Wir müssen abwarten." Rozier nickte und wollte sich wieder abwenden, doch John hielt ihn zurück.
Seine Stimme zitterte leicht und er musste sich mehrmals

räuspern, ehe er einige Worte herausbrachte: „George, wartet einen Moment. Ich …", er schluckte, „ich möchte Euch danken. Ihr habt William das Leben gerettet! Ich danke Euch von ganzem Herzen!"

Er hielt Rozier die Hand hin und der schlug ein. Die beiden sahen sich tief in die Augen, dann öffnete John die Arme und drückte Rozier an sich.

Einige Sekunden lagen die beiden sich schweigend in den Armen, dann löste sich Rozier wieder von John. „Kannst du mir denn nun verzeihen? So richtig, damit es zwischen uns wieder so werden kann wie früher?"

John legte ihm seine Hände auf die Schultern. „Ich wünsche mir nichts so sehnlich, als dass es zwischen uns wieder so sein kann wie damals. Ich vermisse dich auf ‚Mon meilleur' – mehr, als ich es sagen kann!"

Die Nacht verbrachten Cilia und Elisabeth bei William. Abwechselnd wachten sie an seinem Bett, hielten seine Hand und überprüften seine Temperatur.

Der Arzt hatte befürchtet, dass sein Körper mit hohem Fieber auf die starke Unterkühlung reagieren könnte, und so legte Elisabeth ihm alle paar Minuten die Hand auf die Stirn, um jeden Temperaturanstieg sofort registrieren zu können.

Doch bislang hatte sich die Vermutung des Arztes noch nicht bestätigt und sie schöpfte neuen Mut: „Vielleicht irrt der Arzt? Vielleicht wird William ja doch wieder völlig gesund? Wer ist dieser Arzt überhaupt? Womöglich hat er keine Ahnung, was er da tut?"

Cilia beschwichtigte sie: „Er machte einen durchaus kompetenten

Eindruck auf mich, und es ist schließlich seine Pflicht, uns auf alle möglichen Auswirkungen hinzuweisen. Aber ich sagte dir doch schon, William ist stark. Sein Körper braucht nur noch etwas Ruhe."

Besorgt betrachtete sie das blasse müde Antlitz Elisabeths. Die Ereignisse der letzten Stunden hatten ihre Spuren hinterlassen. Sie schien plötzlich um Jahre gealtert.

„Willst du dich nicht vielleicht ein Stündchen hinlegen?"

Elisabeth schüttelte energisch den Kopf. „Ich bleibe hier bei meinem Sohn. Ich würde ja doch keinen Schlaf finden, solange sein Zustand nicht stabil ist."

„Aber du musst auch an dich denken. Auch dein Körper braucht einmal Ruhe! Außerdem benötigst du all deine Kräfte, wenn William erwacht. Dann wird er seine Mutter brauchen. Und zwar eine, die wach und ausgeschlafen ist."

Elisabeth zuckte resigniert mit den Schultern. „Vielleicht hast du ja Recht. Ich werde mich hier hinten in den Lehnstuhl setzen und ein wenig ruhen. Bitte, gib gut auf William Acht! Und wecke mich sofort, wenn sich sein Zustand verändern sollte, ja?"

„Natürlich, mach dir keine Sorgen! Und jetzt geh schon."

Stunden später, als die Sonne schon hoch am Himmel stand und ihre Strahlen durch die geschlossenen Fensterläden presste, saß Elisabeth noch immer in ihrem Lehnstuhl. Der Kopf war auf ihre Schultern gesunken und tiefe, gleichmäßige Atemzüge verrieten, dass sie noch schlief.

Cilia stellte behutsam ihr Tablett auf dem kleinen Tischchen ab und schloss dann die Türe. Sie nahm eine Tasse und goss Tee hinein.

Das leise, plätschernde Geräusch ließ Elisabeth hochschrecken. Es dauerte einige Sekunden, bis sie sich wieder zurecht fand, doch dann stürzten die Ereignisse des gestrigen Tages mit brachialer Gewalt auf sie ein. Sie sprang auf und eilte zu Williams Bett.

Der Junge lag nach wie vor still da und hatte die Augen geschlossen. Nur das schwache Heben und Senken seines Brustkorbes verriet, dass noch Leben in ihm war.

Elisabeth beugte sich vor und küsste ihn auf die Stirn. Dann rieb sie sich den steifen Hals und stöhnte.

Cilia trat zu ihr heran und reichte ihr den Tee.

Dankbar trank Elisabeth einen Schluck und stellte dann die Tasse wieder beiseite. „Wie spät ist es überhaupt? Ich habe jegliches Zeitgefühl verloren."

„Die zehnte Stunde ist bereits angebrochen. Vielleicht möchtest du dich kurz frisch machen? Und auch deine Hände solltest du endlich versorgen lassen."

Elisabeth warf einen Blick auf ihre Handflächen. Sie waren rot und etwas geschwollen, denn immer noch befanden sich winzige Steinchen unter der Hautoberfläche. Sie hatte ihren Sturz ganz vergessen und den Schmerz bislang verdrängt.

Dann fiel ihr Blick auf ihr fleckiges, blutverschmiertes Kleid: „Ach herrje, du hast Recht, Cilia. Diesen Anblick kann ich niemandem zumuten."

Sie wollte eben gehen, um sich umzukleiden, als die Türe geöffnet wurde.

John trat leise in den Raum. Als er Elisabeth sah, konnte er sein Entsetzen kaum verbergen: sie sah zum Erbarmen aus. Blass, müde und abgeschlagen. In ihr sanftes Antlitz hatten sich tiefe

Sorgenfalten gegraben.

Doch er schaffte es, sich seine Besorgnis um ihren Zustand nicht anmerken zu lassen, sondern wandte sich William zu. „Wie geht es ihm?"

Cilia schüttelte betrübt den Kopf: „Er will einfach nicht zu sich kommen!"

John strich dem Kleinen behutsam über die Stirn. „Der Arzt wird gleich hier sein und noch einmal nach ihm sehen."

Elisabeth presste zornig die Luft durch ihre zusammengebissenen Zähne. „Pah, auf diesen Arzt können wir verzichten. Ich habe kein gutes Gefühl, was ihn betrifft. William braucht einen richtigen Doktor – den besten, den es gibt!"

John drehte sich verwundert nach ihr um. „Hast du einen bestimmten im Auge?"

Sie nickte und ihre Stimme klang entschlossen: „Ich will, dass der Leibarzt Heinrichs ihn behandelt, Mr. Chamber! Wenn er dem Jungen nicht helfen kann, dann kann es keiner."

Cilia mischte sich nun ein. „Wie stellst du dir das vor, Liz? Willst du auf den englischen Königshof spazieren und Thomas sein besinnungsloses Kind unter die Nase halten? Was sagst du ihm? Guten Tag, Thomas, ich wollte nicht mehr mit dir zusammen leben und habe dir darum unseren Sohn entrissen, aber nun hängt sein Leben an einem seidenen Faden und ich bringe ihn zu dir zurück?"

Achselzuckend und mit leerem Blick wandte Elisabeth sich zu ihr um. „Wenn es nötig ist, um ihn am Leben zu halten, werde ich das tun, Cilia! Du musst das verstehen. Er bedeutet mir mehr als mein eigenes Leben!"

„Nein!", Cilia fasste sie am Arm. „Das kannst du nicht tun! Was wird dann aus uns? Ich gehe nicht mehr zurück, Elisabeth. Nichts in der Welt bringt mich dazu, zu Anthony zurückzukehren!"
Elisabeth riss sich los. „Das ist deine Entscheidung." Ihre Augen bekamen einen traurigen Glanz und ihre Stimme geriet zu einem heiseren Flüstern. „Wenn du mich zwingst, mich zwischen dir und dem Leben meines Sohnes zu entscheiden, werden wir wohl getrennte Wege gehen müssen …"
Dann wandte sie sich an John, dem es offensichtlich die Sprache verschlagen hatte. „Wirst du mich und William nach London bringen?"
Er zögerte einen Moment. „Bist du dir auch wirklich im Klaren darüber, was das für Auswirkungen haben wird?"
Sie nickte: „Ich weiß genau, was ich tue! Doch jetzt sollten wir uns sputen. Wir haben schon viel zu viel Zeit unnütz verstreichen lassen!"
„Na schön, ich werde alles Nötige veranlassen. Ich werde einen Eilboten nach London entsenden. Sie müssen uns entgegenreisen, sonst wird William es nicht schaffen. Wo können wir uns mit ihnen treffen?"
Elisabeth musste nicht lange darüber nachdenken: „Dover! Wir treffen uns in Dover Castle. Ich werde einen Brief an Thomas schreiben."

John verließ den Raum.
Cilia stand fassungslos da und beobachtete Elisabeth, wie sie eine Truhe öffnete und völlig wahllos irgendwelche Kleidungsstücke hineinwarf. Sie zögerte einen Moment, dann nahm sie Elisabeth das Teil aus der Hand: „Lass mich das machen …"

Wortlos ließ sich Elisabeth hinter dem Schreibtisch nieder. Sie stützte den Kopf in die Hände und seufzte.

Irgendwann tauchte sie den Federkiel in die Tinte und ließ ihn rasch über das Papier gleiten. Als das Schriftstück fertiggestellt war, stand sie auf und holte ihre Schmuckschatulle herbei. Sie öffnete den Deckel und nahm ihren Ehering heraus. Einen Moment stand sie still da und betrachtete das Schmuckstück mit dem quadratischen Amethyst, der wie ein Diamant geschliffen war und deshalb herrlich im Licht funkelte.

Rasch wickelte sie den Ring in ein dünnes Stofftuch und faltete das Schreiben vorsichtig darum. Dann drückte sie das Siegel des Barons darauf.

So überreichte sie das sorgsam verschlossene Papier dem Boten, der sich sofort damit auf den Weg nach London machte.

Eine knappe Stunde später war die Kutsche mit dem Allernötigsten bepackt und stand zur Abfahrt bereit. Die Pferde waren frisch und ausgeruht und tänzelten nervös hin und her. John kam mit William auf dem Arm aus dem Haus. Er blieb etwas abseits neben Rozier stehen, um Elisabeth und Cilia im Moment des Abschieds nicht zu stören.

Cilia stand da wie ein ausgesetztes Hündchen, welches eben begreift, dass es sein Frauchen nie wiedersehen wird. Sie suchte verzweifelt nach den richtigen Worten, doch sie schien keine zu finden.

Schließlich nahm Elisabeth sie einfach in die Arme.

An Elisabeths Schulter brachen alle Dämme und sie begann hemmungslos zu schluchzen: „Bitte, komm zu mir zurück, hörst du?" Sie blickte zu Elisabeth auf. „Kommt beide zu mir zurück! Versprich es mir, Liz!"

Elisabeth strich ihr behutsam eine Haarsträhne aus dem erhitzten Gesicht und drückte ihre Lippen auf Cilias Stirn. „Ich versuche es, mein Herz!" Sie beugte sich nah zu ihrem Ohr und flüsterte: „Ich kann es nicht versprechen, aber ich werde es versuchen. Ich liebe dich, Cilia! Vergiss das nie!"

Dann befreite sie sich ungestüm aus Cilias Umarmung und stieg in die Kutsche.

John kam herbei und reichte ihr den Jungen hinauf.

Dann wandte er sich noch einmal um und umarmte die schluchzende Cilia.

Rozier reichte er zum Abschied die Hand. „Du kümmerst dich hier um alles, George! Ich verlass mich auf dich."

„Natürlich, John. Mach dir keine Sorgen." Die beiden nickten sich noch einmal zu, dann stieg John ebenfalls in die Kutsche.

Als die Kutsche die Auffahrt entlang fuhr, das Tor passierte und hinter den Mauern von ‚Mon meilleur' verschwand, drohten Cilia die Beine wegzusacken und sie schwankte bedenklich. Rozier öffnete die Arme und bot ihr seine Schulter zum Anlehnen. Cilia nahm sein Angebot an.

Elisabeth und John waren schon eine ganze Weile unterwegs. Das gleichmäßige Schaukeln der Kutsche und die körperliche Nähe Johns hatten eine beruhigende Wirkung auf Elisabeth. William lag in ihren Armen. Er sah aus wie ein friedlich schlafendes, glückliches Kind. Elisabeth seufzte und lehnte ihren Kopf an Johns Schulter. Er lächelte und unterbrach das Schweigen. „Was willst du ihm sagen, Elisabeth?"

Sie seufzte erneut. „Wenn ich das nur wüsste. Egal, was ich sage, er wird es doch nicht verstehen."

Sie setzte sich auf und blickte John an: „Thomas ist ein guter Mann und er war ein vorbildlicher liebender Vater. Ich hatte nicht das Recht, ihm seinen Sohn wegzunehmen." Plötzlich schwammen ihre Augen wieder in Tränen und ihre Stimme zitterte. „Und jetzt bestraft mich Gott dafür. Er bestraft mich für diese schreckliche, abscheuliche Tat und für meinen grenzenlosen Egoismus!"

Ungläubig starrte John sie an. „Das glaubst du doch nicht im Ernst, Elisabeth? Niemand bestraft dich für irgendetwas. Es war ein Unfall. Ein schrecklicher katastrophaler Unfall, doch niemand hat Schuld daran. Und wenn jemand überhaupt Schuld an diesem Unglück hat, dann wir alle gemeinsam, die wir an jenem Tag auf ‚Mon meilleur' anwesend waren."

Er legte seinen Arm um Elisabeth und hielt sie fest, bis das Beben ihres Körpers verebbte und das Schluchzen nachließ.

Nach einer Weile sank ihr Kopf erneut gegen seine Schulter und blieb schwer darauf liegen. Zärtlich küsste er ihre Stirn. „Schlaf nur, kleine Liz! Ruh dich aus, denn du wirst all deine Kraft noch brauchen."

In Rinxent hatten sie nur einen kurzen Aufenthalt, um die Pferde zu wechseln. Sie fuhren die ganze Nacht durch, um am frühen Morgen gleich die erste Fähre nach Dover zu erreichen.

Kapitel XI

€ngland im Frühjahr 1542

Hampton Court Palace:
Ein völlig verschwitzter und staubiger Bote kam so eilig in das Zimmer gestürmt, dass Thomas von seinem Schreibtisch hochschreckte. „Was gibt es so Dringliches, dass Ihr offensichtlich alle Regeln des Anstandes vergesst?"
„Seid Ihr Earl Thomas Waterford?"
Er nickte. Der Bote überreichte ihm ein Dokument. „Eine wichtige Nachricht aus Montreuil für Euch, Sir!"
Verwundert nahm Thomas das Schreiben an und betrachtete es neugierig von allen Seiten, während der Bote sich zurückzog.
„Ein Schreiben aus Montreuil? Wie seltsam!", murmelte er vor sich hin.
Behutsam brach er das Siegel und faltete das Papier auseinander. Etwas fiel dabei heraus und kullerte klirrend über den Boden. Er bückte sich und hob ein kleines Stoffpäckchen auf. Nachdem er vorsichtig den Stoff gelöst hatte, lag ein goldener Ring in seiner Hand. Er erkannte ihn sofort: *Elisabeth!*

Die Erkenntnis traf ihn so unvermittelt, dass er sich setzen musste, da ihm die Knie weich wurden. Ungläubig starrte er auf das Schmuckstück, während sein Herz so heftig gegen den Brustkorb hämmerte, dass er glaubte, der würde jeden Moment zerspringen.
Nun endlich, nach so langer Zeit, nach endlosen durchwachten Nächten und Tagen voller Hoffen und Bangen hielt er plötzlich

aus heiterem Himmel ein Lebenszeichen seiner Familie in Händen.
Winzige Tröpfchen bildeten sich auf seiner Stirn und sein Gesicht glühte vor Aufregung. Nachdem er noch einmal tief Luft geholt hatte, griff er erneut nach dem Dokument, das ihm eben entglitten war und setzte sich damit zurück an seinen Schreibtisch:

Liebster Thomas,
ich schreibe dir in Eile und bitte dich hiermit um einen großen Gefallen. Unser Sohn ist verunglückt und benötigt dringend ärztliche Hilfe. Ich bitte dich inbrünstig, dich mit Mr. Chamber unverzüglich auf den Weg nach Dover Castle zu machen, wo ich dich mit William erwarten werde.
Das Leben unseres Sohnes hängt an einem seidenen Faden, deshalb kann ich hier keine weiteren Erklärungen schreiben. Doch wenn wir uns sehen, werde ich nicht umhin kommen, dir eine Begründung für mein Verhalten abzugeben.
Bitte zögere nicht eine Sekunde! Als Zeichen der Echtheit dieses Schreibens lege ich meinen Ehering bei, den ich stets in Ehren gehalten habe.

Elisabeth

Thomas schluckte. Die Buchstaben tanzten vor seinen Augen und er nahm einen tiefen Schluck aus seinem Becher, um sich zu beruhigen. Noch konnte er das ganze Ausmaß dieses Schriftstücks nicht begreifen, doch er spürte, dass etwas

Schreckliches geschehen war.

Hastig sprang er auf, steckte sich den Ring an den kleinen Finger und verließ den Raum, um Dr. Chamber aufzusuchen. In seinem Kopf kreisten die Gedanken, während er zu den Gemächern des königlichen Leibarztes eilte.

Mein Gott, William! Was ist dir nur widerfahren? Wieso habt ihr mich verlassen? Wo seid ihr nur gewesen, all die Monate?

Fragen, auf die er hoffentlich bald eine Antwort bekommen würde.

Etwas zu heftig klopfte er schließlich an Chambers Türe und trat ein, ohne auf Antwort zu warten.

Der Arzt blickte verwundert von seinem Schreibtisch hoch, wo er über seinen Büchern gesessen hatte: „Earl, was gibt es?"

Thomas fasste in kurzen Worten den Inhalt des Schreibens zusammen und schloss mit der inniglichen Bitte, er möge ihn umgehend nach Dover Castle begleiten.

Chamber schien im ersten Moment etwas überfordert. „Wie, jetzt sofort? Aber ich habe hier zu tun!"

„Ich bitte Euch, Sir! Wir dürfen keine Zeit verlieren. Das Leben meines Sohnes ist in Gefahr. Wenn Ihr Euch noch in dieser Stunde mit mir auf den Weg macht, werde ich Euch reich für Eure Mühen entlohnen. Ich schwöre es!"

Der Arzt sah die verzweifelten flehenden Augen eines Vaters und erhob sich. „Na schön. Aber gebt mir ein paar Minuten. Ich muss meine Utensilien erst noch zusammenpacken." Thomas nickte. „Ich danke Euch, Sir! Mehr, als ich mit Worten ausdrücken kann. Wir treffen uns dann bei den Ställen."

Elisabeth stand auf dem Schiff und sah zu den Kreidefelsen hinüber, die langsam immer näher kamen. Tief sog sie die frische, salzige Meeresbrise ein und vergaß sogar für wenige Sekunden das flaue Gefühl im Magen, dass sich ihrer bemächtig hatte, sobald die Fähre ausgelaufen war.

Es tat so unglaublich gut, die Heimat endlich wiederzusehen. Mit dem Anblick der Felsen und der stattlichen Burg im Hintergrund kamen auch die Erinnerungen wieder zurück und waren so lebendig, wie schon lange nicht mehr.

Sie schloss die Augen und konnte die Great Hall in Hampton Court sehen. Sie hörte die Musik und spürte den Windhauch, den die vorbeitanzenden Menschen ihr zuwehten. Sie fand sich plötzlich in Thomas' Armen wieder und glitt mit ihm federleicht über das Parkett. Sie sah sich über die saftig grünen Wiesen und Felder Dovers reiten und spürte dabei den Wind durch ihr offenes Haar wehen.

Elisabeth musste sich zwingen, die Augen wieder zu öffnen und diese Traumwelt zurückzulassen, um der bitteren Realität ins Gesicht zu blicken. Sie wandte sich um und ging zurück in das Schiffsinnere, wo John mit William, vor dem frischen Wind geschützt, auf einer Bank saß.

Als John sie sah, winkte er aufgeregt. „Elisabeth komm her!"

Nervös lief sie zu den beiden hinüber. „Was ist geschehen?"

John strahlte: „Er hat die Augen geöffnet, Elisabeth! Ich schwöre es dir. Es war zwar nur für einen Moment, doch er hatte tatsächlich seine Augen offen!"

Elisabeth ließ sich neben John auf die Bank sinken. „Ist das wirklich wahr?" Ihre Stimme war kaum zu hören.

John nickte. „Ja, es ist wirklich wahr. Er hat mich angesehen. Ich

konnte seine wundervollen, dunklen Augen sehen."
Ihr traten die Tränen in die Augen und sie wusste im ersten Moment nicht, was für Gefühle in ihr überwogen. War es die Freude über dieses Ereignis, diesen neuen Hoffnungsschimmer, oder war es der Ärger, selbst diesen besonderen Moment verpasst zu haben? Was hätte sie dafür gegeben, selbst noch einmal in die Augen ihres Sohnes blicken zu dürfen!
Doch dann siegte das Glücksgefühl, das sich immer mehr in ihr breit machte, und sie drückte John einen Kuss auf die Wange. „Das ist ja großartig! Ich bin mir sicher, dass nun alles wieder gut werden wird!"
John nickte.

Kurze Zeit später hatten sie den Hafen von Dover erreicht und konnten von Bord gehen. John organisierte einen Fuhrwagen und lud eigenhändig die Truhe auf, ehe sie sich Richtung Burg in Bewegung setzten.
Elisabeths Herz klopfte immer heftiger, je näher sie Dover Castle kamen. „Denkst du, sie sind schon da?"
„Ich glaube nicht. Da müssten sie schon die Nacht über durchgaloppiert sein. Ich vermute, sie werden im Laufe des Tages auf der Burg eintreffen."
Elisabeth strich William, der warm in eine Decke gewickelt auf ihrem Schoß lag, über das feuchte Haar. „Halte durch, mein Schatz. Nur noch ein klein wenig, ich flehe dich an!"
Der Kleine lag nach wie vor in tiefer Bewusstlosigkeit und durch den Flüssigkeitsmangel wurde er zusehends schwächer.
Elisabeth spürte instinktiv, dass ihnen nicht mehr allzu viel Zeit blieb.

Seine Augenlider hatten sich seither nicht mehr bewegt, obwohl Elisabeth kaum ihren Blick davon abwandte.

Als sie die Zugbrücke entlang rollten und das mächtige Burgtor passierten, kam John ins Staunen. Er hatte die Burg als kleiner Junge einmal gesehen, konnte sich aber nur noch vage an diesen Ausflug erinnern.

Die Ausmaße des Bergfrieds und der riesigen Mauern beeindruckten ihn nun doch mehr als er zugeben wollte. „Es ist ganz erstaunlich!"

Elisabeth nickte. „Warte nur, bis du erst mal die unterirdischen Tunnelanlagen gesehen hast. Mein Vater selbst hat ihren Bau noch beaufsichtigt."

Sie rollten in den Innenhof der Burg und Elisabeth blickte sich suchend nach einem bekannten Gesicht um, doch weit und breit konnte sie niemanden entdecken.

Doch endlich, drüben bei den Ställen spürte sie einen alten Bekannten auf: „Rinsome!" Zuerst ganz leise, dann immer durchdringender gellte ihr Ruf über den Hof: „Rinsome! Walter!"

Sie kletterte vom Wagen und rannte los, während der alte Mann ihre Stimme nun offenbar erkannt hatte, denn sein Kopf wirbelte herum.

Als er sie auf sich zueilen sah, ließ er den Sattel fallen, den er in Händen gehalten hatte, und stürmte ihr entgegen. „Elisabeth, meine Güte! Meine kleine Elisabeth, dass ich dich noch einmal sehen darf!"

Die beiden lagen sich in den Armen und Elisabeth fühlte sich so behütet und geborgen wie in ihren Kindertagen. Die

Anspannung der letzten Tage löste sich und dicke Tränen rollten ihr die Wangen herab.

Verwundert schob Rinsome sie ein Stück von sich weg. „Was ist geschehen, Elisabeth?"

Während sie zu dem Fuhrwerk zurückgingen, berichtete Elisabeth in groben Zügen von dem Unglück, und als Rinsome den kleinen Jungen reglos in Johns Armen liegen sah, musste er selbst mit seinen Empfindungen kämpfen. „Gott bewahre, der arme Kerl!"

Er nahm John den kleinen Körper ab. „Wir bringen ihn auf mein Zimmer."

„Geh du mit William, ich werde dort oben Ausschau halten." John deutete auf den Bergfried hinauf.

Elisabeth nickte und folgte Rinsome, der bereits losgelaufen war. Stufe um Stufe erklomm John den mächtigen Turm. Zu Beginn war er noch zügig vorangekommen, doch nun konnte er kaum noch die Beine anheben, und er musste sich Schritt um Schritt weiter nach oben kämpfen.

Oben auf der Turmspitze angekommen, wurde er dafür mit einer wahrlich grandiosen Aussicht belohnt. Der Wind wehte so heftig, dass seine Augen tränten und er sie mit der Hand schützen musste.

Die Wachen hoben ihre Hand zum Gruß und ließen ihn gewähren.

Weit und breit waren keine Reiter zu sehen, so dass ihm nur zu hoffen blieb, dass William noch ein wenig durchhalten würde.

Er ging zurück in das windgeschützte Innere des Bergfrieds und spähte nur ab und zu aus einem der Fenster.

Seine Gedanken wanderten zu jenem Mann, dessen Erscheinen

er nun so dringlich herbei sehnte. Wie er sich wohl fühlen musste? Was empfand dieser Mensch, dem man vor langer Zeit seinen Sohn entrissen hatte, um ihn nun, an der Schwelle des Todes, wieder zu ihm zurückzubringen?

John verspürte Mitleid für diesen Fremden. Das Leid, das ihm am eigenen Leib widerfahren war, hatte ihn nicht verbittern lassen. Im Gegenteil, es hatte ihn für das Elend anderer Menschen empfänglich gemacht.

Plötzlich wurde er jäh aus seinen Gedanken gerissen, denn er glaubte, in der Ferne zwei Punkte zu erkennen, die rasch näherzukommen schienen und schnell immer größer wurden. Tatsächlich stellte er wenige Sekunden später fest, dass sich zwei Reiter in hoher Geschwindigkeit der Burg näherten.

Das mussten sie sein! So schnell er konnte, lief er die Treppen wieder hinab. Unten angekommen, musste er das letzte Stück zum Boden eine Leiter herabklettern.

Etwas außer Atem ließ er sich zur Erde fallen und kam mit einem dumpfen Schlag dort auf. Er rappelte sich hoch und rannte zum Burgtor hinüber, welches die beiden Reiter eben durchquerten.

Sie zügelten ihre dampfenden Pferde, und während der eine behände aus dem Sattel sprang, musste der andere etwas beleibtere erst umständlich sein Bein über den Rücken des Pferdes bugsieren, ehe auch er absteigen konnte.

John lief auf die beiden zu und sprach den Jüngeren an. „Seid Ihr Thomas Waterford?"

Der Fremde nickte: „Wo ist mein Sohn?"

„Er befindet sich in den Gemächern von Sir Rinsome. Ich nehme an, Ihr wisst selbst besser als ich, wo sich diese befinden?"

Waterford nickte erneut und lief los.

John blieb an seiner Seite, um sich kurz vorzustellen. „Mein Name ist John Almond. Ich besitze ein Anwesen in Montreuil, wo sich ihre Gemahlin und ihr Sohn zuletzt aufhielten."

Waterford hob die Augenbrauen.

Offensichtlich deutete er seine Wohngemeinschaft mit Elisabeth falsch und John beeilte sich, diese Vermutung gleich richtigzustellen. „Ich gewährte ihnen lediglich Obdach, Earl Waterford. Niemals bin ich der Dame körperlich zu nahe getreten. Sie ist unversehrt." *Zumindest, was mich betrifft ...*, fügte er in Gedanken hinzu.

Thomas schwieg zu Johns Ausführungen und seine Miene verriet rein gar nichts über seinen Gemütszustand.

Hinter ihnen schnaufte der ältere dickliche Mann, der wohl Mr. Chamber sein musste. Er trug einen großen Lederbeutel unter dem Arm.

John nahm ihm den Beutel ab und er nickte dankbar.

Als sie endlich die Räumlichkeiten Rinsomes erreicht hatten, musste sich der Arzt erst einmal von dem schnellen Lauf erholen. Waterford klopfte an die Türe, um sie gleich anschließend zu öffnen und einzutreten. Der Arzt folgte ihm, während John die Türe wieder schloss und direkt im Türrahmen stehen blieb. Thomas trat an das Bett heran und betrachtete fast ungläubig seinen kleinen Sohn, der so friedlich da lag, als würde er nur schlafen und gleich im nächsten Moment die Augen wieder öffnen.

Zärtlich strich er ihm über das Haar und küsste ihn sanft auf die Stirn.

Dr. Chamber stand nun an der anderen Seite des Bettes und fühlte den Herzschlag des Jungen. „Was ist geschehen?"

Thomas wandte sich um und erst jetzt fiel sein Blick auf Elisabeth.

Ihr müdes, sorgenvolles Antlitz schmerzte ihn, doch die Wut über ihr Verhalten überwog. „Ja, Elisabeth, was ist geschehen? Das würde mich wirklich auch interessieren!"

Seine Stimme klang so hart und unerbittlich, dass sie erschrak. Er war so verändert. Von dem gutmütigen liebenswürdigen Mann, der er einst war, schien nichts übrig geblieben. Sein Gesicht war ausdruckslos und leer, seine Augen stumpf.

Sie zwang sich, die Ereignisse jenes unheilvollen Tages so detailliert wie möglich zu beschreiben. Dabei hielt sie den Blick gesenkt, während sich ihre Finger tief in das Fleisch ihrer Arme gruben.

Der Arzt hört ihr aufmerksam zu, dann griff er nach seinem großen Lederbeutel und rollte ihn mit einer schwungvollen Handbewegung auf. Zum Vorschein kam eine große Anzahl verschiedener kleiner Fläschchen und Behältnisse. Er ließ seine Finger langsam darüber gleiten, bis er das gesuchte Mittel gefunden hatte, und zog es dann behutsam aus der Schlaufe heraus.

„Was ist das?" Elisabeth trat nun ebenfalls an das Bett heran und reckte neugierig den Hals. „Das ist Ammonium, meine Liebe. Eine stark riechende Flüssigkeit, die aus den Ausscheidungen von Fischen gewonnen wird."

„Wie ekelhaft! Und wird es meinem Sohn helfen?"

Chamber zog behutsam den Stöpsel aus dem Flaschenhals. „Wenn dieses Mittel ihn nicht in diese Welt zurückholen kann, werden wir wohl mit dem Schlimmsten rechnen müssen. Dann sitzt seine Ohnmacht bereits zu tief."

Er hielt Elisabeth die übelriechende, ätzende Flüssigkeit unter die Nase, so dass ihr in der nächsten Sekunde übel wurde und sie sich abwenden musste.
Chamber gab einige Tropfen der Flüssigkeit auf ein Stofftuch und hielt es dann unter Williams Nase.
Elisabeths Herz raste und das Blut rauschte in beängstigender Geschwindigkeit durch ihre Adern. Sie hielt den Atem an, doch nichts geschah.
„Oh nein!" Sie sank auf die Knie und faltete die Hände. Mit geschlossenen Augen murmelte sie ihre Gebete.
Chamber wandte sich an Thomas: „Ihr müsst ihn halten, so dass er aufrecht sitzt, dann versuchen wir es noch einmal. Möge Gott geben, dass es jetzt funktioniert!"
Thomas zog seinen Jungen zu sich auf den Schoß und hob seinen Kopf nach oben.
Dann drückte Chamber dem Kleinen das Tuch diesmal etwas entschlossener erneut unter die Nase.
„Bitte, William, bitte wach auf!" Thomas` Stimme zitterte.
Er konnte den Gestank des Ammoniums deutlich wahrnehmen und er brannte in seinen Nasenflügeln.
Die Sekunden verrannen, ohne dass etwas geschah, und gerade als Chamber sich enttäuscht abwenden wollte, fühlte Thomas, wie der Körper des Jungen zuckte. Im nächsten Moment hustete der Kleine.
„William!!!" Elisabeth sprang auf und lief zum Bett.
Tränenüberströmt streckte sie ihre Arme nach ihm aus, doch

Thomas hielt ihn weiter fest umschlossen, während Williams schwacher Körper vom Husten geschüttelt wurde.

„Wasser!" Chamber reichte Elisabeth einen Becher und sie flößte dem Kind vorsichtig Schluck für Schluck das kühle Nass ein. Langsam schien sich Williams Körper wieder zu beruhigen und Thomas legte ihn behutsam zurück in die Kissen.

Der Kleine reckte Elisabeth seine Ärmchen entgegen: „Mama …"

Dieses winzige Wort entfesselte einen Gefühlssturm in ihr, wie sie es noch niemals zuvor erlebt hatte. Ihr Sohn erkannte sie, er sprach mit ihr und er reckte sich ihr entgegen. Das war mehr, als sie je zu hoffen gewagt hatte.

Sie nahm seine Hände und bedeckte sie abwechselnd mit Küssen. „Ich bin bei dir, mein Herz. Jetzt wird alles wieder gut!"

Chamber wandte sich an John: „Bevor er wieder einschläft, braucht er etwas Kräftigendes. Eine starke Hühnerbrühe wäre gut."

John nickte und verschwand.

Der Arzt untersuchte das Kind noch einmal gewissenhaft und schüttelte dann ungläubig den Kopf. „Es ist ein Wunder – ein wahrhaftiges, echtes Wunder! Ich habe so etwas noch nie erlebt!" Elisabeth konnte nicht anders, als den Mann zu umarmen. „Ich danke Euch, Dr. Chamber. Ihr macht mich zum glücklichsten Menschen auf Erden! Ich wusste, dass nur Ihr ihm helfen könnt."

Doch Chamber wollte davon nichts hören. Er deutete mit der Hand zum Himmel empor. „Dankt nicht mir, dankt dem dort oben. Es war alleine sein Willen, dem Jungen das Leben ein zweites Mal zu schenken. Ich bin nur ein Werkzeug in seiner Hand."

Nachdem William einige Löffel der kräftigen Fleischbrühe gegessen hatte, die John aus der Küche geholt hatte, fielen ihm vor Erschöpfung wieder die Augen zu.

Chamber lächelte. „Das ist gut. Er braucht jetzt viel Ruhe."

Thomas nickte. Er ging zu Elisabeth hinüber und zerrte sie am Arm hoch. „Komm mit, wir beide müssen reden!"

Seine Stimme ließ keinen Widerspruch zu.

Nachdem die Türe hinter den beiden ins Schloss gefallen war, trat John an das Fenster.

Nur einige Minuten später sah er Waterford über den Burghof eilen, Elisabeth hatte er im Schlepptau.

Johns Miene verdüsterte sich. Sollte er sich etwa Sorgen machen? Doch dann verwarf er den Gedanken rasch wieder. Der Earl war ein Mann von edler Herkunft, mit Charakter und gutem Benehmen. Ein Mann seines Formates hatte es nicht nötig, einer Frau Gewalt anzutun.

Erst nachdem die beiden das Burgtor durchschritten hatten und auf freiem Feld standen, ließ Thomas sie wieder los.

Elisabeth rieb sich das gerötete Handgelenk. „Au, du tust mir weh!"

Sie sah zu ihm hoch und erschrak, denn in seinen Augen konnte sie fast so etwas wie Hass aufflackern sehen. „Es tut nicht so weh wie das, was du mir angetan hast! Das kannst du mir glauben."

Sie wandte den Blick ab und ging einige Schritte weiter.

Dann blieb sie stehen und drehte sich zu ihm um. „Ich weiß,

Thomas, und es ist unverzeihlich, was ich getan habe. Aber du musst mir glauben, jeden einzelnen Tag habe ich deswegen Höllenqualen durchlitten."

Er lachte hart auf. „Du weißt doch gar nicht, was Höllenqualen sind! Du hast keine Ahnung, wie es ist, am Morgen zu erwachen und nicht zu wissen, was mit Frau und Kind geschehen ist …" Er stockte.

Dann traf sie erneut sein eisiger Blick und sie zuckte unwillkürlich zusammen.

Jedes seiner Worte traf sie mitten ins Herz. „Wie konntest du nur so gefühllos, so kalt und so egoistisch sein? Nicht nur mir, auch deinen Freunden hast du großes Leid bereitet. Hast du nur eine Sekunde an die arme Catherine gedacht? Wochenlang hat sie sich deinetwegen gegrämt, nichts mehr gegessen und kaum noch geschlafen. Sind dir deine Mitmenschen so einerlei?"

Er schüttelte den Kopf. „Ich begreife es nicht, Elisabeth! Ich kann und will das alles nicht begreifen."

Sie machte einen Schritt auf ihn zu. „So lass es mich doch erklären! Es war nicht so, wie du denkst, ich bin nicht einfach so gegangen. Es war die schwerste Entscheidung meines Lebens und ich habe sie aus Liebe getroffen."

Er sah sie verständnislos an. „Aus Liebe?"

Sie nickte und mit leiser trauriger Stimme begann sie zu erzählen. Sie fing bei der ersten Berührung Cilias an, beschrieb das Gefühlschaos, das Cilia damit in ihr angerichtet hatte und wie sie sich kurzfristig dazu entschlossen hatte, seinen Antrag anzunehmen.

Sie berichtete von der großen Sehnsucht, die sie in Hampton Court empfunden hatte und ließ auch ihre Ängste und die

Verzweiflung, die sie während Williams Geburt durchlebt hatte, nicht aus.

Sie erzählte ihm schlichtweg alles und hörte erst auf, als sie bei jenem schrecklichen Tag von Williams Unfall angelangt war.

Nachdem sie verstummt war, stand Thomas lange da, den Rücken ihr zugewandt und sagte nichts.

Schließlich drehte er sich um. Der Hass war aus seinen Augen verschwunden und stattdessen spiegelte sich seine grenzenlose Enttäuschung darin wider. „Wieso hast du es mir nicht gesagt, Elisabeth? Ich hätte es vielleicht sogar verstanden!"

Sie zuckte mit den Schultern. „Ich hatte nicht den Mut dazu. Ich war einfach nur feige – es tut mir so Leid, Thomas! Ich weiß, du hast das nicht verdient, und ich habe rein gar nichts zu meiner Verteidigung vorzubringen. Ich kann nur hoffen, dass du mir eines Tages verzeihen kannst."

Er erwiderte nichts, sondern starrte an ihr vorbei auf die grünen Frühlingswiesen, die unberührt und friedlich vor ihm lagen.

Als er sich umwandte, schien er seltsam gefasst. „Ich kann dir nicht sagen, ob ich eines Tages wirklich soweit sein werde, um dir zu vergeben. Ich weiß nur eines: Mein Sohn bleibt bei mir! Du kannst gehen, wohin und wann du willst, doch William wird England nicht mehr verlassen!"

Entsetzt schlug Elisabeth die Hand vor den Mund: „Nein, Thomas!"

Ihr Aufschrei klang mehr wie ein Flehen. „Das kannst du mir nicht antun. Er ist mein Leben! Ich bitte dich als seine Mutter, nimm mir nicht mein Kind!"

Seine kalten Augen hätten sie am liebsten erdolcht. „Er ist auch mein Leben – ich bin sein Vater! Aber hat dich das damals abgehalten?"
Er wandte sich um und ging zum Burgtor zurück, ohne sie noch eines weiteren Blickes zu würdigen.
Elisabeth war im Gras zusammengesunken und barg ihr Gesicht in beiden Händen.

Nachdem William nun aus seiner Bewusstlosigkeit erwacht war, erholte er sich erstaunlich schnell. Er entwickelte einen gesunden Appetit. Rasch färbten sich seine Bäckchen wieder rosig und die erschlaffte Haut straffte sich zusehends.
Chamber war sehr zufrieden. „Er ist eine wahre Kämpfernatur, der kleine Kerl. Ich denke, wir können morgen die Heimreise antreten."
Thomas nickte und ignorierte Elisabeth, die mit vor Entsetzen weit aufgerissenen Augen dastand. Als er das Zimmer verlassen wollte, hielt sie seinen Arm fest. „Thomas, ich bitte dich noch einmal, nimm mir nicht mein Kind! Ich …"
Sie kam nicht dazu, den Satz zu vollenden, denn Thomas hatte sich unwirsch losgerissen und schlug die Tür geräuschvoll hinter sich zu.
Den restlichen Tag ging er ihr aus dem Weg, so dass sie keine Möglichkeit hatte, noch einmal mit ihm zu sprechen.

Schon früh am nächsten Morgen stand die königliche Kutsche bereit, um Thomas, William und Chamber zurück nach London zu bringen.
Der Arzt hatte seine Utensilien bereits verstaut und saß nun

wartend in der Kutsche.

Thomas kam eben mit dem Kleinen über den Burghof gelaufen, als Elisabeth aus der Torhalle gestürzt kam. „Nein! William …" Sie schluchzte herzzerreißend und versuchte Thomas aufzuhalten, doch der blieb unerbittlich.

„William ist das einzig Gute, das unsere Beziehung hervor gebracht hat. Und das lasse ich mir nicht nehmen."

Zügigen Schrittes eilte er auf die Kutsche zu und reichte das Kind zu Chamber hinauf. Dann schwang er sich geschwind in die Höhe und schlug Elisabeth die Türe vor der Nase zu.

Er sah wohl ihre Tränen, hörte ihr Flehen und spürte ihren Schmerz, doch all das berührte ihn nicht. Er nahm seinen Sohn zu sich auf den Schoß und gab dem Kutscher das Zeichen zur Abfahrt.

Elisabeth sank hinter der anrollenden Kutsche zusammen und blieb zusammengekrümmt auf dem schmutzigen Boden liegen.

John, der die Szene von seinem Fenster aus beobachtet hatte, konnte ihren Schmerz im eigenen Herzen fühlen und musste selbst um seine Beherrschung kämpfen. So schnell er konnte, eilte er die Treppen hinunter.

In der Kutsche saß Thomas mit versteinerter Miene und warf keinen Blick mehr zurück.

Als sie eben durch die Torhalle rollten, bemerkte er, wie der Junge sich regte.

Er hob seinen Kopf und sah, wie dicke, runde Kullertränen seine Wangen hinab rollten.

William streckte seine Hände zur Türe hin, und seine

geschluchzten Worte trafen Thomas mitten ins Herz: „Mama …Mama!"

Bewegt strich er seinem Sohn über den Kopf. „Du willst zu deiner Mutter zurück?"

Er musste sich abwenden, um seine eigenen Tränen vor Chamber zu verbergen.

Der weise Arzt hatte Thomas Gefühlschaos sofort durchschaut. „Überlegt doch noch einmal, Sir. Ihr hättet selbst kaum Zeit für den Kleinen. Er würde doch nur von einer Gouvernante zur nächsten gereicht werden. Denkt Ihr nicht auch, dass aufrichtige, tiefe Mutterliebe unersetzlich ist? So hört doch auf meinen väterlichen Rat und überlegt Eure Entscheidung noch einmal. Ich meine es wahrhaftig nur gut mit Euch und Eurem Sohne."

Thomas zögerte, doch der Blick aus den großen, flehenden Augen seines Kindes schaffte in Sekunden das, was Elisabeth in den letzten Tagen nicht gelungen war.

Er ließ die Kutsche wenden und sie fuhren zurück auf den Burghof.

John, der inzwischen zu Elisabeth hinaus geeilt war, um ihr aufzuhelfen, stutzte. „Sieh nur, sie kommen zurück!"

Elisabeth hob den Kopf, und unter dem Tränenschleier hindurch konnte sie tatsächlich erkennen, wie die Kutsche zurück in den Hof rollte.

Schnell rappelte sie sich hoch und lief ihr entgegen.

Die Kutsche hielt an und Thomas sprang heraus.

Chamber reichte ihm das Kind und nickte: „Es ist die richtige Entscheidung, mein Freund." Thomas lief Elisabeth entgegen und legte der Fassungslosen den Knaben in die Arme.

Seine Stimme vibrierte leicht. „Er will bei seiner Mutter bleiben! Und ich will, dass er glücklich ist."

Elisabeth presste das Kind an ihren Körper und stammelte unter Tränen: „Ich danke dir, Thomas! Ich werde dir das niemals vergessen, und ich schwöre, dass ihm nie wieder ein Leid geschehen wird! Und natürlich kannst du ihn sehen, so oft du willst!"

John, der hinter Elisabeth stand, nickte. „Ihr seid jederzeit auf ‚Mon meilleur' willkommen, Earl Waterford. Mein Haus steht Euch offen, wann immer Ihr wollt!"

Thomas war nicht in der Lage etwas zu erwidern. Er küsste seinen Sohn noch einmal auf die Stirn, dann wandte er sich um und stieg wortlos zurück in die Kutsche.

Elisabeth stand an der Reling und betrachtete noch einmal ihre geliebten Kreidefelsen, die langsam immer kleiner wurden und bald nur noch als Punkt in der Ferne zu sehen waren.

Zufrieden seufzte sie auf und lehnte den Kopf an Johns Schulter. Sie schloss die Augen und sah im Geiste Cilia vor sich, wie sie strahlend und mit ausgebreiteten Armen da stand, um sie in Empfang zu nehmen.

Noch einmal seufzte sie, als könnte sie selbst es noch gar nicht fassen: Sie hatte ihr Kind im Arm, eine Schulter zum Anlehnen und die Geliebte im Herzen – was konnte man sich mehr vom Leben wünschen?

Personenverzeichnis

Sir William Haut of Bourne Place:
war 1537 – 1541 High Sheriff of Kent
alle weiteren Handlungsstränge sind frei erfunden;

Elisabeth, Tochter des High Sheriff of Kent:
diese Figur ist frei erfunden

Cilia:
diese Figur ist frei erfunden

Earl Thomas Waterford:
der Titel „Earl of Waterford in the Peerage of Ireland" wurde im Jahre 1446 zum ersten Mal verliehen; davon abgesehen ist diese Figur frei erfunden

Sir Anthony Kingston:
sein Vater, Sir William Kingston war Constable of the Tower und bei der Hinrichtung Anne Boleyns beteiligt; er starb im Jahre 1540, Anthony traf daraufhin die Nachfolge seines Vaters an; alle weiteren Handlungsverläufe um diese Figur sind frei erfunden

Walter Rinsome:
diese Figur ist frei erfunden

König Heinrich der VIII:
über ihn gibt es zahlreiche Biographien und Werke, seine Person wurde möglichst realistisch geschildert, dasselbe gilt für seine Ehefrauen

Charles Brandon:
Freund und Berater des Königs, wurde von diesem zum Herzog von Suffolk ernannt und war Mitglied des Kronrates (Privy Council)

Catherine Brandon:
Tochter Des Barons Willoughby of Eresby, heiratete Charles 1533 im Alter von 13 Jahren

Admiral Chabot:
französischer Botschafter am Königshofe, fiel im Jahre 1541 tatsächlich einer Intrige zum Opfer und wurde gefangen genommen; vor seinem Tode 1543 wurde er jedoch wieder rehabilitiert

Master Hans Holbein:
Hofmaler König Heinrichs, das Gemälde, welches Cilia betrachtet wurde tatsächlich von ihm erschaffen und trägt den Titel „Venus und Amor"

Dr. John Chamber:
lebte 1491–1547, Leibarzt König Heinrichs

George Rozier:
diese Figur ist frei erfunden

Sir John Almond:
diese Figur ist frei erfunden

Alissia Montbazon:
diese Figur ist frei erfunden

Veneficium unicum
ein Fantasy-Krimi der besonderen Art.
ISBN: 978-3-936084-74-0
Preis: 29,90 €

Ballsaal für die Seele
von Falk Andreas Funke

tanzmaus
menschlein
was immer dir fehle
nie sei es ein ballsaal
für die seele

ISBN: 978-3-936084-88-7
Preis: 13,90 €